Rosier Academy
Cloud & Midnight
Drucie Anne Taylor

FSC
www.fsc.org
MIX
Papier aus verantwortungsvollen Quellen
FSC® C083411

Korrektorat: S. B. Zimmer
Satz und Layout: Julia Dahl
Umschlaggestaltung © D-Design Cover Art

Angelwing Verlag / Paul Dahl
6 Rue Saint Joseph
57720 Obergailbach / Frankreich

ISBN-13: 9783759209153
via tolino media veröffentlicht

Herstellung und Druck über tolino media GmbH & Co. KG,
Albrechtstr. 14, 80636 München. Printed in Germany.
Fragen zu Produktsicherheit an: gpsr@tolino.media.

Rosier ACADEMY

CLOUD & MIDNIGHT

DARK NEW ADULT ACADEMIA

DRUCIE ANNE TAYLOR

Die schwierigste Zeit in unserem
Leben, ist die beste Gelegenheit innere
Stärke zu entwickeln.

- Dalai Lama

Wichtig

Dieses Buch enthält potenziell triggernde Inhalte.

Die vollständige Triggerwarnung findest du am Ende des Buches. Falls dich einer der Trigger betreffen sollte oder dich Unwohlsein verspüren lässt, bitte ich dich, von diesem Buch Abstand zu nehmen.

Es handelt sich zwar um Dark New Adult, jedoch enthält dieses Buch keine düstere Romanze, lediglich Themen, die den Plot ausmachen, sind düster, jedoch nicht die Beziehungen zwischen den handelnden Personen.

Playlist

Alazka - The Cure
Ice Nine Kills - Stabbing In The Dark
Bring Me The Horizon - DiE4u
Alazka - Empty Throne
Bring Me The Horizon - Follow You
Ice Nine Kills - A Grave Mistake
Melrose Avenue - Fool and The Beggar
Future Palace - Dead Inside
Make Them Suffer - Ghost Of Me
We Came As Romans - Cold Like War
Vanthe, Awon, Melrose Avenue - Deep End

Die vollständige Playlist findest du hier:
https://spoti.fi/3wXus76

Midnight

Ich sitze in dem Wagen, den mein Onkel geschickt hat, um mich an die Rosier Academy zu holen. Ich soll dort studieren, obwohl ich zu Hause am Community College immatrikuliert war, denn für eine Eliteuni hat das Geld gefehlt. Gestern am Telefon hat Onkel Nicholas mir alles erklärt, aber ich will eigentlich gar nicht bei ihm wohnen. Der Campus ist groß, aber vollkommen abgeschottet, denn nur die Elite der Elite studiert an der sagenumwobenen Privatuniversität. Angeblich sollen einige einflussreiche Männer an der Rosier Academy immatrikuliert gewesen sein – nun lenken sie das Weltgeschehen.

Ich habe Angst vor der ersten Vorlesung, auch wenn ich noch keinen Stundenplan bekommen habe, aber Onkel Nicholas möchte sowieso noch alles mit mir besprechen. Er ist der Meinung, dass mir eintausendsechshundert Meilen Abstand von zu Hause guttun werden, doch bin ich weniger scharf darauf, im tiefsten Wyoming zu studieren. Andererseits bin ich froh, so weit von zu Hause entfernt zu sein, wie es nur geht, denn was dort geschehen ist, ist der Stoff, aus dem Albträume gemacht sind.

Der Wagen fährt durch einen Wald, plötzlich kommt es mir viel kälter vor als ohnehin schon. Es ist tiefster Winter. Weihnachten war in meiner Familie sehr … anders und Silvester habe ich bei meinem anderen Onkel in Cheyenne verbracht. Er hat mich zu sich geholt, nachdem mein Leben eine Wendung nahm, mit der ich niemals gerechnet hätte. Nicht einmal in meinen kühnsten Träumen.

»Wir sind da, Ms. Foster«, sagt der Fahrer schließlich.

»Na was Sie nicht sagen«, murmle ich, da ich zweifellos mitbekommen habe, dass er den Wagen geparkt hat. »Danke«, erwidere ich schließlich verständlich und schnalle mich ab, danach steige ich aus.

»Midnight, wie schön, dass du da bist«, sagt Onkel Nicholas gut gelaunt, er lächelt sogar, dabei haben das die Männer in meiner Familie eigentlich nicht so gut drauf.

»Hallo, Onkel Nick«, grüße ich ihn und ringe mir ein Lächeln ab.

Er kommt zu mir, betrachtet mich. »Ich freue mich, dass du da bist.« Mein Onkel umarmt mich fest. »Wie fühlst du dich?«

»Wie man sich in einer völlig neuen Umgebung eben fühlt«, antworte ich aufrichtig, als ich mich von ihm löse. Ich lasse meinen Blick schweifen. Die Rosier Academy steht mitten im Nirgendwo Wyomings. Die Abgeschiedenheit lässt Zweifel darüber aufkommen, dass es hier überhaupt eine gewisse Anzahl von Studenten gibt. Nur wenige hundert Studierende gibt es hier, weil der Dekan sehr streng auswählt, wer das Studium an seiner Academy beginnen darf. Man kommt nur mit den besten Noten – und dem mächtigsten Namen – an diese Akademie. Niemand kommt von zu Hause hierher, sondern alle leben in dem großen Prunkbau.

»Ich weiß, dass das alles nicht so leicht ist, aber George und ich haben alles daran gesetzt, dass du hierher kommen kannst.«

»Und wie viel hat euch dieses *Alles* gekostet?«, frage ich interessiert, als der Fahrer meine beiden Koffer aus dem Wagen holt.

»Das spielt keine Rolle, Midnight«, antwortet er gelassen, aber ich höre die kleine unzufriedene Nuance in seiner Stimme.

Ich seufze schwer. »Wo werde ich wohnen?«

»Du kannst es dir aussuchen. Entweder kommst du bei mir unter oder du ziehst in den Studentenflügel«, erwidert mein Onkel. »Was ist dir lieber?«

Mir läuft ein Schauer über den Rücken, als ich daran denke, mit jemand Fremdes zusammenzuwohnen. »Ich würde lieber bei dir unterkommen, dann bin ich nicht ganz so allein.«

»Das wärst du im Studentenflügel auch nicht, Midnight, aber dann werde ich Mr. Rosier deine Entscheidung mitteilen.«

»Danke«, sage ich leise.

»Lass uns dein Gepäck in meine Wohnung bringen.«

Ich nicke ihm zu, doch mein Blick fällt auf die herrschaftliche Fassade. »Wer hat eigentlich ein Schloss mitten im Nirgendwo gebaut?«

»Das waren die Rosiers vor gut zweihundertfünfzig Jahren.«

»Aber es war von Anfang an eine Universität, oder?«

»Nein, die Universität wurde nach dem Tod von Claude Rosier gegründet, das war 1839«, antwortet mein Onkel. »Zuerst durften hier nur Adlige studieren, da Claude Rosier ein französischer Herzog war, der nach der Revolution nach Amerika kam. Er ließ sich hier nieder, das Schloss errichten und lebte hier. Seine Erben gründeten die Universität, da er das Vermögen der Familie durchgebracht hatte und sie den Unterhalt des Anwesens nicht aufbringen konnten. Sie ließen die

Studenten für das Studium bezahlen, sodass der Unterhalt für den Grund gesichert war. Hier formierten sich Geheimgesellschaften, die heute noch aktiv sind. Jedenfalls lange Rede, kurzer Sinn besteht die Universität seit gut zweihundert Jahren«, fährt er mit seiner Geschichtsstunde fort, aber das ist nichts Neues, da Onkel Nicholas dieses Fach unterrichtet. »Lass uns reingehen.«

»Alles klar.« Ich gehe zu meinen Koffern und ziehe die Griffe heraus. »Ich bin bereit.«

Onkel Nicholas nimmt mir einen der Trolleys ab, dann führt er mich in das Schloss.

»Wenn er Franzose war, warum ließ er sich ausgerechnet in Amerika und nicht in Deutschland oder so nieder?«, erkundige ich mich.

»Weil es ihm hier gefallen hat, nehme ich an.«

»Aber er hatte doch sicher keine Feinde in Frankreich oder Umgebung, oder?«

»Nein, eher nicht, allerdings ist auch nicht besonders viel aus der Zeit von Claude Rosier überliefert. Erst seine Kinder fingen an, die Geschichte der Familie aufzuschreiben.«

»Alles klar.«

Wir betreten das Schloss und ich lasse meinen Blick schweifen. Vor mir erstreckt sich eine weite Eingangshalle mit einer großen Treppe, die sich auf halber Höhe zu einer zweiläufigen teilt. »Wow«, stoße ich beeindruckt aus. Auf der Zwischenetage, die wir soeben erreicht haben, hängt das Porträt eines ernst dreinblickenden Mannes. »Ist das Claude Rosier?«, erkundige ich mich mit Blick auf das Gemälde.

Mein Onkel bleibt neben mir stehen. »Ja, das ist er.« Er räuspert sich. »Lass uns weitergehen.«

Nickend folge ich ihm nach oben, dabei schaue ich mich weiter um. Die Gänge sind mit all ihren Ölgemälden erdrückend, aber ich werde mich nicht beschweren. Meine Onkel haben alles dafür getan, dass ich hier aufgenommen werde, obwohl ich eigentlich am Community College studiert habe. Mom hat das ganze Vermögen durchgebracht, das sie hatte, und weder meine Großeltern noch meine Onkel sahen es ein, sie finanziell zu unterstützen. Dad konnte das alles nicht auffangen, weshalb ich mir keine Eliteuni aussuchen konnte, doch jetzt bin ich hier, an der elitärsten Privatuniversität der USA.

Nach einem recht weiten und verwinkelten Weg erreichen wir Onkel Nicholas' Wohnung. »Komm rein, Midnight.« Er öffnet die Tür und geht hinein, abermals folge ich ihm.

Zu meiner Überraschung ist hier alles modern eingerichtet, obwohl draußen auf den Fluren alles Barock schreit. Na gut, nicht ganz, aber es ist doch sehr altmodisch. Oder klassisch, wie mein Onkel nun sagen würde.

»Ich zeige dir dein Zimmer.« Schon geht er weiter.

Seufzend trotte ich ihm mit meinem Trolley hinterher. Ich habe alles aus Tennessee mitgenommen, da ich nicht dorthin zurückkehren will. Mit Knoxville sind zu viele schlechte Erinnerungen verbunden, die mich nachts heimsuchen und mich alles aufs Neue erleben lassen.

Onkel Nicholas öffnet eine Tür. »Hier ist es.« Er deutet hinein.

Ich gehe an seine Seite und schaue in den Raum. »Uff.« Mit großen Augen betrachte ich das Himmelbett und die klassischen Möbel. So viel dazu, dass die Wohnung modern eingerichtet ist.

»Diesen Raum habe ich noch nicht neu eingerichtet, außerdem möchte Mr. Rosier, dass sie möglichst unverändert bleiben, allerdings habe ich die Matratze austauschen lassen, nachdem George mir sagte, dass du herkommen wirst.«

»Alles klar.« Ich betrete mein Schlafzimmer ehrfürchtig und lasse meinen Blick schweifen, dann drehe ich mich zu meinem Onkel um. »Muss ich Angst haben, dass jeden Moment Harry Potter und Lord Voldemort aus dem Schrank springen?«

Er lacht auf. »Keine Sorge, die bleiben in Hogwarts.«

»Sehr beruhigend«, nuschle ich und bringe meinen Koffer zum Bett.

Onkel Nicholas folgt mir mit dem anderen. »Richte dich erst mal ein, dann essen wir. Morgen gehen wir zu Mr. Rosier, du stellst dich ihm vor und bekommst deinen Stundenplan.«

»Geht klar.«

»Soll ich dir die Koffer aufs Bett heben?«

»Geht schon«, erwidere ich und hebe den ersten Trolley auf das Fußende des Betts. »Ich kriege das hin.«

»Na schön. Ich gehe dann mal kochen.«

Mit großen Augen sehe ich ihn an. »Kannst du das denn?«

Er schnaubt amüsiert. »Ja, Midnight, keine Sorge.«

»Okay«, sage ich erleichtert, öffne den Koffer und klappe ihn auf. »Dann richte ich mich mal ein.«

»Mach das.« Onkel Nick schenkt mir ein Lächeln, anschließend lässt er mich allein.

Nachdem er die Tür geschlossen hat, setze ich mich auf die Bettkante. Dieses Zimmer ist erdrückend und ich bezweifle, dass ich hier zur Ruhe komme, aber ich glaube, so wäre es mir in einem Zimmer im Studentenflügel auch ergangen. Ich muss der Sache eine Chance geben, nur dann scheitere ich nicht, denn von Onkel George weiß ich, dass die Rosier Academy einem alles abverlangt. Hier steht man unter heftigem Leistungsdruck, aber dem werde ich mich stellen. Wenn meine Onkel hier erfolgreich studiert haben, werde ich es auch schaffen.

Onkel Nick klopft, es kann niemand anderes sein, da ich nichts von einer Tante weiß. Er ist unverheiratet, immer gewesen.

»Ja?«

Er öffnet die Tür. »Das Abendessen ist fertig. Kommst du essen?«

»Ja.«

Sein Blick fällt auf meine Koffer, die ich noch nicht einmal zur Hälfte ausgeräumt habe. »Du bist nicht besonders weit gekommen, oder?«

Daraufhin schüttle ich den Kopf. »Nein, ich habe versucht, mich mit der Einrichtung anzufreunden, aber sie ist schüchtern.«

Er schnaubt amüsiert. »Ja, zuweilen kann es schwer sein, sie kennenzulernen, zumal sie so alt und verbittert ist.«

Lachend erhebe ich mich vom Bett und gehe zu ihm. »Was hast du gekocht?«

»Ich habe Lasagne gemacht. Ich weiß doch, wie gern du sie magst.«

»Sehr gut«, erwidere ich und gehe gemeinsam mit ihm ins Wohnzimmer, von dort aus geht's weiter in die Küche, die zu meiner Überraschung genauso modern eingerichtet ist wie das Wohnzimmer.

»Setz dich«, sagt er und zieht mir einen Stuhl zurück. Es wundert mich, dass er einen Anzug trägt – immerhin sind noch Weihnachtsferien, aber sicher wird das hier von ihm erwartet. In wenigen Tagen gehen meine Vorlesungen los und ich habe keine Ahnung, was mich hier erwartet. Eine private Universität, die meist die Schüler der Rosier Private High aufnimmt, aber selten jemand Außenstehendes, wird bestimmt von eingebildeten Schnepfen und Posern dominiert. Ich bin einerseits froh, dass ich dank Onkel Nicholas und Onkel George die Chance habe, hier zu studieren, andererseits habe ich eine Scheißangst, dass es total schiefgehen wird. Und ich muss um jeden Preis vermeiden, dass die anderen Studenten erfahren, warum ich hier bin. Ich trage den Nachnamen meines Vaters, damit niemand herausfindet, wer ich bin und was passiert ist, denn Mom trägt noch ihren Mädchennamen. Hoffentlich sind meine Kommilitonen okay, allerdings liegt mein Hauptaugenmerk nicht darauf, neue Freunde zu finden, sondern darauf, dass ich hier mein Studium beende.

Journalismus.

Auf meinem Namen, na ja, auf dem von Moms Familie könnte ich mich auch entspannen, aber das will ich nicht. Ich möchte mich nicht auf dem Vermögen meiner Familie ausruhen, sondern selbst etwas schaffen. Auch wenn meine Onkel mir die Möglichkeit verschafft haben, mein Studium an der Rosier Academy fortzusetzen.

Außerdem habe ich selbst schon erlebt, wie ehrfürchtig meine Onkel und meine Mom angesehen wurden, wenn sie sagten, dass sie hier studiert haben. Meine Familie gehört seit Generationen zur Elite, die hier studiert. Ich bin die Einzige, die mit dieser Tradition gebrochen hat. Aber das lag eben daran, dass einfach nicht das Geld für eine Eliteuni da gewesen ist. Denn meiner Mom war es wichtiger, etwas Anderes damit anzustellen, was unsere Familie in den Ruin getrieben hat. Auch mein Vater hat hier studiert. Meine Eltern lernten sich an der Rosier kennen und lieben – leider nahm die Sache kein gutes Ende.

Cloud

Die Ferien sind vorbei und ich bin auf dem Weg zu meiner ersten Vorlesung. Ich war nicht in Wyoming, sondern bin über Weihnachten und Neujahr nach Kanada geflogen, wo ich herkomme.

Ich freue mich darauf, meine Kommilitonen und Freunde wiederzusehen, denn ich bin erst gestern Abend hier angekommen. Die Gänge waren wie ausgestorben, was kein Wunder war, denn um zehn Uhr darf sich eigentlich niemand mehr auf den Fluren herumtreiben – halten wir uns daran? Nein, natürlich nicht. Außerdem bekommen wir auch keinen Ärger, wenn wir doch außerhalb unserer Apartments oder Zimmer sind. Die meisten Dozenten nehmen es hin, denn mal ehrlich, wer legt sich schon gern mit den Kids der Elite an? Insbesondere mit der Clique, der sich Chloé Rosier angeschlossen hat. Wir haben einen immerwährenden Freifahrtschein, der uns davor bewahrt, der Academy verwiesen zu werden. Unsere Eltern haben Positionen inne, die sich die Dozenten und Professoren wünschen würden, und sie halten ihre schützenden Hände über uns. Bauen wir Scheiße, wird es unter den Teppich gekehrt, damit die Presse keinen Wind davon bekommt. Die Rosier Academy ist wie eine Blase – nichts, was hier geschieht, dringt an die Außenwelt, sodass wir sicher sind. Und während der Ferien sorgen unsere Eltern dafür.

Ich sehe mich nach meinen Freunden um, wir treffen uns meistens, bevor wir in die erste Veranstaltung müssen, allerdings sind sie nirgendwo zu sehen.

Auf einmal pralle ich mit einem Hindernis zusammen, das alle Umstehenden nach Luft schnappen lässt.

Ich schaue hinunter und sehe eine schwarzhaarige Frau, die vor mir hockt und ihren Kram aufsammelt.

Meine Augenbraue gleitet in die Höhe. »Pass doch auf oder bist du blind?«

Sie sieht zu mir hoch und mich treffen die blauesten Augen, die ich je gesehen habe, und die gehören zu einem verdammt hübschen Mädchen. »Sorry, aber ich wusste nicht, dass es eine extra Spur für rücksichtslose Arschlöcher gibt.«

Meine Augenbraue hebt sich noch ein bisschen weiter. »Wie bitte?«

»Du hast mich schon verstanden«, erwidert sie sarkastisch, als sie sich mit ihrem Kram erhebt. Danach wendet sie sich ab und geht davon.

Vor den anderen lasse ich mir meine Irritation nicht anmerken, aber sie ist da – ihretwegen. Kopfschüttelnd wie schnaubend gehe ich weiter und steuere den Hörsaal an, in dem auch die kleine Zicke verschwindet. »Na warte«, sage ich leise, folge ihr und lasse es mir nicht nehmen, mich gleich neben sie zu setzen, nachdem ich den Saal betreten habe.

Sie holt einen Collegeblock aus ihrer Umhängetasche, während sie mich vollkommen ignoriert.

»Wer bist du?«

»Nicht an einer Unterhaltung mit dir interessiert«, erwidert sie teilnahmslos und schaut nach vorne, wo normalerweise Professor Graham steht, um uns ein wenig Geschichte näherzubringen. Seine Vorlesungen sind entspannt und ich nehme sie nur mit, um die Montage nicht so stressvoll zu beginnen.

»Ich will auch nur deinen Namen wissen, sonst nichts«, kontere ich.

»Nixan.«

»Du heißt doch nicht Nixan«, sage ich irritiert.

»Stimmt, aber er geht dich nix an«, hält sie dagegen.

Ich schnaube amüsiert. Es gefällt mir, dass sie nicht auf den Mund gefallen ist, die Frage ist nur, ob ihr Kopf nicht doch etwas abbekommen hat, als ich sie angerempelt habe, so kindisch, wie sie sich verhält. »Ich bin Cloud Archer.« Mein Name dürfte sie beeindrucken, denn es gibt niemanden, der noch nichts von meiner Familie gehört hat.

»Aha«, gibt sie desinteressiert zurück.

»Komm schon, sag mir deinen Namen.«

Daraufhin sieht sie mich an. Dass sie genervt ist, spiegeln ihre dunkelblauen Augen wider, doch das kümmert mich nicht. Sie stand mir im Weg, also ist sie selbst schuld, dass sie meine Aufmerksamkeit auf sich gezogen hat. »Nein.«

»Ich finde ihn sowieso heraus. Spätestens, wenn Graham den Hörsaal betritt und du dich vorstellen musst, weil alle neuen das tun sollen«, lasse ich sie wissen und verziehe meine Lippen zu einem triumphierenden Grinsen.

»Meine Güte«, stößt sie aus, verdreht sogar die Augen.

»Also?«

»Was?«

»Dein Name, Kleine, sonst nenne ich dich einfach Schneewittchen.«

Sie schnalzt unzufrieden mit der Zunge. »Midnight.«

»Das ist dein Name?«

»Ja«, antwortet sie. »War's das dann oder übst du weiter für deine Karriere beim FBI?«

»Das war's fürs Erste.«

»Wunderbar«, stößt sie aus und schlägt ihren Block auf.

»Oder doch nicht. Woher kommst du?«

Midnight holt tief Luft. »Damit wären wir wieder bei den Dingen, die dich nichts angehen.«

»Ah ja«, sage ich unzufrieden.

Sie sieht mich nicht noch einmal an, sondern fixiert ihren Blick auf die Tafel vorne im Raum.

Ich kann nicht abstreiten, dass sie mich neugierig macht, aber wenn sie so schwer zu knacken ist, was bloß ihre Herkunft und ihren Namen betrifft, werde ich mir sicherlich die Zähne an ihr ausbeißen. Einerseits ist das eine Herausforderung, andererseits ahne ich, dass ich mich auf Dauer langweilen würde, sollte ich mein Glück bei ihr versuchen.

»Guten Morgen zusammen«, sagt Professor Graham, als er den Hörsaal betritt. Sein Blick schweift durch die Reihen, als wir seinen Gruß erwidern. »Sie haben eine neue Kommilitonin, begrüßen Sie bitte Ms. Midnight Foster.«

»Foster also«, stelle ich leise fest, mit ihrem Vor- und Nachnamen kann ich arbeiten, um mehr über sie herauszufinden.

»Ms. Foster ist neu an der Rosier Academy, bitte helfen Sie ihr, sich hier zurechtzufinden.« Sein Blick fällt auf mich. »Da ich weiß, dass sich Ihre Stundenpläne ähneln, zeigen Sie Ms. Foster doch bitte den Weg zur nächsten Vorlesung, Mr. Archer.«

»Aber sicher, Professor«, erwidere ich so freundlich, wie es nur möglich ist.

»O Mann«, stößt sie leise neben mir aus.

»Ich glaube, wir verbringen heute ein wenig Zeit miteinander«, wende ich mich an Midnight.

»Ich kann's kaum erwarten«, brummt sie und setzt eine Brille mit einem dicken schwarzen Gestell auf.

Noch immer vermeidet sie es, mich anzusehen.

»Ich auch nicht«, stimme ich amüsiert zu.

»Und, Mr. Archer?«

Ich richte abermals meinen Blick nach vorn. »Ja, Professor Graham?«

»Lenken Sie Ms. Foster nicht von der Vorlesung ab.«

Daraufhin salutiere ich grinsend, lasse mich aber nicht auch noch zu einem gebellten »Jawohl, Sir« hinreißen, weil ich genau weiß, dass er mich dann vor die Tür setzt. Am ersten Tag nach den Ferien sollte ich mir keinen Fehltritt erlauben, denn auch, wenn ich nicht von der Academy fliege, wird trotzdem mein alter Herr benachrichtigt – und ich bin nicht sonderlich scharf darauf, schon heute mit ihm telefonieren zu müssen.

Es reicht, wenn das ab nächster Woche der Fall ist.

Professor Graham beginnt den Unterricht und zur Abwechslung konzentriere ich mich mal darauf.

Der Professor legt seine Sachen zur Seite. »Ich wünsche Ihnen einen entspannten Tag«, beendet er die Vorlesung und innerlich atme ich auf. Mein Blick schweifte mehrere Male durch den Raum. Zwar sind die meisten Hörsäle größtenteils im Originalzustand, aber dieser hier befindet sich im modernen Anbau.

Midnight packt ihren Kram zusammen, dann erhebt sie sich. »Darf ich bitte vorbei?«

»Ich soll dich zur nächsten Vorlesung bringen. Was hast du jetzt?«

»Politik bei Mrs. Bellamy.«

»Ich auch, also gehen wir zusammen.« Einerseits ist es nervtötend, der Babysitter der Neuen zu sein, andererseits kriege ich es so vielleicht hin, mehr über sie zu erfahren. Neugierig bin ich allemal.

»Sag mir einfach, wo es langgeht, dann schaffe ich es auch allein.«

»Professor Graham sagte, dass ich dir alles zeigen soll, also tue ich das.«

Midnight stößt die Luft aus. »Na schön.«

»Gut, lass uns gehen.« Ich stopfe alles in meinen Rucksack, dann erhebe ich mich und schultere einen der Henkel. Anschließend führe ich sie aus dem Hörsaal. Unser Weg führt uns durch die verwinkelten Gänge des modernen Anbaus, der sich hinter dem Schloss verbirgt, in dem wir leben. »Was hat dich hierher gebracht?«

»Ein Auto«, erwidert sie – ich verdrehe die Augen.

»Nicht dein Ernst?«, frage ich sarkastisch.

»Doch, aber ich weiß, dass man sich das wirklich nur schwer vorstellen kann«, antwortet Midnight gelassen und lässt ihren Blick schweifen. »Hier ist es echt kalt.«

»Findest du?«

»Ja, sonst würde ich es wohl kaum sagen.«

»Ah ja.« Ich schaue vor uns und bin froh, dass ich Knox sehe, denn wir sind uns noch nicht begegnet, seit ich zurück bin, obwohl wir zusammen wohnen. »Hey, Alter!«

Er sieht zu uns, sein Blick fällt auf Midnight, seine Augenbraue hebt sich. »Hey.« Knox reicht mir die Hand. »Wen hast du denn da im Schlepptau?«

»Das ist Midnight Foster, sie ist neu und Professor Graham bat mich, sie zum nächsten Hörsaal mitzunehmen«, erkläre ich.

»Alles klar.« Er streckt seine Hand aus. »Hi, ich bin Knox«, wendet er sich freundlich an sie.

»Hi. Wer ich bin, weißt du ja schon«, entgegnet sie, als sie seine Hand schüttelt. Midnight blickt zu mir auf. »Könntest du mir dann sagen, wo Mrs. Bellamys Vorlesung stattfindet?«

Ich deute auf die Tür, neben der Knox steht. »Genau hier.«

»Danke.« Midnight rauscht ab und ich schüttle den Kopf.

Knox räuspert sich, womit ich meine Aufmerksamkeit auf ihn richte. »Sie ist süß.«

»Stimmt, aber auch zickig«, erwidere ich. »Sie wollte mir nicht mal ihren Namen verraten, genauso wenig, woher sie kommt.«

Mein Kumpel lacht leise. »Und es ärgert dich, weil sie dich auflaufen lässt?«

»Na ja schon«, gebe ich zu, denn sonst habe ich leichtes Spiel bei den Frauen, die hier studieren.

Er nickt langsam. »Dann solltest du dir Mühe geben, denn sieht Law sie, wird er sich an sie heranmachen.«

Ich schnaube unzufrieden. »Genau deshalb habe ich es vorhin schon versucht, aber sie scheint komplett desinteressiert zu sein.«

»Tja, dann bekommst du wohl mal nicht, was du willst.«

»Möglich«, stimme ich widerwillig zu, doch nehme ich mir fest vor, Midnight zu knacken.

»Hey, ihr zwei«, sagt Noir lächelnd, als sie zu uns stößt. In die Politik-Veranstaltung müssen wir alle, sodass es nicht mehr lange dauern kann, bis Chloé und Konsorten hier auftauchen.

»Hey, Hübsche«, erwidert Knox und zwinkert ihr zu. Er versucht, seit drei Semestern an sie heranzukommen, aber Noir Chevalier ist mindestens genauso schwer zu knacken wie Midnight Foster. Ich bin gespannt, ob es ihm früher oder später gelingt, sie rumzukriegen.

Ein roter Schleier tritt auf ihre Wangen, doch sieht es bei ihr aus, als würde sie Rouge tragen.

»Hey, No«, grüße ich sie schließlich. Ich kenne sie, seit wir Kinder waren, wir sind miteinander aufgewachsen und sie ist meine beste Freundin. Mit ihr bespreche ich die Dinge, die ich weder mit Knox noch mit William besprechen kann.

Sie schenkt mir ein Lächeln. »Worauf wartet ihr?«

»Auf die anderen«, antwortet Knox. »Aber Chloé und Law machen sicher noch in irgendeiner Ecke rum.«

Noir lacht leise. »Na dann, aber das ist ja nichts Neues. Wo stecken Jax und Will?«

»Keine Ahnung, aber die beiden tauchen sicher jeden Moment auf«, entgegne ich gelassen. »Ich gehe schon mal rein.«

»Ich komme mit«, sagt Noir und sieht zu Knox. »Kommst du auch?«

Er nickt. »Halten wir ihnen Plätze frei?«

»Nein, wer zu spät kommt, den bestraft das Leben. Ich habe Chloé schon mehrmals gesagt, dass ich keine Rücksicht mehr auf ihre Libido nehme«, antwortet sie und führt unsere kleine Kolonne in den Hörsaal.

Mein Blick sucht nach Midnight, die ich etwa in der Mitte ausmache. Noir steuert sogar die Reihe an, in der sie sitzt. »Hey, du bist neu, oder?«, fragt sie Midnight einen Moment später freundlich.

Jene hebt den Blick. »Ja, bin ich. Ich bin Midnight Foster, hi.« Sie schenkt Noir ein Lächeln, was mich wundert, denn mich hat sie kaum angesehen.

»Freut mich, Midnight, ich bin Noir Chevalier.« Meine beste Freundin streckt ihre Hand aus.

»Mich auch.«

Noir deutet auf den Platz neben Midnight. »Dürfen wir uns zu dir setzen?«

»Sicher.«

»Sehr gut.« Sie lässt sich neben Midnight nieder und holt ihre Sachen aus ihrer Gucci-Tasche. »Woher kommst du?«

»Aus Tennessee und du?«

»Ich stamme aus Kanada«, antwortet Noir.

Midnight nickt, als ich mich neben meiner Besten niederlasse. »Ich hätte auf Frankreich getippt, weil du einen französischen Akzent hast.«

»Die dortigen Winter sind definitiv milder«, erwidert Noir kichernd.

Ich schnaube unzufrieden, da sie augenscheinlich sofort einen Draht zu Midnight gefunden hat, während ich mir die Zähne an ihr ausbeißen durfte.

»Was ist los?«, fragt Knox leise.

»Nichts, alles gut.« Ich hole meinen Block aus dem Rucksack, ebenso das Lehrbuch und lehne mich zurück.

»Okay, du bist angepisst, weil Noir leichteres Spiel bei ihr hat«, stellt er amüsiert fest.

Ich werfe ihm einen genervten Blick zu, schüttle den Kopf und verschränke die Hände hinter diesem.

Midnight

Noir ist nett, aber sie gehört zu Cloud, der viel zu neugierig ist. Ja, er sieht gut aus. Er ist groß, seine Haare sind von einem dunklen Braun und er hat ein unglaublich markantes, hübsches Gesicht, außerdem hat er verdammt beeindruckende und einnehmende blaue Augen. Dieser Knox und Noir sind auch wirklich gutaussehend, bisher sehen hier wirklich alle aus wie Models und ich frage mich, ob die ganze Schönheit von Gott oder einem plastischen Chirurgen gegeben ist.

Die Vorlesung bei Mrs. Bellamy war sehr trocken, was aber auch an ihrer sonoren wie einschläfernden Stimme liegt. Für heute waren das all meine Veranstaltungen und ich bin auf der Suche nach der Bibliothek.

»Wohin geht's?«, fragt Noir hinter mir, als ich den Hörsaal verlasse.

Ich drehe mich zu ihr um. »Ich will in die Bibliothek.«

»Hast du keine Vorlesungen mehr?«

Daraufhin schüttle ich den Kopf.

»Ah okay, ich muss auch in die Bib, also können wir zusammen gehen.«

»Ich schließe mich an, da ich auch noch etwas aus einem Fachbuch suchen muss«, verkündet Cloud.

»Dann komme ich auch mit«, sagt Knox.

»Wo wollt ihr hin?«, fragt eine junge Frau, die verboten hübsch ist. Ihr folgen weitere Männer.

»In die Bibliothek, Chloé«, antwortet Cloud gelassen. »Ich glaube kaum, dass du uns begleiten willst, oder?«

»Nein, ich muss in die nächste Vorlesung«, sagt sie. »Sehen wir uns später im Speisesaal?«

Noir sieht auf ihre Uhr. »Wann endet deine Vorlesung?«

»In eineinhalb Stunden.«

»Dann treffen wir uns um halb zwei dort«, sagt Noir und konzentriert sich auf mich. »Kommst du?«

»Klar.« Ich gehe an ihre Seite und lasse mich von ihr durch die verwinkelten Gänge führen. Als ich am Wochenende hier angekommen bin, habe ich nicht damit gerechnet, dass die Academy einem Labyrinth gleicht. Onkel Nicholas hatte keine Zeit, mich herumzuführen, sondern brachte mich heute Morgen bloß zum Sekretariat, damit ich meinen Stundenplan abholen konnte. Mr. Rosier, den Dekan, habe ich auch noch nicht kennengelernt, da er am Wochenende beim Skifahren war, wie mein Onkel mir nach einem Anruf bei ihm mitteilte. Eingelebt habe ich mich noch nicht, aber ich hoffe, dass es mir bald gelingt, denn im Moment komme ich mir wie ein Fremdkörper vor. Ich weiß nicht mal, ob es sich ändern wird, denn ich bin jemand, der sich mit Veränderungen wirklich schwertut.

»Woher aus Tennessee kommst du?«, möchte Noir wissen, als wir in einen weiteren Gang abbiegen.

Ich hole tief Luft. »Aus Knoxville.«

»Yeehaw«, stößt Cloud aus, weshalb ich ihn irritiert ansehe.

»Geht's dir gut?«

Er grinst mich an. »Sogar bestens.«

Ich nicke knapp. »Man könnte es bezweifeln.«

Knox lacht. »Du hast wirklich Feuer, das muss man dir lassen.«

»Tja«, stoße ich aus.

»Ich war noch nie in Knoxville, ist es schön dort?«, fragt Noir, weshalb ich mich wieder auf sie konzentriere.

»Also mir hat's gefallen«, erwidere ich. »Aber ich weiß nicht, was ich groß darüber erzählen soll.«

»Was du dort so gemacht hast, wäre ein Anfang«, sagt sie lächelnd.

»Ich habe studiert, gearbeitet und gelegentlich meine Freunde getroffen.« Die wenigen, die ich hatte und sich von mir abgewendet haben, nachdem all die albtraumhaften Dinge geschehen sind.

»Und was genau studierst du?«

»Journalismus«, antworte ich aufrichtig. »Und du?«

»Wirtschaftswissenschaften«, lässt sie mich wissen.

»Interessant.«

»Es geht, ist sehr trocken, aber mich erwartet die Führung des Familienunternehmens, also tue ich, was von mir erwartet wird.«

»Alles klar«, stoße ich überfordert aus. Was erwartet mich? Ich könnte ebenfalls ins Familienunternehmen einsteigen, allerdings möchte ich das nicht. Es ist sowieso meinen Cousins, Onkel Georges Söhnen, bestimmt, ein Teil der Führungsebene zu werden und es irgendwann zu übernehmen, aber vielleicht werde ich für eine der Zeitungen meiner Familie schreiben. So bin ich kein allzu großer Teil davon, aber ich leiste meinen Anteil, zumindest in gewisser Weise.

»Und was machst du nach dem Studium?«, erkundigt sie sich.

»Ich denke, wenn alles nach Plan verläuft, werde ich als Journalistin tätig sein.«

Die drei sehen mich irritiert an, aber was soll's?

»Nur als Journalistin?«, fragt Knox schließlich.

»Ja, warum nicht?«, hake ich verwundert über die Reaktion der drei nach.

»Die meisten, die hier studieren, haben einen vorbestimmten Weg vor sich. Dass du gar nicht genau weißt, was du tun wirst, wundert uns«, erklärt Noir lächelnd. »Aber das ist ja nichts Schlimmes, es ist nur … Na ja, es ist neu.«

»Haben wirklich alle ein klares Ziel vor Augen?«, frage ich nun irritiert.

»Ja, so ist es«, erwidert sie. »Knox wird zum Beispiel den Rüstungskonzern seiner Familie übernehmen. Clouds Zukunft wird ihn in das Mobilfunkunternehmen seines Vaters führen und mein Weg endet im Finanzunternehmen meiner Familie, obwohl ich viel lieber in Richtung Mode gehen würde«, erklärt Noir.

»Okay, damit habe ich nicht gerechnet«, gebe ich zu.

Sie schenkt mir ein freundliches Lächeln, dann deutet sie vor uns. »Wir sind da. Nimm dich in Acht vor Ms. Mikaelson, sie ist wirklich …«

»Streng und kleinkariert«, mischt sich Cloud ein. »Sobald du nur hustest, steht sie hinter dir und ermahnt dich, still zu sein.«

Ich blicke ihn mit großen Augen sowie gehobenen Augenbrauen an. »Gut zu wissen, danke für die Warnung«, stoße ich aus.

»Kein Ding.« Er zwinkert mir zu, grinst sogar, weshalb ich den Blick abwende. Ich kann nicht damit umgehen, wenn sich jemand so verhält, weshalb ich mich bisher auch tunlichst von Jungs – oder eben Männern – ferngehalten habe. Und ich denke, dass ich das auch weiterhin tun werde. Es wäre definitiv besser, statt mich mit Kerlen wie Cloud herumzuschlagen. Ich finde ihn nicht mal nett oder freundlich, sondern total aufdringlich, aber womöglich täuscht mich der erste Eindruck.

Schließlich betreten wir die Bibliothek und ich lasse sprachlos meinen Blick schweifen. Hohe Regale säumen die Wände, eine Treppe führt auf eine Galerie, die rundherum führt und zu weiteren Bücherregalen führt. Ich bin kurz davor, einen wirklich beeindruckten Laut von mir zu geben, aber wegen Noirs Warnung reiße ich mich zusammen. Ich will nicht riskieren, von Ms. Mikaelson aus der Bibliothek geworfen zu werden, denn ich bin mir sicher, dass ich hier noch so einige Stunden verbringen werde. Mein Onkel hat mir zwar am Wochenende noch die Bücher besorgt, die ich für das Semester brauche, da es ganz andere sind als am Community College, damit ich nicht aufgeschmissen bin, aber man braucht ja ständig irgendwelche Fachliteratur, die nicht auf dem Plan steht.

Wir steuern einen der Tische in der Mitte der großen Bibliothek an und ich setze mich an den äußersten Platz, von dem aus ich den Eingang im Auge habe. Ich mag es nicht, mit dem Rücken zu Türen zu sitzen, weil ich dann immer das Gefühl habe, in Gefahr zu sein. Aus diesem Grund habe ich auch den Schreibtisch in meinem Schlafzimmer bei Onkel Nicholas umgestellt. Es war ausgerechnet seine Vorlesung, die ich heute als Erstes besucht habe, aber ich muss zugeben, dass er sie interessant gestaltet hat.

Die anderen legen ihre Taschen ab, während ich meine Bücher heraushole, außerdem meine Notizen vom Community College. Zwar bezweifle ich, dass ich sie hier gebrauchen kann, aber es ist Wissen, von dem man nie zu viel haben kann. Eher zu wenig.

Ausgerechnet Cloud lässt sich neben mir nieder, weshalb ich innerlich seufze. Ich will nicht mit ihm zusammensitzen, aber da mein Onkel sagte, dass ich schnellstmöglich Freundschaften knüpfen soll, werde ich ihn nicht vertreiben. Möglicherweise ist er gar nicht der Idiot, den ich seit heute Morgen in ihm sehe und für den ich ihn halte.

Ich zucke zusammen, als ich angestupst werde. Irritiert hebe ich den Blick von meinem Buch und sehe in Noirs fragendes Gesicht. »Was ist denn?«, flüstere ich.

»Kommst du mit in die Mensa?«

Ich nicke ihr zu, dann packe ich eilig und möglichst geräuschlos meinen Kram zusammen. Als ich fertig bin, schultere ich meine Tasche und folge den dreien aus der Bibliothek. Sie unterhalten sich angeregt darüber, was sie in den Ferien unternommen haben. Ich beteilige mich lieber nicht an ihrem Gespräch, denn ich kann nur eine Horrorgeschichte dazu beitragen, von der ich nicht will, dass jemand von ihr erfährt. Glücklicherweise trage ich den Namen meines Dads und nicht den meiner Mom. Sie hat ihren Mädchennamen nie abgelegt, weil er so viel Macht bedeutet, aber ich will ihn nicht tragen. Glücklicherweise haben mich meine Eltern aus den Medien herausgehalten, sodass ich unbehelligt leben und studieren kann, sonst würde wohl schon jeder Bescheid wissen. Ich hoffe nur, dass das auch so bleibt. »Und was hast du in den Ferien so gemacht?«, wendet sich Knox an mich.

Ich schaue zu ihm hoch. »Weihnachten gefeiert, Silvester mit der Familie meines Onkels verbracht und am Freitag kam ich hier an.«

Er nickt. »Also kein Skilaufen oder so was?«

»Nein, ich bin nicht besonders gut darin.«

Seine Augenbraue gleitet in die Höhe. »Wieso nicht?«

»Weil ich kein Interesse daran hatte, es zu lernen. Ist das schlimm?«, frage ich lächelnd.

»Nein, nur ungewöhnlich.« Knox neigt den Kopf. »Welchen Sport machst du denn gern?«

»Uff«, stoße ich aus. »Eigentlich keinen, wenn ich ehrlich bin.«

»O krass«, stößt er aus. »Warum nicht?«

»Kein Interesse«, antworte ich abermals, doch diesmal schenke ich ihm kein Lächeln. »Ich lese lieber oder lebe meine Kreativität aus, statt mich beim Sport zu verausgaben.«

Knox starrt mich verblüfft an. »Okay.« Dann konzentriert er sich wieder auf Noir und Cloud. Ich glaube, die drei sind wirklich gut miteinander befreundet, auch mit den vier anderen, die in der Politik-Vorlesung von Mrs. Bellamy waren.

Gemeinsam laufen wir durch die verwinkelten Gänge, an deren Wänden sich Gemälde aneinanderreihen. Mal sind es Landschaften, mal ernst dreinblickende Aristokraten – zumindest halte ich sie dafür – und mal Stillleben. Es ist erdrückend, obwohl der Anbau sonst vor Modernität strotzt. So ein richtiges Wohlgefühl habe ich hier noch nicht, aber vielleicht kommt das noch. Die Umstände, unter denen ich hierher gekommen bin, sind auch nicht die besten Voraussetzungen, sich schnell einzuleben. Ich muss ständig daran denken, was passiert ist, und das macht mich verrückt.

»Da sind wir«, sagt Noir, womit sie mich aus meinen Gedanken reißt.

Kopfschüttelnd richte ich meine Aufmerksamkeit auf die Mensa und staune nicht schlecht. Der Speisesaal besteht aus mehreren Tischen, an denen Holzbänke stehen. Wir sind wieder im historischen Teil der Academy und hier ist es zur Abwechslung wirklich schön, auch wenn es mich an die große Halle aus den Harry Potter Filmen erinnert. Es hängen keine Gemälde an den Wänden und gewiss gibt es hier keine Hauselfen, aber der Flair ist derselbe. Ich denke, hier und in der Bibliothek werde ich mich sicher wohlfühlen können.

Cloud

Midnight ist wirklich verschlossen, aber in der Bibliothek konnte ich einen Blick auf ihre Notizen werfen. Außerdem lagen Kopien in ihrem Block, die mir verraten haben, dass sie das Community College besucht hat. Ich bin mir sicher, dass sie ein Stipendium für die Rosier bekommen hat, aber ich werde Chloé später fragen, ob sie nicht ihren Vater aushorchen kann. Der alte Kauz hat sicher mehr Informationen, die Chloé aus ihm herauslocken kann, damit wir wissen, wer sich hinter Midnight Foster verbirgt, denn ich bin unwahrscheinlich neugierig. Sie stammt aus Knoxville, Tennessee und ich könnte mich nun durch die Internetgeschichte googeln, allerdings empfinde ich das als zu anstrengend.

Als ich Chloé und Law entdecke, stupse ich Noir an, die mit Midnight im Gespräch ist. »Was ist?«

Ich deute zu unseren Freunden, zu denen sich gerade Jax und Will setzen.

»Ah.« Sie lächelt mich an, dann machen wir uns auf den Weg zu ihnen.

Kaum haben wir den Tisch erreicht, löst sich Chloé von Law und sieht zu uns. Ihre Augenbraue gleitet in die Höhe, als ihr Blick auf Midnight fällt. »Helft ihr seit Neuestem den Stipendiaten, sich zurechtzufinden?«, fragt sie überheblich und ihre Augen verschießen Blitze.

»Ich bin keine Stipendiatin«, mischt Midnight sich ein.

»Dich hat niemand gefragt«, zischt Chloé.

»Es ging um mich, also war ich so frei, mich einzumischen«, kontert Midnight, allerdings klingt sie so freundlich, dass man gar keine Feindseligkeit in ihrer Stimme erkennt.

Sicher kann sie einem auch sehr nett sagen, dass man sich ficken soll.

»Sie ist neu bei uns«, wende ich mich an Chloé. »Und Professor Graham bat mich, ihr alles zu zeigen.«

»Seit wann machst du, was die Profs dir auftragen?«, hakt sie bissig nach.

»Seit ich keinen allzu guten Stand mehr bei Graham habe«, antworte ich. »Also tue ich genug dafür, dass er mich nicht mehr auf der Abschussliste hat.«

»Ich denke, ich setze mich woanders hin«, verkündet Midnight, schon verschwindet sie.

Noir setzt sich seufzend an den Tisch. »Kannst du nicht freundlicher sein, als wir es von dir gewöhnt sind?«, wendet sie sich an Chloé.

Diese sieht meine beste Freundin skeptisch an. »Warum sollte ich?«

»Weil Midnight neu und total nett ist. Gib ihr einfach eine Chance«, hält Noir dagegen.

»Mir passt ihre Nase nicht«, gibt Chloé zurück, weshalb ich eine Augenbraue hebe. »Kann ja nicht jeder ein Gadget vom plastischen Chirurgen haben, so wie du.«

Sie schnalzt mit der Zunge, als sie mich feindselig ansieht. »Vorsicht, Cloud.«

Ich schnaube, verziehe aber auch meine Lippen zu einem Grinsen und schüttle den Kopf. »Ich lasse mir von dir sicher nicht den Mund verbieten. Bilde dir nicht zu viel darauf ein, dass du die Tochter des Dekans bist.« Mit diesen Worten erhebe ich mich und schnappe mir meinen Rucksack.

»Was ist denn jetzt dein Problem?«, schnappt sie.

»Du.«

Knox steht ebenfalls auf und kommt an meine Seite.

»Wo wollt ihr hin?«, fragt Law interessiert.

»Ich setze mich sicher nicht zu dieser Paradezicke!«, antworte ich genervt.

»Alles klar, ich komme mit.« Law schnappt sich seinen Rucksack und kommt zu uns.

»Bleib hier, Law!«, verlangt Chloé, doch er reagiert nicht auf sie.

»Wollt ihr euch zu der Neuen setzen?«, fragt er uns interessiert.

»Wenn sie es zulässt«, erwidere ich und mache mich auf den Weg, die beiden folgen mir.

»Wie ist sie so?«, fragt Law, als ich mich nach Midnight umsehe. »Abgesehen von ziemlich süß, meine ich.«

»Ein bisschen verschlossen, wenn du mich fragst«, antwortet Knox gelassen. »Cloud beißt sich die Zähne an ihr aus.«

»Ich habe sie vorhin wohl auf dem falschen Fuß erwischt«, mische ich mich ein. Ich mache Midnight an einem Tisch in der hintersten Ecke aus, dann steuere ich diesen an. Die beiden folgen mir. Ich rechne fest damit, dass sie kein Wort mit mir reden wird, geschweige denn mit Knox oder Law, aber ich lasse mich gern vom Gegenteil überzeugen. »Hey.«

Midnight sieht uns drei verdutzt an. »Warum sitzt ihr nicht bei euren Leuten?«

»Weil Chloé PMS hat«, antwortet Law und setzt sich neben sie. »Hi, ich bin Law.«

»Hi, ich bin Midnight.« Sie streckt sogar ihre Hand aus, die er ergreift.

Was für ein Biest! Mich hat sie heute Morgen auflaufen lassen, aber gut, vielleicht war ich ein wenig zu aufdringlich.

Ich nehme gegenüber der beiden Platz. »Sorry, dass Chloé so ein garstiges Miststück ist.«

Midnight schaut zu mir. »Dafür kannst du doch nichts.« Sie schenkt mir sogar ein Lächeln, das ihre dunkelblauen Augen strahlen lässt. »Und da ich nun weiß, dass sie womöglich PMS hat, stört's mich gar nicht, dass sie mir gegenüber so schnippisch war.«

Knox lacht auf. »Wenn man es streng betrachtet, hat Chloé immer PMS.«

Daraufhin schaut sie ihn mit großen Augen an. »Aaaaaaalles klar.«

»Stehen bei dir noch Vorlesungen an?«, frage ich Midnight interessiert.

»Nein. Ich muss erst morgen wieder in den Unterricht«, erwidert sie und trinkt einen Schluck von ihrem Kaffee. Ich frage mich, wie sie so schnell daran gekommen ist.

»Und warum bist du noch hier?«

»Ich habe nicht gefrühstückt, weil ich heute Morgen ein wenig getrödelt habe, deshalb sitze ich hier«, erwidert sie, als sie mich ansieht. »Warum?«

»Reine Neugier«, entgegne ich und lehne mich zurück.

»Und warum esst ihr nichts?«

»Wir bestellen abends lieber bei einem der Restaurants in der Stadt«, antwortet Law. »Du kannst dich ja zu uns gesellen, wenn du willst.«

Midnight hebt eine Augenbraue. »Ich denke, ich verzichte, aber danke.«

»In welchem Trakt wohnst du eigentlich? Im Studentenflügel habe ich dich noch gar nicht gesehen«, mischt Knox sich ein.

Sie schnalzt mit der Zunge, dann grinst sie.

»Fallt ihr immer mit der Tür ins Haus?«

»Schon ja«, antworten wir im Chor, was sie kichern lässt.

»Okay, gut zu wissen.« Sie trinkt noch einen Schluck Kaffee und stellt dann die leere Tasse ab. »Ich gehe mal nach Hause.« Danach erhebt sie sich und schultert ihre Tasche.

»Wohnst du nicht im Schloss?«, möchte ich wissen.

»Doch, aber soll ich sagen, dass ich auf mein Zimmer gehe?«, fragt sie interessiert.

Ich winke ab. »Nein, alles gut.«

»Bis dann, Leute.« Midnight lässt uns allein und ich kann nicht anders, als mich ein wenig auf der Bank zu drehen und ihr hinterherzuschauen.

»Du stehst auf sie, hm?«, hakt Knox interessiert nach.

Ich wende mich den beiden wieder zu. »Sie ist süß und Frischfleisch macht immer neugierig«, erwidere ich.

»Oha!«, stößt er aus und sieht zu Law. »Du überlegst sicher auch schon, wie du sie rumkriegst, hm?«

Er nickt knapp. »Zugegeben, ja.«

Meine Augenbraue gleitet in die Höhe. Ist das sein Ernst? Er vögelt Chloé, will aber auch Midnight rumkriegen? »Lass das Chloé nicht hören.«

Laws Blick richtet sich auf mich. »Sie weiß, dass das zwischen uns nur etwas Lockeres ist und sie mich nicht exklusiv für sich hat.«

»Okay, wow«, stoße ich aus. »Sicher, dass sie es weiß?«

Er nickt. »Absolut.«

»Dann bin ich gespannt, wer von euch beiden zuerst bei Midnight landen kann«, meint Knox und sieht auf die Rolex an seinem Handgelenk. »Fuck, ich muss weiter.« Danach schnappt er sich seine Tasche und verschwindet.

»Was machst du heute noch?«, will Law wissen.

»Ich denke, ich recherchiere ein wenig, wer genau Midnight ist.«

Daraufhin neigt er den Kopf. »Wie willst du das herausfinden?«

»Entweder frage ich Chloé, ob sie mir hilft, befrage Google oder ich rufe einen Kumpel an, der bei den Cops ist.«

Seine Gesichtszüge entgleisen. »Du willst echt so weit gehen?«

Ich zucke mit den Schultern. »Ich weiß es noch nicht. Erst mal werde ich schauen, was ich ohne Hilfe herauskriege.«

»Hast du noch eine Vorlesung?«, fragt er interessiert.

»Nein, und du?«

»Ich muss noch eine hinter mich bringen.« Law holt eine Flasche Coke aus seinem Rucksack. »Geht heute Abend irgendwas?«

»Schätze, wir treffen uns wieder im Gemeinschaftssaal oder bei Knox und mir, wie immer«, erwidere ich und erhebe mich.

Law steht ebenfalls auf. »Ich begleite dich nach draußen.«

»Alles klar.«

Wir verlassen die Mensa und ich weiß genau, dass Chloé uns vernichtend ansieht, als wir an ihr vorbeilaufen. Es hat ihr noch nie gefallen, wenn sie nicht im Mittelpunkt steht, aber da muss sie nun durch. Es konnte ja niemand ahnen, dass Midnight auftauchen würde, die unbestreitbar total heiß ist, auch wenn sie die Uniform des Colleges getragen hat. Ja, wir müssen während des Unterrichts schwarze Uniformen tragen, damit sich die Stipendiaten nicht unzureichend fühlen, wenn wir in unseren Designerklamotten herumlaufen. Als ob das irgendjemanden von uns kümmern würde, dass sie sich schlecht fühlen, aber Dekan Rosier will es so, also führte er die Uniformen ein, bevor ich anfing, hier zu studieren.

»Bis später«, sagt Law, als wir den Zugang zum historischen Teil der Academy erreicht haben, und unsere Wege trennen sich.

Ich steuere die große Treppe an, um mich auf den Weg in den Studentenflügel zu machen, als ich Midnight auf dem Flur der Lehrerwohnungen sehe. Irritiert hebe ich eine Augenbraue, kann aber nicht verhindern, dass mich meine Füße zu ihr tragen. »Hast du dich verirrt?«

Sie dreht sich schwungvoll zu mir um. »Nein, wieso?«

»Weil hier die Dozenten wohnen«, entgegne ich noch immer verwirrt.

Midnight schnaubt amüsiert. »Tja, vielleicht bin ich ja ein Spion des Lehrkörpers.«

»Das glaube ich kaum«, kontere ich grinsend. »Also, was hast du hier zu suchen?«

»Ich bin auf dem Weg nach Hause.« Midnight wendet sich ab und geht weiter.

»Okay, zu welchem der Dozenten gehörst du?«, frage ich interessiert.

Seufzend dreht sie sich noch einmal zu mir um. »Warum interessiert dich das?«

Daraufhin neige ich den Kopf ein wenig. »Weil ich

herausfinden möchte, wer du bist. Du weckst eben mein Interesse.«

Überrascht sieht sie mich an. »Okay, du meines aber nicht, daher gehe ich mal.«

»Du kannst mir sagen, zu welchem Lehrer du gehörst, oder ich laufe dir hinterher, um es zu erfahren. Such's dir aus.«

Midnights Schultern sacken hinab. »Wenn ich gewusst hätte, wie aufdringlich die Leute hier sind, hätte ich mich nicht für die Rosier entschieden.«

»Komm schon, Midnight, früher oder später erfahren wir es sowieso«, halte ich lächelnd dagegen, während ich sie betrachte. Sie reicht mir gerade mal bis an die Brust, doch genau das finde ich unwahrscheinlich heiß an Frauen.

»Professor Graham ist mein Onkel«, sagt sie schließlich. »Wenn das Verhör dann vorbei ist, gehe ich jetzt.«

»Graham ist dein Onkel?«, echoe ich ungläubig.

Sie nickt. »Ist er und ich konnte mir aussuchen, ob ich bei ihm oder im Studentenflügel wohne. Du siehst, wie ich mich entschieden habe.«

Mit der Schulter lehne ich mich gegen die Wand. »Warum wusste ich nicht, dass Graham eine Nichte hat?«

»Vielleicht geht er nicht mit seinen Familienverhältnissen hausieren?«, schlägt sie vor und sieht mich unschuldig an.

Ich lache leise, dennoch hallt es von den Wänden wider. »Stimmt, er ist sehr verschwiegen.«

»War's das dann, Cloud? Ich möchte wirklich weiter.«

»Was machst du heute noch?«, erkundige ich mich.

Sie zuckt mit den Schultern. »Vermutlich ziehe ich mich um und erkunde dann den Campus beziehungsweise das Gelände, weil ich noch nicht dazu gekommen bin.«

»Wenn du willst, zeige ich dir alles.«

Midnights Miene nimmt einen überraschten Zug an. »Dein Ernst?«

»Ja, wieso nicht? Ich habe heute keine Vorlesungen mehr, du auch nicht, und bevor ich die ganze Zeit herumsitze, rauche, kiffe und saufe, zeige ich dir lieber alles.«

»Okay«, stößt sie aus. »Ich umgebe mich nur ungern mit Leuten, die Drogen nehmen, deshalb bringe ich das lieber alleine hinter mich.«

»Ach komm schon, Midnight, es ist nur ein bisschen Gras, ich bin kein Junkie.«

Auf einmal wird sie kreidebleich.

»Du hast doch sicher auch schon gekifft, oder nicht?«

Midnight zeigt mir ein Kopfschütteln. »Nein, ich lasse die Finger von so was.«

»Na schön, wenn ich dir verspreche, dass ich nicht bekifft sein werde, verbringst du dann den Nachmittag mit mir?«

Sie holt tief Luft. »Na schön, wenn du nüchtern bist, ist es kein Problem.«

Ich verziehe meine Lippen abermals zu einem Lächeln, als ihr Gesicht wieder an Farbe gewinnt. »Alles klar. Wann treffen wir uns?«

»Ich kann in einer Stunde fertig sein«, antwortet sie.

»Okay, dann treffen wir uns in einer Stunde in der Eingangshalle«, lasse ich sie wissen und wende mich ab.

»Cloud?«

»Ja?«, frage ich mit einem Blick über meine Schulter.

»Könnte es bitte unter uns bleiben, dass ich Professor Grahams Nichte bin? Ich möchte nicht schief angeguckt werden«, sagt sie.

»Ich werde es für mich behalten, aber glaub mir, früher oder später werden die anderen es erfahren.«

»Hauptsache sie erfahren es nicht an meinem ersten oder zweiten Tag«, erwidert sie und ringt sich ein Lächeln ab. »Danke.«

»Kein Ding.« Ich zwinkere ihr zu, dann mache ich mich auf den Weg auf mein Zimmer. Eigentlich ist es mehr eine Wohnung, die in einem weiteren Anbau des Schlosses ist. Die besonders gut betuchten Studenten werden in WGs eingeteilt, weshalb ich mir ein Apartment mit Knox teile.

Meine Laune befindet sich auf einem Hoch, immerhin habe ich die Chance bekommen, Midnight besser kennenzulernen, obwohl sie mich den ganzen Vormittag auf Abstand gehalten hat.

Midnight

Warum habe ich mich nur darauf eingelassen? Mit Cloud das Gelände der Academy erkunden, kann entweder einen tollen Nachmittag oder die totale Katastrophe bedeuten.

Ich habe meinen Unikram abgelegt, mich umgezogen und mir dann einen Kaffee gemacht. Nun sitze ich am Küchentisch und starre aufs Handy, während ich darauf warte, dass die Stunde vergeht, bis Cloud und ich uns treffen. Ich bin mir sicher, dass er mich heute Morgen auf dem falschen Fuß erwischt hat, sonst hätte ich ihn nicht so auflaufen lassen, denn normalerweise bin ich nicht so unfreundlich. Aber ich glaube, die Vorfälle haben dafür gesorgt, dass ich erst mal vorsichtig auf andere beziehungsweise neue Menschen reagiere. Ich habe Angst, dass herauskommt, wessen Tochter ich bin, und genau aus diesem Grund habe ich Cloud um Verschwiegenheit gebeten. Gut, ich könnte auch Onkel Georges Tochter sein, aber wie soll ich dann meinen Nachnamen erklären? Ich will nicht, dass man mich mit meiner Mom vergleicht, geschweige denn auf eine Stufe stellt, denn dort gehöre ich definitiv nicht hin.

Hoffentlich kommt er wirklich nicht bekifft, sonst werde ich ihn stehenlassen. Ich mag es nicht, mit jemandem zu sprechen, der unter dem Einfluss bewusstseinsverändernder Substanzen steht. Deshalb habe ich mich auch immer von Partys ferngehalten, weil dort Alkohol getrunken wird.

Gerade als ich mich zurückgelehnt habe, höre ich die Wohnungstür. »Bin da!«, ruft Onkel Nicholas. »Midnight?«

»Küche!«, antworte ich laut und verziehe das Gesicht, weil ich so gebrüllt habe. »Fuck«, stoße ich leise aus.

Er lacht, außerdem nähern sich seine Schritte. »Du hast definitiv das laute Organ deines Dads.«

Ich presse die Lippen zusammen und nicke ihm zu. »Sorry«, gebe ich mich zerknirscht, aber das liegt auch an der Erwähnung meines Vaters.

Onkel Nicholas zischt. »Tut mir leid. Ich habe für einen Moment nicht nachgedacht.«

»Schon gut. Ich muss mich daran gewöhnen, dass er erwähnt wird«, erwidere ich mit belegter Stimme und trinke noch etwas Kaffee.

»Hast du schon ein paar deiner Kommilitonen kennengelernt?«, wechselt er das Thema, als er sich eine Kaffeetasse holt. Da er keinen Vollautomaten hat, habe ich vorhin eine Kanne aufgesetzt, weil wir beide viel Kaffee trinken.

»Ja, ich treffe mich auch gleich mit einem von ihnen«, erwidere ich.

»Mit wem denn?«, fragt er interessiert.

»Mit einem Cloud, ich saß heute Morgen in deiner Vorlesung neben ihm«, antworte ich aufrichtig.

»Oh, du triffst dich mit Cloud Archer?«

»Wenn er so heißt.«

»Du solltest dich von Mr. Archer und seiner Clique fernhalten«, sagt mein Onkel.

Verwirrt sehe ich ihn an. »Ich dachte, ich soll Kontakte knüpfen.«

»Ja, aber nicht unbedingt mit diesen Leuten. Sie scharren sich um Chloé Rosier, die keinen besonders guten Ruf genießt.«

»Der bin ich auch schon begegnet«, stoße ich leise aus. »Und ich finde sie nicht besonders sympathisch.«

Er nickt, als er sich zu mir setzt. »Das ist schon mal gut. Halt dich am besten von ihr und ihren Freunden fern.«

Ich seufze schwer. »Cloud scheint kein übler Kerl zu sein und er will mir bloß den Campus zeigen, weil du es versäumt hast.«

Mein Onkel schnalzt mit der Zunge. »Na schön, aber denk an meine Worte, okay?«

»Dass ich mich von ihnen fernhalten soll?«, hake ich nach.

»Richtig.«

»Und aus welchem Grund?«, bohre ich noch tiefer nach.

Onkel Nicholas seufzt. »Diese Clique ist das pure Böse. Frag andere Studenten, sie gehen ihnen aus dem Weg, weil sie wirklich Angst vor ihnen haben.« Er räuspert sich. »Ich befürchte, dass du ihr nächstes Opfer bist, wenn Mr. Archer dich schon an deinem ersten Tag fragt, ob du dich mit ihm triffst.«

Ich schüttle den Kopf. »Er hat mich nicht gefragt, sondern sich angeboten, nachdem ich ihm sagte, was ich vorhabe.«

Er legt seine Hand auf meine. »Pass einfach gut auf dich auf, okay?«

Daraufhin nicke ich. »Das werde ich, keine Sorge.« Ich ringe mir ein Lächeln ab, dann sehe ich auf mein Handy. »O Fuck«, stoße ich aus.

»Was ist?«

»Ich hätte vor fünf Minuten unten sein müssen«, erwidere ich und springe auf. »Wir sehen uns später.«

»Um sieben ist das Abendessen fertig.«

»Ich werde da sein«, antworte ich und verlasse eilig die Küche. An der Tür schnappe ich mir meinen schwarzen Dufflecoat sowie den Schal. Ich verlasse die Wohnung meines Onkels. Auf dem Korridor lege ich mir den Wollschal um, an der Treppe angekommen schlüpfe ich in meinen Mantel. Ich schaue nach unten und sehe Cloud an der großen Flügeltür stehen, die nach draußen führt. »Sorry«, sage ich laut.

Er schaut zu mir hoch und kommt an den Fuß der Treppe. »Alles gut, ich bin auch gerade erst gekommen.«

»Okay«, stoße ich erleichtert aus, als ich ihn erreiche.

»Also, was willst du dir ansehen?«, fragt er und deutet zur Tür.

Ich hole tief Luft. »Wenn ich ehrlich sein soll, habe ich keine Ahnung.« Kaum ausgesprochen grinse ich verlegen.

Cloud lacht leise. »Okay, dann machen wir die Führung für Neulinge, die ich an meinem ersten Tag hier auch bekommen habe.«

»Alles klar.«

Wir steuern die Tür an, die er für mich öffnet. Sie knarzt laut, was mich das Gesicht verziehen lässt.

»Die Scharniere sollten dringend mal geölt werden«, sagt Cloud. »Aber ich glaube, das wird nie passieren, da die Tür schon knarzt, seit ich hier bin.«

»Warst du vorher auf einem anderen College?«

»Nein, ich war vorher auf der Rosier Private High, dann wurde ich hier angenommen«, antwortet er.

»Und was genau studierst du?«, erkundige ich mich.

Er grinst mich an. »Dafür, dass du dich heute Morgen gar nicht mit mir unterhalten wolltest, bist du jetzt ziemlich neugierig.«

Ich spüre die Hitze in meinen Wangen aufsteigen. »Sorry.«

»Nein, alles gut. Es wundert mich nur«, sagt er gut gelaunt, als wir das Schloss verlassen.

Es ist verdammt kalt, aber das hat der Winter in Wyoming laut Onkel Nicholas so an sich. Ich bin froh, dass ich noch das Stirnband in der Jackentasche habe, außerdem die Handschuhe. Ich hole beides heraus, dann ziehe ich es an.

»Ist dir so kalt?«, fragt er.

»Ja, ziemlich, aber ich bin es im Gegensatz zu dir nicht gewöhnt, dass es so kalt ist.«

»Wird es in Tennessee nicht so kalt?«

»Dort sind jetzt noch Plusgrade«, antworte ich aufrichtig. »Also es wird kalt, aber es geht nicht in die Minustemperaturen.« Meine Unterlippe zittert, aber ich hoffe, er kann mich trotzdem verstehen.

»Oh okay, dann verstehe ich, dass dir kalt ist.«

Wow, Midnight, du bist zwanzig und unterhältst dich übers Wetter, als wärst du eine ungebumste Trockenritze, ganz großes Kino, sagt meine innere Stimme und ich bemühe mich, nicht die Augen über meine Gedanken zu verdrehen. »Sorry, dass ich angefangen habe, vom Wetter zu reden.«

Cloud lacht auf. »Kein Problem. Wenn man sich nicht kennt, spricht man auch darüber.«

Ich nicke zustimmend und schaue zu ihm hoch, da er mich um mehr als einen Kopf überragt. Ich reiche ihm nicht einmal bis an die Schulter. »Woher stammst du?«

»Kanada, ganz genau aus Montreal«, erwidert er und damit habe ich auch die Erklärung für seinen französischen Akzent.

»Sprichst du Französisch?«

»Ja, ich bin zweisprachig aufgewachsen. Sprichst du eine Fremdsprache?«

Daraufhin schüttle ich den Kopf. »Nein, leider nicht, dabei wollte ich auch immer Französisch lernen.«

»Warum hast du es nicht in Angriff genommen?«, möchte Cloud wissen.

Schwer seufzend schaue ich vor uns. »Es gab andere Dinge, die meine Aufmerksamkeit erfordert haben.«

»Okay, ich frage besser nicht, was du meinst, da du nicht den Eindruck machst, als würdest du darüber reden wollen.«

»Danke«, erwidere ich lächelnd, auch wenn ich gerade nicht zu ihm hochschaue.

Cloud räuspert sich. »Wie kamen deine Eltern dazu, dich Midnight zu nennen?«

»Oh, wenn man den Geschichten glaubt, wurde ich Punkt Mitternacht geboren«, antworte ich. »Aber ich denke mal, dass meine Eltern meinen Namen damit entschuldigen wollten.«

Er schnaubt amüsiert. »Dein Name ist einzigartig und das finde ich gut.«

»Deinen hört man nun auch nicht oft.«

»Hast du ihn schon mal gehört?«, hakt er interessiert nach.

»Ja, aber das war der Protagonist eines Videospiels, kein real existierender Mensch.«

»Alles klar.« Cloud legt seine Hand auf meinen Rücken, weshalb ich den Drang, mich zu verspannen, unterdrücken muss. »Alles okay?«

»Ja«, ringe ich mich zu sagen durch und hole tief Luft. »Liegt hier immer so viel Schnee?«

»Also im Frühling, Sommer und Herbst nicht«, erwidert er amüsiert.

Ich lache auf. »So war das nicht gemeint.«

»Ich weiß.«

Als ich zu ihm hochschaue, lächelt er und das lässt ihn unwahrscheinlich heiß aussehen. Gott!

Was denke ich denn da?

Er kifft, säuft und raucht – Cloud ist kein Mann für mich und ich bin auch nicht mit der Intention nach Wyoming gekommen, hier die Liebe meines Lebens zu finden.

»Also, was macht Midnight Foster, um Spaß zu haben?«, fragt er interessiert, als wir über den schneebedeckten Weg laufen.

Ich gebe einen nachdenklichen Laut von mir. »Ich lese gern oder bin kreativ.«

»Inwiefern bist du kreativ?«

Meine Mundwinkel zucken. »Na ja, ich gestalte Grafiken. Ich zeichne auf meinem Tablet, koloriere es und stelle die Bilder auf meine Social Media Profile. Das ist nichts Großes.«

»Nicht?«, hakt er nach. »Ich finde es bewundernswert, wenn jemand zeichnen kann.«

»Es sind einfach nur Cartoons mit frechen Sprüchen«, entgegne ich.

»Wirklich?«

Ich nicke ihm zu. »Ja, wirklich.«

»Wie finde ich die?«

Daraufhin schmunzle ich. »Ich werde es dir nicht verraten.«

»Warum nicht?«

»Mhm«, gebe ich nachdenklich von mir. »Weil ich denke, dass ein paar Geheimnisse gar nicht so schlecht sind.« Ich will ihm nicht sagen, dass ich auch einen Onlineshop für meine Zeichnungen habe, sodass Menschen Tassen und Shirts damit bestellen können. So verdiene ich mir ein wenig Geld, damit ich nicht von meinen Eltern … Nein, ich bin ja nicht mehr von ihnen abhängig, da Dad tot und Mom fort ist. Mühsam unterdrücke ich den Schauer, der mich zwingen will, mich zu schütteln. Ich kann immer noch nicht daran denken, ohne dass mir übel wird, und ich möchte vor Cloud nicht kreidebleich anlaufen und kotzen, oder schlimmer noch: Umkippen.

»Na schön, aber ich finde es früher oder später sowieso heraus«, sagt er.

»Ich denke nicht«, kontere ich und ringe mir ein Grinsen ab. »Aber such einfach nicht danach, dann google ich dich und deine Familie auch nicht, okay?«

Cloud hebt eine Augenbraue, während wir am schneebedeckten Wald vorbeilaufen. Die Luft ist eiskalt, brennt in meiner Nase und lässt meine Haut spannen, dennoch ist die Landschaft malerisch schön. In der Nähe und Ferne sieht man Berge, die der Gegend einen rauen Touch verleihen. Ich bin fest davon überzeugt, dass ich mich hier wohlfühlen kann, wenn ich mich erst eingelebt und die Geschehnisse verarbeitet habe. Vor drei Wochen habe ich noch nicht damit gerechnet, dass sich mein Leben – ausgerechnet an Weihnachten – schlagartig ändern würde.

»Was geht dir durch den Kopf?«, möchte er wissen, ohne meine Frage zu beantworten.

»Gerade denke ich daran, dass es hier wirklich schön ist«, antworte ich aufrichtig. »Und du?«

»Ich frage mich, wer du bist.«

»Immer noch Midnight«, erwidere ich, als ich abermals zu ihm hochschaue.

Verdammt, warum ist er denn so groß?

Er schnaubt amüsiert. »Ich meine damit, was dich ausmacht. Was macht dich zu Midnight Foster?«

»Na ja, mein Name, denke ich.«

Cloud grinst spitzbübisch. »Komm schon, du weißt genau, was ich meine.«

»Ich lese gern, zeichne noch lieber und sonst gibt's gar nicht so viel über mich zu erzählen.«

»Hast du Geschwister?«

»Nein, ich bin Einzelkind. Und du?«

»Ich habe eine ältere Schwester, sie ist verheiratet und lebt in Frankreich«, erwidert er nachdenklich.

»Und was macht dich zu Cloud Archer?«

»Neben meinem Namen wohl die Tatsache, dass ich darauf hinarbeite, das Unternehmen meiner Familie zu führen.«

»Was für ein Unternehmen besitzt ihr? Ich weiß, Noir sagte es heute Vormittag, aber ich bekam so viel Infodump, dass ich es vergessen habe«, erkläre ich verlegen.

»Meinem Vater gehört AB and C, das ist…«

»Ein Mobilfunkanbieter, ich weiß«, überfahre ich ihn.

»Okay, dann weißt du ja, was ich irgendwann mal beruflich machen werde«, sagt er gut gelaunt.

»Willst du überhaupt diesen Weg gehen?«, frage ich interessiert.

Cloud schnalzt mit der Zunge. »Na ja, in meiner Familie wird nicht danach gefragt, welchen Weg man gehen will, sondern er ist vorbestimmt. Meine Schwester sollte gut verheiratet werden und ich die Firma übernehmen.«

Ich betrachte ihn, während wir weiter durch den verschneiten Wald gehen. »Du klingst nicht besonders glücklich darüber.«

»Was ist schon Glück?«, möchte er wissen, als er mich ansieht. Der Blick seiner blauen Augen verhakt sich mit meinem und ich muss unwillkürlich an den See denken, an dem ich letzte Woche vorbeigefahren bin. Er lag inmitten der Berge, war kristallklar und einige Eisschollen schwammen darauf. Ich schlucke bei seinem Anblick.

»Ich denke, es ist der Sinn des Lebens. Was sonst soll er sein, wenn nicht, dass wir glücklich sind?«

Cloud hebt die Augenbrauen. »Denkst du, das Leben hat überhaupt einen Sinn?«

Ich nicke. »Ja, ich bin fest davon überzeugt. Ich meine, es kann doch nicht sein, dass wir ungefragt geboren werden, wenn doch alles komplett sinnlos ist.«

»Man könnte dich romantisch oder naiv nennen«, sagt er trocken.

Meine Gesichtszüge entgleisen. »Wie bitte?«

»Na ja, deine Vorstellung ist sehr romantisch und entsprechend naiv.«

»Okay, wow«, stoße ich aus und sehe wieder vor uns. »Du bist sehr … gefühlskalt.«

»Danke, daran habe ich auch wirklich lange gearbeitet.«

»Mhm«, gebe ich von mir. Was soll denn das? Ich meine, klar hat jeder Mensch andere Ansichten, aber deshalb bin ich noch lange nicht naiv. Oder?

»Meine Meinung gefällt dir nicht, hm?«

»Sie muss mir doch auch nicht gefallen«, halte ich dagegen.

»Stimmt, du musst sie nur akzeptieren.«

»Richtig und das tue ich«, erwidere ich gedankenverloren, dennoch bin ich angefressen, weil ich mich fühle, als hätte er mich beleidigt. Fuck!

Cloud

Okay, seit ich sie romantisch aber naiv nannte, ist sie nicht mehr so gesprächig, nur was soll ich jetzt machen, um sie wieder zum Reden zu bringen? Wir spazieren durch den Wald, der das Schloss von der Straße trennt. Man muss ihn durchqueren, um den Campus zu verlassen oder hierherzukommen, aber ich bin froh, dass die Academy so abgeschirmt ist. Die Gegend ist schön, sehr ruhig und malerisch, aber nichts im Vergleich zu Montreal.

»Möchtest du etwas Bestimmtes sehen?«, erkundige ich mich, um wieder ein Gespräch ans Laufen zu bringen.

Midnight räuspert sich. »Ich glaube, hier gibt's nicht besonders viel zu sehen, oder?«

Meine Mundwinkel zucken, dann biete ich ihr meinen Arm an. »Ich zeige dir einen schönen Platz, an dem man seine Ruhe hat.«

»Alles klar.« Sie hakt sich bei mir ein, dann führe ich sie aus dem Wald. Es ist ein kleiner Fußmarsch, der uns zum See führen wird und von Bergen umgeben ist.

Ich führe Midnight dorthin, ohne dass wir viel miteinander reden. Es ist beruhigend, dass man mit ihr schweigen kann, ohne dass es unangenehm wird. Es gibt nicht viele Menschen, mit denen es möglich ist. Ich kenne bisher nur Knox und Noir, mit denen ich auch regelmäßig schweige, Midnight ist nun die dritte Person. Ich finde es wirklich angenehm, wenn ich nicht allzu viel reden muss. Aber da ich sie kennenlernen will, ist es gerade nicht förderlich, dass wir einander anschweigen, auch wenn man bei solchen Gelegenheiten wunderbar herausfinden kann, ob das Gegenüber sinnlos drauflos plappert oder nicht. Doch in ihrem Fall weiß ich jetzt schon, dass sie lieber still ist, statt zu quatschen – und das gefällt mir wirklich gut.

Nach einem langen Fußmarsch erreichen wir den See.

»O wow«, stößt Midnight aus, dabei entzieht sie mir ihren Arm und geht noch ein paar Schritte weiter. »Ich glaube, hier bin ich vorbeigefahren, als ich letzte Woche herkam.«

Ich folge ihr, bis ich neben ihr stehe. »Wahrscheinlich.« Ich räuspere mich. »Ich komme immer her, wenn ich meine Ruhe haben will.«

»Hier sind doch sicher einige Studenten unterwegs, oder?«, fragt sie interessiert.

»Es geht. Man muss nur den richtigen Fleck kennen, an dem man seine Ruhe hat.«

Als sie zu mir hochschaut, ist ihr Blick fragend. »Und wo finde ich den?«

»Komm.« Abermals biete ich ihr meinen Arm an.

Sie lächelt, als sie sich erneut bei mir einhakt. Ich führe sie am Ufer des Sees entlang. »Hinter dem Schloss ist auch ein See, oder?«

»Ja, aber der ist jetzt komplett zugefroren. Dort gehen wir oft Eislaufen.«

»Oha«, stößt sie aus.

»Warum oha?«

»Habt ihr keine Angst, im Eis einzubrechen?«, möchte sie wissen.

»Angst ist auch nur ein Gefühl«, erwidere ich. »Wenn man sich von ihr bremsen lässt, verpasst man zu viel.«

»Also besiegst du deine Angst gern?«, hakt sie nach.

»Immer und du?«

»Meine größte Angst sind Spinnen und die will ich nicht besiegen«, antwortet sie lachend. »Oh, und Schlangen finde ich auch ganz schrecklich, genauso wie Echsen.«

»Okay, anders gefragt: Wovor fürchtest du dich nicht?«

»Vor Schmetterlingen«, entgegnet sie lachend.

Ich stimme mit ein. »Gut zu wissen, dabei sind die echt blutrünstig.«

Midnight wird lauter, ihr Lachen verhallt in den Bergen. »Ja, es ist echt gefährlich, wenn man von einem blauen Morphofalter angegriffen wird.«

»Aber wirklich.« Ich schnaube amüsiert und schaue zum Wasser. Eisschollen schwimmen darauf, was mich wundert, denn normalerweise friert der See im Winter komplett zu. Dennoch bietet er einen beruhigenden Anblick. Ich bin gern am Wasser, hier kann ich in Ruhe nachdenken und für mich sein, wenn ich nicht mit meinen Freunden herumhängen will. In letzter Zeit passierte es nicht oft, dennoch brauche ich gelegentlich Abstand zu ihnen. Manchmal sitze ich auch am Wasser und lerne, weil ich mich hier super konzentrieren kann, was in Knox' und meinem Apartment selten möglich ist, da der Kerl ständig die Musik aufdreht. Bis zum Anschlag.

Wir erreichen die kleine Lichtung direkt am Ufer. Genauso einen Felsen, auf dem man wunderbar sitzen kann.

»Da sind wir«, verkünde ich.

Midnight löst sich von mir, läuft zu dem Felsblock und klettert darauf, dann setzt sie sich. Ihr Blick fällt aufs Wasser. »Der Anblick ist wirklich atemberaubend.«

»Stimmt, das ist er.« Ich begebe mich zu ihr, lasse mich gleich neben ihr nieder.

»Danke, dass du mir so viel zeigst, Cloud.«

Ich sehe sie an, betrachte sie. Ihre Wangen sind von

der Kälte gerötet – ihre Nase ebenfalls –, aber ihre blauen Augen strahlen auf eine Weise, die mich an eine Vollmondnacht erinnert. Midnight strahlt eine Schönheit aus, die ich zuvor an keiner anderen Frau wahrgenommen habe. »Gern geschehen.«

Sie faltet ihre behandschuhten Hände und schaut aufs Wasser, sie holt tief Luft und ich habe das Gefühl, als würde auf einmal alle Anspannung von ihr abfallen, da sich ihr Körper beim Ausatmen vollkommen entspannt. So, wie sie gerade aussieht, scheint sie zu träumen, außerdem summt sie leise.

Ich richte meinen Blick ebenfalls auf den gefrorenen See und atme durch. »Warum wohnst du eigentlich nicht im Studentenflügel?«

»Mhm, ich tue mich schwer damit, neue Leute kennenzulernen, und ich wollte nicht mit jemanden in ein Zimmer gesteckt werden, mit dem ich mich vielleicht nicht verstehe. Das würde nur dafür sorgen, dass ich mich zurückziehe und komplett dichtmache.«

»Oha«, stoße ich aus. »Warum bist du so?«

»Schlechte Erfahrungen«, sagt sie sofort.

»Das heißt?«

Midnight seufzt schwer. »Na ja, meine Familie ist sehr wohlhabend und die meisten wollten nur in meiner Nähe sein, um einen Vorteil daraus zu ziehen. Angebliche Freunde meinten immer, dass ich das Essen oder fürs Kino bezahlen soll, weil ich es ja hätte. Deshalb habe ich mir irgendwann abgewöhnt, zu erzählen, dass ich eine Graham bin. Der Name ist zwar weit verbreitet, aber man denkt ja doch immer sofort an meine Familie, wenn man ihn hört.«

»Und deshalb bist du hier mit falschem Namen angemeldet?«

Daraufhin zeigt sie mir ein Kopfschütteln. »Nein, ich trage den Nachnamen meines Vaters.« Auf einmal ist ihre Stimme seltsam belegt und ihr Blick füllt sich mit Tränen, die sie eilig wegblinzelt. Dennoch schafft es eine auf ihre Wange. Mich packt die Versuchung, sie mit dem Finger aufzufangen, aber ich will ihr nicht zu nahe treten.

Nachdenklich betrachte ich sie. Soll ich nachfragen oder nicht? Ich weiß, dass ich sie will, und vielleicht sollte ich mich etwas empathischer geben, als ich eigentlich bin. »Was macht dich traurig?«, frage ich dann doch, obwohl ich es nicht tun wollte.

Midnight senkt den Blick. »Mich macht nichts traurig.«

»Du hast Tränen in den Augen«, stelle ich fest.

Sie sieht mich an. »Es ist windig, also ist es völlig normal, dass meine Augen tränen.« Midnight verzieht ihre Lippen zu einem Lächeln, aber ich sehe die Trauer in ihrem Blick. Ich kenne das Gefühl, empfinde es selbst ständig, aber ich will gerade nicht, dass sie davon erfährt. Es würde sie bloß von mir fernhalten und genau das muss ich um jeden Preis vermeiden. Ich will sie erobern, bevor es Law gelingt, denn dem Kerl fliegen die Frauenherzen nur so zu. Eine Neue flachzulegen, kommt immer gut, weil noch nicht alle Kommilitonen über sie drübergerutscht sind.

»Alles klar«, sage ich leise, statt darauf herumzureiten. Sie soll sich keinesfalls von mir zurückziehen. Ich räuspere mich. »Sollen wir langsam zurückgehen?«

Midnight wirft einen Blick auf ihr Handy. »Musst du noch lernen?«

»Nein, aber wenn ich ehrlich bin, ist mir kalt und ich will mir nicht länger den Arsch abfrieren.«

Ihr Lachen wird von den Bäumen um uns herum verschluckt. »Alles klar, dann lass uns gehen.« Midnight rutscht vom Stein und landet davor auf ihren Füßen, ich tue es ihr gleich.

»Oder willst du dir noch etwas ansehen?«

»Na ja, besonders viel gesehen habe ich nicht.«

Ich stoße die Luft aus. »Hier gibt's auch nicht allzu viel zu sehen.«

»Nicht?«

»Na ja, ich könnte dir noch die Gewächshäuser zeigen.«

Überrascht sieht sie zu mir hoch. »Wo verstecken sie sich denn?«

»Ich zeige sie dir.« Einmal mehr biete ich ihr meinen Arm an und sie hakt sich ein.

Wir machen uns auf den Weg.

Nach einem langen Marsch durch den Schnee habe ich Midnight zu den Gewächshäusern geführt. Sie werden nicht mehr benutzt, aber eines darf ich nutzen und ich habe dort rote Rosen gepflanzt, die ich hege und pflege, außerdem ist es eine super Möglichkeit, mein Gras versteckt anzubauen. Mr. Rosier interessiert sich ohnehin nicht für das, was wir tun, außer es schadet der Academy. Aber wir wären doch dumm, wenn wir unseren Freifahrtschein riskieren, weil wir Scheiße bauen. Deshalb beschränken sich unsere Schandtaten auf den Campus und nicht auf die Umgebung, denn hier gilt Mr. Rosiers Gesetz und nicht das der Vereinigten Staaten von Amerika.

Und seines ist wirklich lasch. Vor den meisten Vorfällen verschließt er die Augen, was mich nicht nur einmal an den Rand der Verzweiflung getrieben hat. In meiner Zeit an der Academy sind Dinge geschehen, die ich lieber nicht erlebt hätte, aber meine Familie verlangt, dass ich Stillschweigen bewahre.

Und ich werde schweigen.

Midnight

Cloud hat mich zu den Gewächshäusern gebracht. Sie stehen recht abgeschieden vom Schloss, aber sie sehen toll aus, auch wenn die meisten offensichtlich nicht mehr in Gebrauch sind. Hinter ihnen ragen schneebedeckte Fichten auf. Ich bin gespannt, was dort drin angepflanzt wird.

»Können wir reingehen?«, frage ich hoffnungsvoll.

Cloud sieht zu mir herunter. »Sicher.« Er deutet zu dem ersten großen Gewächshaus in der Gruppe. »Komm.« Diesmal ergreift er meine Hand und trotz der wärmenden Handschuhe habe ich das Gefühl, dass ein Blitz in meinen Arm fährt. Ich bin kurz davor, ihm meine Finger zu entziehen, allerdings reiße ich mich zusammen. Es ist wirklich schön, dass er meine Hand hält, ich fühle mich sicher – ein Gefühl, das ich seit Ewigkeiten nicht mehr empfunden habe.

»Sorry«, sagt er auf einmal.

Ich schaue zu ihm hoch. »Was denn?«

»Dass ich deine Hand genommen habe. Manche haben etwas dagegen.«

Meine Lippen zeichnen langsam ein Lächeln. »Schon gut, ist ja nicht so, dass wir jetzt heiraten müssen.«

Sein raues Lachen elektrisiert meinen Körper, es fühlt sich verdammt gut, aber auch unwahrscheinlich fremd an. Bisher erging es mir bei keinem Mann so. Ich bin mir sicher, dass ich Cloud heute Morgen falsch eingeschätzt habe, als ich ihn für einen Poser hielt, aber ich sollte meine Achtsamkeit nicht gänzlich fallenlassen. Es ist besser, wenn ich vorsichtig bleibe, immerhin kenne ich ihn nicht, auch wenn ich glaube, ihn falsch eingeschätzt zu haben. Cloud öffnet die Tür des Gewächshauses mit einem Schlüssel, was mich wundert.

»Hereinspaziert.«

»Warum hast du einen Schlüssel?«

»Weil ich es benutze und nicht will, dass jemand hereinkommt, der hier nichts zu suchen hat.«

Ich nicke und betrete das Glashaus, als ich meinen Blick nach vorne richte, staune ich mit gehobenen Augenbrauen. »Wow.« Vor mir erstrecken sich rote Baccararosen, etwas weiter hinten sehe ich sogar schwarze Rosen. Der Anblick ist absolut traumhaft. Ich drehe mich zu Cloud um. »Und das hast alles du gemacht?«

Er nickt mir zu. »Habe ich. Im Frühjahr werden die Rosenbüsche nach draußen gesetzt, da ich sie jetzt so weit habe, dass sie nicht so schnell eingehen, auch wenn es noch mal Bodenfrost geben sollte.«

»Aber sie blühen doch im Frühjahr gar nicht«, sage ich irritiert.

»Na ja, sie sollten kurz vor dem Sommer rausgesetzt werden, aber meistens passiert es im Frühjahr«, erwidert er lächelnd. Cloud betritt ebenfalls das Gewächshaus und schließt die Tür hinter sich.

»Wie kamst du dazu, Rosen zu züchten?«

»So wirklich gezüchtet habe ich sie nicht. Ich brauchte letztes Jahr einen Ausgleich, der nichts mit Sport oder so zu tun hat, also habe ich Mr. Rosier gefragt, ob ich mich in einem der Gewächshäuser betätigen darf«, erwidert er.

Ich schaue mich weiter um, atme tief ein. »Und warum riecht es hier so süß?«

»Das ist wohl der Dünger.«

Irritiert sehe ich zu ihm. »Ich glaube kaum, dass Düngemittel so süß riechen.«

»Es gibt so viele verschiedene, die riechen alle von herb bis süß oder sind eben total atemberaubend.«

Er schenkt mir ein strahlendes Lächeln.

»Okay.« Ich gehe ein paar Schritte durch den mittleren Gang und lasse meinen Blick schweifen. »Um das Schloss herum blühen im Sommer auch Rosen, oder?«

»Ja, aber jetzt im Winter sind die Sträucher kahl. Meine werden im Schlosshof eingepflanzt.«

»Wäre schön, wenn es winterfeste Zuchten gäbe«, sinniere ich. »Aber ich glaube, das bleibt ein Traum.«

»Es gibt winterharte Rosen, die Damaszener Rose ist eine davon, aber die züchte ich nicht, außerdem blüht sie trotzdem nur im Sommer.«

»Oh, ich dachte, es gäbe keine.«

»Man kann auch nicht alles wissen, vor allem nicht, wenn man sich nicht für Pflanzen interessiert.«

Ich nicke zustimmend.

Er kommt zu mir. »Zurzeit hast du aber die Chance, den roten Farn an den Seeufern zu sehen.«

»Nicht unter dem Schnee«, halte ich schmunzelnd dagegen. Ich weiß nicht, warum ich mich in seiner Gegenwart so unbeschwert fühle, obwohl ich genau weiß, dass er kifft, raucht und säuft – so drückte er es zumindest aus. »Warum hast du auch schwarze Rosen?«

»Weil ich sie mag.«

»Sonst hat es keinen Grund?«

»Ich finde sie elegant und sie drücken nicht nur Trauer und Verlust aus, sondern auch Abenteuerlust«, erklärt Cloud.

»Schneidest du sie auch, um Sträuße zu binden?«

Daraufhin schüttelt er den Kopf. »Nein, weil sie dann einen rötlichen Ton annehmen würden, das sieht zwar auch schön aus, aber ich bevorzuge sie im satten Schwarz.«

»Sie gefallen mir.« Ich gehe weiter und sehe mir die

schwarzen Rosen näher an. »Du hast wirklich ein Händchen dafür.«

»Das habe ich wohl von meinem Großvater. Er hatte früher in Montreal auch ein Gewächshaus, in dem er das ganze Jahr Rosen züchtete. Als Kind habe ich ihm immer dabei geholfen.«

»Jetzt nicht mehr?«

Cloud räuspert sich. »Mein Großvater lebt nicht mehr.«

»Oh«, stoße ich aus. »Tut mir leid, ich wollte dir nicht zu nahetre…«

»Schon gut«, fährt er mir über den Mund. »Schätze, es ist die Erinnerung, die ich genieße, wenn ich mich um die Rosen kümmere.«

Wenigstens hat er eine Möglichkeit, sich zu erinnern, ohne dass er sich Fotos ansieht, die ihn an bessere Zeiten erinnern. »Tut mir wirklich leid, dass du ihn verloren hast.«

Er schnalzt mit der Zunge. »Das ist der Lauf des Lebens, Midnight. Wir verlieren Menschen, die uns wichtig sind, ohne dass wir etwas dagegen tun können.«

»Schon, aber es ist immer unfair«, sage ich leise.

»Wen hast du verloren?«

Meine Lippen zeichnen eine schmale Linie. Ich schüttle den Kopf und wende mich abermals von ihm ab, um die Rosen zu betrachten. Sie sind wunderschön, wie sie in voller Blüte stehen, aber ich bin mir sicher, dass sie im Sommer nicht mehr so aussehen werden. Sie welken sicher irgendwann und halten gar nicht so lange durch.

»Du willst nicht darüber sprechen, oder?«

»Nein.«

»Dann tut's mir leid, dass ich gefragt habe.«

»Schon okay«, erwidere ich mit belegter Stimme.

Plötzlich fühle ich seine Hand auf meinem Rücken und er steht neben mir. »Nein, ist es nicht. Ich hätte nicht nachhaken sollen.«

Als ich zu ihm hochschaue, sieht er mich warm an. »Es ist wirklich okay.«

»Kurz nach dem Tod meines Großvaters habe ich meine Freundin verloren.«

Meine Augen werden groß, außerdem durchfährt mich ein Gefühl, als würden tausende eiskalte Nadeln in meinen Körper fahren. »Es … Ich …«

Seufzend schüttelt Cloud den Kopf. »Ich hätte nicht davon anfangen sollen.«

Ich weiche seinem Blick aus, indem ich meinen auf mein Handy richte. Gleich ist es fünf und eigentlich hätte ich noch zwei Stunden Zeit, aber ich muss hier weg.

Schleunigst.

»Ich muss noch … lernen, deshalb sollte ich jetzt gehen.« Ohne seine Antwort abzuwarten, wende ich mich ab und verlasse das Gewächshaus. Schnellen Schrittes, geradezu rennend mache ich mich auf zum Schloss, das in der Winterlandschaft vor mir aufragt. Keine Ahnung, was sich Claude Rosier damals dachte, als er es bauen ließ, aber ich bin mir sicher, dass er irgendetwas mit diesem riesigen Prunkbau kompensieren musste.

»Midnight!«, ruft Cloud mir hinterher.

Ich höre nicht hin, sondern renne weiter. Seitenstiche versuchen, mich auszubremsen, aber ich werde weder langsamer noch bleibe ich stehen. Ich will nur hier weg, in die sichere Blase meines Zimmers, in dem ich nicht mit den Dingen konfrontiert werde, die mich traumatisiert haben.

»Jetzt warte doch!«

Ich kann nicht.

Es geht nicht.

Ich muss weg von ihm und am besten meide ich seine Gegenwart. Allerdings glaube ich, dass Cloud mich nicht in Frieden lassen wird.

Schwer atmend erreiche ich das Schloss, stoße die große Flügeltür auf und eile hinein. Es herrscht geschäftiges Treiben, doch mit gesenktem Blick laufe ich an den Studenten vorbei.

Ich höre Cloud nicht mehr, worüber ich froh bin, denn ich habe keine Ahnung, wie ich ihm meine Flucht erklären soll. Am besten halte ich mich wirklich von ihm fern und gehe auch seinen Freunden aus dem Weg, denn ich glaube nicht, dass ich mich ihm stellen kann. Er wird mit Sicherheit Fragen darüber stellen, warum ich abgehauen bin.

Schließlich erreiche ich Onkel Nicholas' Wohnung, ich klopfe hektisch.

»Midnight?«

Ich schaue den Korridor hinunter, Cloud kommt auf mich zu. Kopfschüttelnd sehe ich zur Tür, die von meinem Onkel geöffnet wird.

»Du bist ja schon wieder da«, sagt er überrascht.

Ich schiebe mich an ihm vorbei und eile in mein Zimmer.

»Was ist denn…«, er bricht ab, vermutlich, weil ich schon auf dem Flur war. »Würden Sie mir bitte verraten, was passiert ist, Mr. Archer?«, vernehme ich kurz darauf die ernste Stimme meines Onkels, bevor ich mein Schlafzimmer betrete.

»Ich habe keine Ahnung, Professor Graham. Wir haben uns ganz normal unterhalten, da fing sie plötzlich an zu stammeln und lief weg«, erklärt Cloud merklich irritiert. »Ich weiß wirklich nicht, was auf einmal los war, Sir.«

Ich verschwinde in mein Zimmer, denn ich will die beiden nicht belauschen. Ich brauche bloß ein paar Minuten, um zur Ruhe zu kommen und den Kopf freizukriegen. Keuchend steuere ich mein Bett an, auf das ich mich wenig später fallen lasse. Ich habe Tränen in den Augen, weshalb ich sie schließe. Tief durchatmend verdränge ich die Bilder, die mir von meinen Erinnerungen gezeigt werden. Ich ertrage sie nicht.

Sie sind zu schlimm.

Sie sind das, woraus Albträume gemacht sind.

Mein Herz rast. Es beruhigt sich nicht, auch nicht, als mein Onkel klopft.

»Midnight?«

»Ja?« Ich schlage die Augen auf, dann richte ich mich auf.

Er betritt mein Schlafzimmer, sieht mich besorgt an. »Kannst du mir sagen, was passiert ist?«

Daraufhin hole ich tief Luft, versuche irgendwie, den Kloß in meinem Hals niederzukämpfen. »Er sprach von seinem toten Großvater und seiner Freundin, die er letztes Jahr verloren hat«, antworte ich unruhig.

Onkel Nicholas kommt näher, er nimmt den Stuhl von meinem Schreibtisch, stellt ihn vor mich und setzt sich. »Das hat dich getriggert, hm?«

Ich nicke hektisch. »Ich hatte das Gefühl, eine Panikattacke zu bekommen, deshalb habe ich ihn stehenlassen und bin weggerannt.«

Onkel Nicholas‘ hebt eine Augenbraue. »Du hättest ihm erklären können, warum du dich mit dem Thema nicht wohlfühlst.«

Diesmal zeige ich ihm ein hektisches Kopfschütteln. »Nein, ich will nicht, dass jemand erfährt, was passiert ist.«

Er atmet durch. »Früher oder später wird er erfahren, warum du hergekommen bist.«

»Dann ist das eben so, aber ich möchte … Ich muss erst mal selbst damit klarkommen, statt es jemandem anzuvertrauen, den ich überhaupt nicht kenne.«

Mein Onkel nickt. »Ich verstehe dich, aber dir sollte klar sein, dass der Flurfunk hier verdammt gut funktioniert. Wenn einer von ihnen herausfindet, wer du bist, wissen sie wenig später auch, was passiert ist.«

Ich seufze schwer. »Und dann?«

»Könnte es passieren, dass man dich meidet, Midnight, und ich glaube nicht, dass dir das guttun wird.«

»Mhm.« Aber es wäre mir lieber, als über die Geschehnisse an Weihnachten zu sprechen. Noch gelingt es meiner Familie, die Sache aus der Presse herauszuhalten, aber wie lange noch? »Aber bisher weiß niemand, was passiert ist.«

»Stimmt, aber irgendwann kommt so etwas heraus. Glaub mir, deine Großeltern, George und ich tun alles dafür, damit es nicht ans Licht kommt, aber wir wissen nicht, wie lange uns das noch gelingt. Es gibt immer irgendeinen Investigativjournalisten, der eine große Story wittert, oder jemanden, der den Mund nicht halten kann, insbesondere, wenn es um unsere Familie geht.«

Ich lasse die Schultern hängen, schließe die Augen und atme tief durch. Mir ist übel, aber ich werde jetzt nicht aufspringen und kotzen gehen – ich werde die Übelkeit niederkämpfen.

Irgendwie.

Cloud

Ich habe keine Ahnung, was auf einmal in Midnight gefahren ist, aber ihr Weglaufen hat mich wirklich verunsichert.

Sie verbirgt etwas, aber was?

Inzwischen bin ich in Knox' und meiner Wohnung, sitze an meinem Schreibtisch und habe das MacBook vor mir eingeschaltet. Der blinkende Cursor in Googles Suchfeld lacht mich richtiggehend aus und kurzerhand tippe ich *Midnight Foster* ein.

0 Ergebnisse (0,01 Sekunden)

Ich verdrehe die Augen und gebe *Midnight Foster, Graham Dynastie 2024* ein.

Ungefähr 246.900 Ergebnisse (0,42 Sekunden)

Ich scrolle mich durch die Ergebnisse, doch jedes Mal fehlt ihr Name. Ich stoße nur auf eine Geburtsanzeige, in der Jared Foster und Elisabeth Graham die Geburt ihrer Tochter Midnight verkünden – sonst ist da nichts.

Nun weiß ich wenigstens, wer ihre Eltern sind. Ich öffne einen neuen Tab, dann suche ich nach Midnights Vater.

Eine Todesanzeige.

Sie ist vom achtundzwanzigsten Dezember.

Ich hole tief Luft, als ich sehe, dass Midnights Name bei jenen der Hinterbliebenen steht.

»Fuck!«, stoße ich aus. Jetzt weiß ich, warum sie abgehauen ist. Sie hat ihren Dad verloren! Und ich dämlicher Idiot habe über den Tod meines Großvaters und meiner Freundin gesprochen, über beides bin ich noch nicht ganz hinweg, denn zumindest an Helenas Tod habe ich immer noch zu knabbern.

Durchatmend lehne ich mich in meinem Ledersessel zurück und schaue aus dem großen Fenster hinter dem Schreibtisch. Der Himmel ist grau, Nebel liegt über den Berggipfeln und spiegelt gerade meine Stimmung wider.

Midnight scheint genauso kaputt zu sein wie ich.

Ich dachte immer, dass es niemanden gibt, der mich vielleicht auch nur ansatzweise verstehen könnte, aber ich bin mir sicher, dass sie es kann – wenn ich ihr nur offenbare, was in mir vor sich geht. Tag für Tag. Aber da ich sie erst kennengelernt habe, werde ich nicht so schnell mit offenen Karten spielen können. Ich will sie nicht von mir stoßen, allerdings glaube ich, dass genau das der Fall wäre, würde ich ihr zu schnell offenbaren, was mich ausmacht und tagtäglich beschäftigt.

Ich hole tief Luft und google Midnights Mutter, allerdings spuckt Google nur alte Suchergebnisse aus. Bloß eines davon sticht mir ins Auge.

Elisabeth Graham wegen Drogenbesitz verhaftet!, lautet der Aufmacher.

Mit einer gehobenen Augenbraue rufe ich den Artikel auf, den ich eilig lese.

Ihre Mom soll drogensüchtig sein und ihr Dad ist tot. Jetzt kann ich mir auch erklären, warum sie nicht wirklich von sich oder ihrer Familie erzählt hat. Fuck, das muss eine Belastung sein, die ich mir nicht einmal ansatzweise vorstellen kann. Scheiße, es muss ihr richtig dreckig gehen, denn die Todesanzeige ihres Vaters nennt Heiligabend als seinen Todestag.

Fuck, Fuck, Fuck!

Scheiße, nicht nur, dass dieses Thema nichts für ein erstes oder zweites Treffen ist, nein, ich habe mich auch wie der Elefant im Porzellanladen verhalten. Shit!

Ich sinke abermals gegen die Rückenlehne und schließe für einen Moment die Augen, die ich reibe.

Ich sollte ihr nicht verraten, dass ich sie und ihre Familie doch online gesucht habe, aber ich werde mich morgen bei ihr entschuldigen, mehr kann ich nicht tun. Vielleicht wird sie nicht mehr mit mir reden, aber das werde ich schon bald herausfinden.

Als es klopft, richte ich mich wieder auf, klappe das MacBook zu. »Ja?« Ich drehe mich mitsamt dem Stuhl zur Tür.

Knox kommt herein. »Hey, kommst du mit in den Gemeinschaftsraum?«

»Nein, ich bin k.o. und bleibe hier.«

Er hebt eine Augenbraue. »Das bist du doch sonst nicht.«

Ich zucke mit den Schultern. »Mir steckt die Reise noch in den Knochen, außerdem habe ich letzte Nacht nicht viel geschlafen.«

»Und du warst den ganzen Nachmittag mit Midnight unterwegs.«

Meine Augenbraue gleitet in die Höhe. »Woher weißt du das?«

»Hab euch durchs Fenster gesehen.« Er kommt näher, setzt sich auf mein Bett. »Hast du ihr deinen Flachlegeplatz gezeigt?«

»Was meinst du?«, hakte ich nach.

»Na das Gewächshaus, in das du jede schleppst.«

Ich schnaube amüsiert. »Habe ich tatsächlich.«

Nun ist er derjenige, der mich schräg ansieht. »Du willst sie wirklich flachlegen, hm?«

Daraufhin hole ich tief Luft. »Ich glaube, das hat sich heute Nachmittag erledigt.«

»Warum?«

»Weil sie abgehauen ist«, antworte ich aufrichtig und fahre mir mit den Fingern durchs Haar.

Knox lacht auf. »Wieso das denn?«

Ich zucke mit den Schultern. »Bin ihr wohl zu nahe getreten.«

»Was soll das heißen?«, bohrt er weiter nach – dass der Kerl aber auch nicht locker lässt!

»Pff«, stoße ich langgezogen aus. »Ich habe ihr von meinem Großvater erzählt, dann von Helena … Schätze, das war zu viel des Guten.«

Knox betrachtet mich, als wäre ich der hinterletzte Vollpfosten, aber was soll ich machen? Die Sache rückgängig? Wenn das möglich wäre, hätte ich es schon längst getan. Fuck, ich ärgere mich ja schon die ganze Zeit über mich selbst, seit ich herausgefunden habe, dass ihr Dad erst vor Kurzem gestorben ist. Es muss ihr richtig beschissen gehen und ich triggere sie auch noch einmal auf den Mount Everest und zurück. Dümmer kann man kaum sein. Heute könnte man es im Duden nachschlagen und mein Name würde daneben stehen. Ich bin mir ganz sicher. »Das ist echt romantisch«, stößt er aus. »Krasser hättest du nicht ausdrücken können, wie kaputt du eigentlich bist.«

»Das macht mich noch lange nicht kaputt«, halte ich knurrend dagegen.

»Das vielleicht nicht, aber dass du seit Helenas Tod wie ein Blöder säufst und kiffst, macht dich kaputt«, kontert er. »Und vom Koksen im letzten Semester will ich gar nicht anfangen.«

Ein unzufriedenes Schnauben ist meine einzige Reaktion darauf.

»Alter, die Kleine wird sich bestimmt nicht mehr mit dir abgeben.«

Ich zucke mit den Schultern. »Dann ist das eben so.«

»Willst du Law einfach so das Feld überlassen?«, hakt er nach. »Ihr übertrumpft euch doch seit einem Jahr ständig mit euren One-Night-Stands.«

»Und zusätzlich legt er Chloé flach«, brumme ich.

Knox' Miene entgleist. »Willst du mir jetzt sagen, dass du scharf auf sie bist?«

Ich schüttle den Kopf. »Definitiv nicht. Wenn ich eine Frau absolut nicht attraktiv finde, dann ist es Chloé Rosier, aber sie hält sich ja für das Nonplusultra.«

Er lacht auf. »Stimmt.«

»Und es nervt mich, dass sie Midnight gegenüber so feindselig war.«

»Das ist eben ihre Art«, meint er.

»Schon«, stoße ich aus. »Aber ich hoffe, sie vermasselt mir nicht die Tour.«

»Warum sollte sie das tun?«, fragt er interessiert, während er mich genauso mustert.

»Du kennst doch Chloé, wenn ihr eine Nase nicht passt, macht sie die Person fertig, bis diese nicht mehr weiß, wo ihr der Kopf steht.«

Knox atmet tief durch, zu guter Letzt stößt er geräuschvoll die Luft aus. »Stimmt, daran habe ich gar nicht mehr gedacht.« Er räuspert sich. »Aber du wirst Midnight auch nicht davor beschützen können, falls Chloé auf sie losgehen sollte.«

Ich nicke. »Ich weiß und ihr Dad hält schützend die Hand über sie, sodass sie nicht mal Konsequenzen für ihr Verhalten zu spüren bekommt.«

»Das lief doch auf der Private schon so«, gibt er zu bedenken. »Sie ist unantastbar, das wissen wir beide.«

»Mhm«, gebe ich gedankenverloren zurück.

»Bleibst du hier?«

»Ja, ich hab keine Lust, mich in den Gemeinschaftsraum zu setzen.«

»Wenn du nicht gehst, bleib ich auch hier.«

Skeptisch sehe ich ihn an, außerdem lege ich den Kopf schief. »Warum das denn?«

»Weil ich keine Lust auf die anderen hab. Lass uns hierbleiben und was zocken.«

Daraufhin zeige ich ihm ein Kopfschütteln. »Ich muss echt dringend meine Notizen ansehen. Mein alter Herr hätte mir in den Ferien beinahe den Kopf abgerissen, weil so mancher Schein in Gefahr ist.«

Knox schnalzt mit der Zunge. »Na gut, dann gehe ich zocken. Du kannst ja ins Wohnzimmer kommen, wenn du willst.«

Ich nicke ihm zu. »Bis später dann.«

Er lacht auf. »Also steht schon fest, dass du dich höchstens eine Stunde hier verkriechst.«

Daraufhin zucke ich mit den Schultern. »Keine Ahnung.«

»Na dann, bis nachher.«

Knox steht auf, anschließend verlässt er mein Zimmer und zieht die Tür hinter sich zu.

»Alter?«, rufe ich noch.

»Was?«

»Falls die anderen kommen, wimmle sie ab, ich habe heute echt keine Lust auf einen lauten Abend.«

»Geht klar!«, antwortet er.

Nach einem tiefen Atemzug drehe ich mich wieder zum Schreibtisch und klappe erneut das MacBook auf. Vielleicht finde ich noch mehr über Midnights Familie heraus. Die Grahams gehören wie meine Familie zum Geldadel. Meine Familie wurde damals mit Goldminen reich, mein Vater gründete dann seine Firma und seither sind wir in der Mobilfunkbranche, denn die Minen sind inzwischen geschlossen. Ich weiß nicht, womit Midnights Familie reich geworden ist, aber dass sie eben altes Geld haben.

Meine Recherche brachte mich gestern Abend nur so weit, dass ich herausgefunden habe, dass ihre Familie Ölfelder besitzt. Außerdem sind sie in der Zucht von Rennpferden tätig, mit denen sie Millionen verdienen. Ich habe keine Ahnung, was Midnights Mom beruflich macht, geschweige denn, was ihr Vater gemacht hat. Seine Todesursache konnte ich auch nicht herausfinden, aber er ist schon verdammt jung gestorben. Vielleicht war es ein Herzinfarkt, weil er zu viel gearbeitet hat. Möglicherweise war es ein Unfall. Ich habe keine Ahnung, aber ihre Familie scheint dafür gesorgt zu haben, dass die Presse nicht darüber berichtet. Und das kotzt mich an. Ich will wissen, woran ihr Vater gestorben ist, aber Midnight geht mir schon den ganzen Tag aus dem Weg. Sie kommt kurz vor knapp in die Vorlesungen und setzt sich dann ein paar Reihen von mir weg. Ich habe keine Ahnung, wie ich an sie herankommen soll.

Fuck!

Midnight

Es ist echt schwer, Cloud und seinen Freunden aus dem Weg zu gehen, aber bisher ist es mir ganz gut gelungen. Die Mittagspause werde ich in Onkel Nicholas' Wohnung verbringen, damit ich nicht Gefahr laufe, dass sie mich anquatschen. Wegen dieser Chloé sollte ich mich ohnehin von ihnen fernhalten, denn mein Onkel hat mich gestern noch vor ihr gewarnt. Sie ist die Tochter des Dekans und quasi unantastbar. Wenn sie schlechte Ergebnisse in ihren Kursen erzielt, ist es ihr Dad, der dafür sorgt, dass sie nicht durchfällt. Der Frau fliegt wirklich alles zu, sie muss für nichts arbeiten und das finde ich verdammt unfair. Aber gut, ich sollte mich nicht über die Vetternwirtschaft wundern, geschweige denn ärgern, weil es überall so läuft. Verwandte oder Freunde werden immer bevorzugt behandelt, die Familie vom Chef sowieso. Ich glaube, wenn ich nicht die wäre, die ich nun mal bin, hätte ich keine Chance gehabt, an der Rosier aufgenommen zu werden, auch wenn ich heute schon gemerkt habe, dass ich krasse Defizite habe. Das ist wohl der Nachteil, wenn man am Community College studiert, statt an einer Eliteuni. Ich muss echt eine Menge dafür tun, nicht unterzugehen. Aber ich habe Angst, dass ich es nicht hinkriege. Ich will meine Onkel nicht enttäuschen, die beiden haben alle Hebel in Bewegung gesetzt, damit ich hier aufgenommen werde, jetzt muss ich mich eben auf die Hinterbeine setzen.

Ich packe gerade meinen Kram zusammen, weil ich gleich weiter muss, als es plötzlich einen Knall gibt, der mich zusammenzucken lässt. Irritiert hebe ich meinen Blick. »Hey.«

Cloud sieht mich fragend an. »Warum gehst du mir schon den ganzen Tag aus dem Weg?«

»Äh«, stoße ich aus.

Er setzt sich zu mir, sodass mir keine andere Wahl bleibt, als mich ruhig zu verhalten. »Hör zu: Es tut mir leid, dass ich dich gestern damit zugetextet habe, dass mein Grandpa gestorben ist.«

Mir wird heiß und kalt. Warum spricht er über den Tod? Seit Weihnachten wird mir schlecht, wenn ich nur an dieses Thema denke.

»Auch, dass ich über Helena gesprochen habe, tut mir leid.«

Ich schlucke den Kloß in meinem Hals hinunter. »Schon okay, aber ich muss jetzt in die nächste Vorlesung, Cloud.« Ich stecke den Block in meinen Rucksack, schließe diesen und erhebe mich. »Würdest du mich bitte vorbeilassen?«

»Geh mir nicht mehr aus dem Weg, okay?«

»Das tue ich nicht. Ich habe nur andere Vorlesungen als du und muss mich hier noch zurechtfinden«, rede ich mich heraus, ohne rot zu werden. Warum lässt er mich denn nicht in Ruhe? Ich dachte, mein Abrauschen gestern hätte dafür gesorgt, dass er nichts mehr mit mir zu tun haben will. Und es ehrlich gesagt auch gehofft, nachdem Onkel Nicholas mir so einiges über Clouds Clique erzählt hat. Sie sind wohl die angesagtesten Leute an der Rosier Academy und ich will nicht zu ihnen gehören, denn ich weiß, dass ich dann im Auge behalten werde, dabei fliege ich viel lieber unterm Radar. Meine Familie hat mir mein Leben lang eingetrichtert, dass ich nicht auffallen soll, daran halte ich mich insbesondere jetzt. Kaum waren die Dinge geschehen, die mein Leben zerstört haben, hat Onkel George mich zu sich geholt, dann hat er gemeinsam mit Nicholas dafür gesorgt, dass ich hierher komme.

»Was hast du jetzt?«

Ich hole tief Luft. »Medienrecht.« *Und ich fand das Thema schon immer furchtbar*, schießt mir durch den Kopf.

Cloud erhebt sich ebenfalls, bewegt sich aber nicht, sondern versperrt mir den Weg. »Hast du später Zeit?«

»Nein, habe ich nicht.« Ich möchte mich an ihm vorbeischieben, aber diese blöde Sitzreihe ist einfach zu eng. »Könntest du mir jetzt bitte aus dem Weg gehen? Ich muss mich super beeilen, um noch pünktlich in der nächsten Vorlesung zu sein.«

»Wenn du dich heute Nachmittag mit mir triffst.«

»Cloud, geh zur Seite!«, bitte ich ihn eindringlicher, denn ich sehe kommen, dass ich zu spät komme und dann nicht mehr in den Hörsaal darf.

»Reg dich ab, Midnight«, sagt er lächelnd und dreht sich um, dann geht er endlich zur Treppe.

Ich folge ihm und an den Stufen angekommen, eile ich an ihm vorbei, in der Hoffnung, es noch pünktlich zu schaffen. Mein Onkel hat mir eingetrichtert, am besten immer fünf Minuten früher in den Hörsälen zu sein, weil die Dozenten hier so verdammt streng sind. Sie nehmen wohl keine Rücksicht darauf, dass jemand neu ist, weshalb ich echt die Beine in die Hand nehmen muss. Ich muss an das gottverfluchte andere Ende des Neubaus, um an der Vorlesung teilnehmen zu können – und der verdammte Scheißweg ist echt weit.

»Aus dem Weg!«, rufe ich anderen Studenten zu, die mitten auf dem Flur stehen. Sie gehen zur Seite, ich renne weiter, aber dann pralle ich mit jemandem zusammen.

»Pass doch auf, verdammt!«, schreit mich eine junge Frau an.

Ich bleibe stehen, drehe mich um. »Fuck, das tut

mir echt leid!«, sage ich laut und eile zu ihr, um ihr aufzuhelfen. Dummerweise ist sie über und über voll mit Kaffee und ich weiß, dass es meine Schuld ist. »Das war keine Absicht.«

Als sie mich ansieht, erkenne ich sie. Es ist Chloé, die Zicke, die mich gestern für eine Stipendiatin hielt. Aber das hätte mich nicht mal wundern dürfen, da mein Gesicht weitgehend aus der Presse herausgehalten wurde – mein Leben lang. Meine Familie hat wirklich alles dafür getan, dass ich nicht in deren Fadenkreuz gerate, aber jetzt fühle ich mich wie in einem Haifischbecken. Denn die hiesigen Studenten sind ständig in der Klatschpresse zu sehen.

»Ja sicher, das würde ich dann auch behaupten!«, schnappt sie, als sie mich wütend ansieht. »Am besten gehst du mir aus den Augen, du blöde Schlampe.«

Meine Gesichtszüge entgleisen. »Wow, komm mal wieder runter.«

»Verpiss dich einfach!«, herrscht sie mich an.

Ich ziehe die Hand zurück, die ich ihr angeboten habe, dann wende ich mich ab, um zur Vorlesung zu eilen.

Ich bin völlig außer Atem, als ich den Hörsaal erreiche, dessen Türen bereits geschlossen sind. Ich öffne eine und betrete den Saal, auf einmal sind alle Augen auf mich gerichtet.

»Kann ich Ihnen helfen?«, fragt der Dozent, Dr. Wagner.

Mein Mund klappt auf und zu.

»Miss?«, nun klingt er schon ungeduldiger.

»Ja, ich bin in Ihrem Kurs.«

»Soso, die Vorlesung hat vor fünf Minuten begonnen. Wie ist Ihr Name?«

»Midnight Foster«, erwidere ich defensiv.

»Nun, Ms. Foster, da Sie unpünktlich sind, verlassen Sie bitte den Hörsaal. Ich bin mir sicher, dass Ihre Kommilitonen Ihnen mit ihren Notizen aushelfen werden. Und tun Sie uns beiden einen Gefallen, lernen Sie pünktlich zu sein, damit Sie meine Vorlesungen nicht mehr stören«, sagt er entschieden.

»Dr. Wagner, es tut mir leid, aber ich wurde aufgehalten. Es wird nicht wieder vorkommen.«

Er schüttelt den Kopf. »Raus mit Ihnen, Ms. Foster, und besorgen Sie sich eine Uhr, die Sie am besten fünf Minuten zurückstellen, damit Sie pünktlich in den Vorlesungen sind.« Dr. Wagner deutet zur Tür. »Wir sehen uns in der nächsten Veranstaltung.«

Seufzend lasse ich die Schultern hängen. »Verzeihen Sie bitte die Störung.« Danach drehe ich mich weg und verlasse den Vorlesungssaal. Als die Tür hinter mir ins Schloss gefallen ist, hole ich tief Luft. »Fuck!«, stoße ich laut aus und gehe zur Fensterbank, die so breit ist, dass man problemlos darauf sitzen kann. Ich lasse mich darauf plumpsen und sehe mit verhagelter Laune nach draußen. Onkel Nicholas wird ja so was von begeistert sein, wenn er hört, dass ich aus der Vorlesung geflogen bin. Ich ahne, dass er mir zumindest verbal den Kopf abreißen wird, worauf ich nicht scharf bin, aber ich werde mich seiner Enttäuschung, möglicherweise sogar Wut stellen müssen.

Durchatmend hole ich mein Handy heraus und werfe einen Blick auf Social Media. Private Profile habe ich nicht, lediglich welche für meine kleinen Werke, die ich über meinen Shop verkaufe. Ich wollte immer unabhängig sein, statt mir alles von meinen Eltern bezahlen zu lassen, auch wenn der Zug bereits abgefahren war, als ich sechzehn wurde.

Dad ist dann mit mir losgezogen und hat ein kleines Unternehmen mit mir gegründet, damit ich den Shop eröffnen kann. Onkel George hat all die Änderungen in die Hand genommen, die mit meinem Umzug von Tennessee nach Wyoming entstanden sind. Ich hätte aber auch keinen Kopf für den Bürokram gehabt, denn darin befanden sich ganz andere Dinge.

Fragen.

Sorgen.

Die Suche nach Antworten.

Verzweiflung.

Trauer.

Angst.

Und all das beherrscht mich immer noch.

Nachts kann ich nicht schlafen, weil ich mir entweder den Kopf zerbreche oder mich die Albträume wecken. Es ist die Zeit gekommen, in der ich erwachsen werden muss, aber ich habe keine Hilfe dabei.

Was ist richtig?

Was ist falsch?

Was soll ich tun?

Ich habe ständig Angst, dass andere herausfinden, was geschehen und warum Dad gestorben ist. Ich mache mir Vorwürfe, weil ich mir die Schuld daran gebe. Hätte ich nicht getan, was ich tat, wäre es womöglich nicht so weit gekommen, aber ich konnte mir nicht anders helfen, als Dad zur Hilfe zu rufen. Er ging dazwischen – eine Stunde später kniete ich neben seinem toten Körper und hatte nicht nur bildlich gesprochen sein Blut an meinen Händen, sondern tatsächlich. Stundenlang habe ich ihn angestarrt, bis Tante Pearl kam, um nach uns zu sehen. Sie war auch diejenige, die die Polizei rief, dann kontaktierte sie meine Onkel, die dafür sorgten, dass ich Knoxville hinter mir lasse.

Ich konnte mich nicht einmal von Dad verabschieden.

Von heute auf morgen war er einfach weg.

Mühsam blinzle ich die Tränen weg, denn ich will hier nicht losheulen. Es reicht, dass ich Chloé umgerannt habe, weshalb ich nun sicher das Gesprächsthema Nummer eins bin, aber damit komme ich zurecht.

Vielleicht.

Ich weiß ja nicht, was die Leute hier erzählen werden, aber ich habe sie definitiv nicht mutwillig umgerannt. Dummerweise habe ich sie nicht gesehen, weil eine Gruppe von Studenten sie vor mir verborgen hat. Mir ist richtig schlecht, weil ich Angst habe, dass die Sache ein Nachspiel haben wird.

»Hey.«

Ich hebe den Blick und sehe Cloud überrascht an. »Was machst du denn hier?«

»Ich habe gerade keine Vorlesung.« Er neigt den Kopf. »Warum sitzt du hier? Ich dachte, du hättest eine Vorlesung.«

»Aus der bin ich rausgeflogen, weil ich deinetwegen zu spät kam«, antworte ich mit düsterer Miene. »Und warum bist du ausgerechnet hier unterwegs?«

Er holt tief Luft. »Ich habe gleich eine Vorlesung bei Professor Harrison.« Cloud räuspert sich. »Also in einer Stunde und normalerweise setze ich mich hierher und lese.«

»Okay.« Ich schnappe mir meinen Rucksack, hole meinen Stundenplan heraus. »Ich habe gleich Theorien der Kommunikationswissenschaft.«

Daraufhin hebt er die Augenbrauen. »Klingt ziemlich trocken.«

Ich zucke mit den Schultern.

»Hab gehört, dass du Chloé umgerannt hast«, sagt er auf einmal.

»Fuck«, stoße ich leise aus. »Sie ist sicher verdammt angepisst, oder?«

»Kann man so sagen, immerhin hat sie sich deshalb heißen Kaffee übergekippt.« Cloud setzt sich zu mir. »Du solltest ihr besser aus dem Weg gehen.«

»Werde ich.« Und ihm auch, denn er ist mit ihr befreundet, was ich ihm sage.

Seine Gesichtszüge entgleisen – es sieht irgendwie süß aus. »Warum mir?«

»Wie ich schon sagte, du bist mit ihr befreundet und ich gebe mich nicht unbedingt mit jemandem ab, der mit so einem … Menschen zu tun hat.«

Clouds Augenbrauen wandern noch weiter in die Höhe. »Ist das dein Ernst?«

»Ja.« Ich werfe einen weiteren Blick auf meinen Stundenplan. »Warum sind die Hörsäle eigentlich so weit voneinander entfernt?«

»Weil Idioten die Stundenpläne machen«, erwidert er und räuspert sich. »Aber zurück zum eigentlichen Thema …«

»Hör zu, ich will nicht auffallen, genauso wenig will ich irgendwelche Probleme und ich bin mir sicher, dass Chloé ein Problem in Size Zero ist, deshalb ist es besser, wenn wir nichts mehr miteinander zu tun haben.« Danach stecke ich alles zurück in meinen Rucksack und erhebe mich. »Man sieht sich … zwangsläufig.«

Er steht ebenfalls auf und stellt sich mir in den Weg. »Was soll der Scheiß, Midnight?«

Ich möchte an ihm vorbeigehen, doch einmal mehr verhindert er es, indem er sich mir in den Weg stellt. »Lass mich bitte vorbei.«

»Nein.« Cloud umfasst meine Oberarme so fest, dass ich vor Schreck meinen Rucksack loslasse, der zu Boden fällt.

»Cloud, bitte.«

Er schüttelt den Kopf und dirigiert mich mit dem Rücken an die Wand. Finster sieht er mich an. »Was ist dein Problem, Midnight? Ich versuche, dich kennenzulernen, aber du suchst ständig einen Grund, mir aus dem Weg zu gehen.«

Mein Herzschlag beschleunigt sich auf ungesunde Weise. Mühsam halte ich meinen Körper unter Kontrolle, denn er will unkontrolliert zittern. »Du tust mir weh«, sage ich leise, defensiv. Ich will mich von ihm lösen, aber er lässt es nicht zu.

»Sag mir, was dein Problem ist. Ist es so schwer zu verstehen, dass man dich kennenlernen will?«

»Nein«, erwidere ich. Mein Herz schlägt so schnell, dass es wehtut. »Bitte lass mich los.«

»Ich will eine Antwort!«, knurrt er.

Ein Schauer nach dem anderen rauscht über meinen Rücken und ich habe Mühe, keine Tränen zu vergießen. Warum ist er auf einmal so aggressiv? »Cloud, bitte!«, stoße ich voller Angst aus.

Er schüttelt den Kopf, dann sieht er mir fest in die Augen. »Du wirst mir nicht aus dem Weg gehen, hast du verstanden?«

»Sonst was?«, hake ich nach, auch wenn sich meine Stimme beinahe überschlägt.

»Das wirst du dann sehen.« Er kommt mir so nah, dass ich seinen Atem auf meinen Lippen spüre. »Ich nehme nicht hin, dass du mir aus dem Weg gehen willst.«

Meine Unterlippe zittert, weshalb ich nicht in der

Lage bin, etwas zu sagen. Gänsehaut bildet sich auf meinem ganzen Körper, lässt meine Haut stechen, weil mir auf einmal eiskalt ist.

»Ist das angekommen, Midnight?«

Ich nicke hektisch.

»Sag es«, verlangt er mit rauer Stimme, dabei drängt er seinen Körper gegen meinen. Ich spüre seine harten Muskeln, ihr Spiel, wenn er sich nur ein wenig bewegt.

»Es … ist an-angekommen«, erwidere ich unruhig.

»Sehr gut.« Clouds Blick fällt, ich bin mir sicher, dass er auf meine Lippen schaut. Und plötzlich küsst er mich.

Ich halte meinen Mund geschlossen, auch, als seine Zungenspitze meine Unterlippe streichelt. Da er immer noch meine Oberarme knapp über meinen Ellenbogen festhält, kann ich mich nicht einmal von ihm befreien, denn er steht auch so dicht vor mir, dass ich das Knie nicht heben kann.

Als er den Kuss beendet, sieht er mir in die Augen. »Das wollte ich gestern schon tun.«

Ich weiche seinem Blick aus. »Lass mich bitte los«, sage ich unwahrscheinlich leise.

Cloud tritt einen Schritt zurück, kurz darauf gibt er meine Arme frei. Ich hole erleichtert Luft, dabei vermeide ich es, ihn anzusehen. Ich umrunde ihn, hebe meinen Rucksack auf und haue ab. Gott, was war das denn? Tränen stehen in meinen Augen und ich bin froh, dass er mir nicht folgt. Am besten verziehe ich mich auf die Toilette, um die Tränen zu vergießen, denn ich kann sie kaum noch zurückhalten.

»Midnight?«, ruft er, aber da habe ich die Damentoilette schon erreicht.

Ich verschwinde darin, eile in eine der Kabinen, die ich abschließe. Nachdem ich mit dem Fuß den Deckel geschlossen habe, setze ich mich darauf. Ich stemme die Ellenbogen auf die Knie, verberge das Gesicht in meinen Händen und lasse alles heraus, was sich in mir aufgestaut hat. Cloud hat mir höllische Angst gemacht und ich komme kaum mit dem klar, was da eben passiert ist. Wer weiß, was in den Leuten hier vorgeht. Ich weiß nicht, warum sich Rich Kids verhalten, als wäre ihnen alles erlaubt. Ich tue es nicht, denn trotz des Reichtums meiner Familie, musste ich immer für mein Geld arbeiten. Zwar habe ich es mit meinem Hobby verbunden, aber trotzdem ist es Arbeit.

»Midnight?«

Ruckartig hebe ich den Kopf.

Fuck, warum ist er hier reingekommen?

»Wo steckst du?«

Ich halte mir den Mund zu, um bloß keinen Laut von mir zu geben, außerdem nehme ich die Beine hoch, damit er mich nicht sieht, falls er unter den Türen hindurch sieht.

»Midnight, es ist nur eine Kabinentür geschlossen, ich weiß, dass du dort drin bist.«

Zitternd lasse ich die Hände sinken. »Geh einfach«, erwidere ich bemüht ruhig.

»Habe ich dich erschreckt?«

»Ist das nicht offensichtlich?«, frage ich schniefend. Hoffentlich geht er wieder.

»Also ja«, stellt er fest. »Du solltest mich eben nicht provozieren.«

»Das habe ich nicht getan«, halte ich entsetzt dagegen. »Geh einfach, Cloud.«

»Nein.«

Mit großen Augen starre ich die Kabinentür an. »Warum nicht?«

»Weil du keine Angst vor mir haben musst.«

Ich schlucke. »Ja sicher. Du bist eben wie ein Irrer auf mich losgegangen, aber ich muss keine Angst vor dir haben?«

»Richtig. Wenn du tust, was ich will, geht keine Gefahr von mir aus.«

Daraufhin schnaube ich ungläubig. »Ach so, du willst eine willenlose Sklavin.«

»Definitiv nicht.«

»Sondern?«, hake ich unruhig nach.

»Ich will dich immer noch kennenlernen.«

Ja klar!, denke ich sarkastisch. Als ob ich ihm jetzt noch die Chance dazu gebe! Ich werde sicher kein Wort mehr mit ihm reden und mein Möglichstes tun, um unter seinem Radar zu fliegen. Falls wir uns doch begegnen, begrüße ich ihn, frage ihn meinetwegen noch, wie es ihm geht, aber das war's dann auch.

»Midnight?«

»Was?«

»Bekomme ich eine Antwort?«, fragt er.

»Du hast mir keine Frage gestellt, die ich beantworten könnte.« Ich hole tief Luft. Am liebsten würde ich meinem Onkel von dem Vorfall erzählen, aber er sieht sich dann in seiner Meinung bestätigt. Und auf eine Ich-hab's-dir-doch-gesagt-Standpauke habe ich keine Lust.

Er schnaubt, es klingt amüsiert. »Lässt du mich dich kennenlernen?«

»Ich habe kein Interesse an dir, Cloud«, erwidere ich ruhig.

»Dummerweise nehme ich das nicht hin.«

Ich wische die Tränen von meinen Wangen. »Geh jetzt endlich.«

»Na schön. Wir sehen uns später im Speisesaal.«

»Mal sehen«, erwidere ich.

»Ich werde dort auf dich warten.«

»Tu dir keinen Zwang an.« Ich werde wirklich in die Wohnung meines Onkels gehen, statt mich in die Mensa zu setzen. Keine Ahnung, was vorhin in Cloud gefahren ist oder wer darauf steht, so das Interesse gezeigt zu bekommen, aber mich hat es definitiv erschreckt. Am liebsten würde ich die heutigen Vorlesungen ausfallen lassen, aber dann reißen mir meine Onkel den Kopf ab. Ein Risiko, das ich nicht unbedingt eingehen will. Es bringt sowieso nichts, sich zu verstecken.

Ich höre seine Schritte, die sich entfernen, schließlich die Tür, die zufällt. Erleichtert erhebe ich mich, schultere meinen Rucksack und verlasse die Kabine. Schniefend gehe ich an eines der Waschbecken und drehe das kalte Wasser auf.

»So sehr habe ich dich also erschreckt.«

Ich zucke zusammen, dann schaue ich zur Tür. »Was machst du noch hier?«

»Ich will nur sichergehen, dass es dir gut geht.«

»Aha.«

Als er sich mir nähert, verspannt jeder Muskel in meinem Körper. Normalerweise bekomme ich nicht so schnell Angst, aber die Begegnung auf dem Flur … Sie lässt die Sache ganz anders aussehen.

Scheiße!

Schließlich steht Cloud neben mir und nimmt eine Strähne meiner schwarzen Haare in seine Finger. »Wir sehen uns später«, raunt er dicht an meinem Ohr.

Sein Duft umspielt meine Sinne, doch läuft auch ein Schauer über meinen Rücken, nur bleibt diesmal der Drang mich zu schütteln aus.

»Mhm.«

Cloud zieht sich zurück, schließlich verlässt er die Damentoilette. Ich habe wirklich keine Ahnung, woher diese einhundertachtzig Grad Wendung kommt, denn gestern war er ganz anders. Auf jeden Fall weiß ich jetzt, dass er sehr wankelmütig ist.

Ich hole tief Luft, spritze mir kaltes Wasser ins Gesicht und greife nach ein paar Papierhandtüchern. Nachdem ich mich abgetrocknet habe, verlasse ich die Toilette.

Cloud

JUCK!

Jetzt weiß Midnight, dass ich nicht der nette Kerl bin, für den ich mich gestern ausgegeben habe. Und ich bin mir sicher, dass sie sich nun vor mir fürchtet. Ich habe keine Ahnung, ob sie mich in der Mittagspause wirklich in der Mensa treffen wird, aber falls nicht, werde ich später bei ihr vorbeigehen. Oder sie zwischen den Vorlesungen abfangen. Ich glaube kaum, dass sie in der Lage ist, mir permanent aus dem Weg zu gehen. Zweifellos begegnet man sich auf den Fluren, zudem gibt es nicht so viele Studenten, dass sie in der Menge untertauchen kann. Ich bin mir sicher, dass es ihr nicht gelingen wird. Nur glaube ich kaum, dass sie mir jetzt noch die Möglichkeit gibt, sie näher kennenzulernen.

Warum hatte ich mich auch nicht unter Kontrolle?

Fuck!

Ich könnte mir selbst eine reinhauen. Hoffentlich steckt sie ihrem Onkel nicht, dass ich mich vergessen habe, denn wegen meines Temperaments hatte ich schon so einige Probleme mit dem Lehrkörper, auch mit Mr. Rosier. Auch wegen meines Jähzorns.

Die Mittagspause hat angefangen und ich warte vor der Cafeteria auf Midnight, allerdings taucht sie nicht auf. Bestimmt sitzt sie in der Wohnung ihres Onkels, wo sie hofft, in Sicherheit vor mir zu sein. Wenn sie in fünf Minuten nicht auftaucht, werde ich dort klopfen gehen.

Die Zeit vergeht und Midnight taucht nicht auf. Ich schnaube unzufrieden. Vielleicht sollte ich ihr wieder meine sanfte Seite zeigen. Möglicherweise hat sie Verständnis für mein Ausklinken, wenn ich ihr eine Ausrede dafür auftische.

Definitiv werde ich ihr ein paar meiner Rosen schenken, damit sie mir verzeiht.

Zumindest hoffe ich, dass sie es tun wird.

Seit drei Wochen ist Midnight wie vom Erdboden verschluckt. Natürlich halte ich die Augen nach ihr offen, aber sie schafft es, sich vor mir zu verstecken, und nicht nur vor mir, auch die anderen haben sie nicht auf den Fluren gesehen. Und in den Vorlesungen läuft es genauso. Sie taucht kurz vor knapp auf und hält Abstand zu mir, wenn sie sich setzt. Setze ich mich dann in der nächsten Vorlesung in die Reihe, in der sie zuvor saß, sucht sie sich einen anderen Platz.

Es ist zum Verrücktwerden!

Chloé ist immer noch wütend auf Midnight, weil sie von ihr umgerannt wurde, aber das kümmert mich nicht. In der letzten Zeit habe ich mich ohnehin von meiner Clique ferngehalten, weil ich ein wenig Abstand brauchte. Mir geht Chloés Gerede über Midnight auf die Nerven, einmal bin ich sie deshalb sogar verbal angegangen, doch sie meinte bloß, dass ich runterkommen soll. Wäre sie nicht Laws ewige Bettgeschichte, würde sie gar nicht zu uns gehören. Damals setzte sie sich einfach zu uns und war der Meinung, dass sie von nun an zu uns gehört. Dummerweise landete sie dann sehr schnell mit Law im Bett und von da an hatten wir sie an der Backe. Ich habe mich nie besonders gut mit ihr verstanden, sondern immer gute Miene zum bösen Spiel gemacht, doch kann ich das langsam nicht mehr. Es ist zu viel passiert, das meinem Pokerface Risse verpasst hat.

Um den Kopf freizukriegen, sitze ich am See und schaue aufs Wasser, doch der Anblick beruhigt mein Gemüt kaum.

»Hey du«, sagt Noir, als sie sich zu mir setzt.

Ich schaue meine beste Freundin an. »Na.«

»Warum sitzt du hier so allein?«, möchte sie wissen.

Daraufhin hole ich tief Luft. »Ich ertrage Chloé im Moment nicht. Ihre Art geht mir auf die Nerven.«

»Du kennst die kleine Giftspritze doch.«

»Eben deshalb ertrage ich sie auch kaum noch«, gebe ich aufrichtig zu, denn ich weiß, was ich mit Noir bespreche, findet nicht seinen Weg in die Clique. Genauso ist es mit Knox. Wir drei behalten für uns, was wir bereden.

»Heute ist sie besonders beschissen drauf«, sagt sie.

»Warum?«, hake ich interessiert nach.

»Sie ist Midnight begegnet und hat ihr wohl was Heftiges an den Kopf geworfen, von wegen, dass sie eine Schlampe sei, die ohne ihren Onkel nicht hier wäre.«

»Und weiter?«

»Midnight hat damit gekontert, dass sie im Gegensatz zu Chloé wenigstens etwas für ihre guten Noten tut, statt sich auf ihrem Nachnamen und der Tatsache auszuruhen, dass sie die Tochter des Dekans ist, wie Chloé es macht«, antwortet sie lachend. »Das hat Chloé sprachlos gemacht und Midnight ist mit einem triumphierenden Lächeln an ihr vorbeimarschiert.«

Ich schmunzle. »Wenigstens hat sie keine Angst vor Chloé, wie alle anderen.«

»Sie will sich wohl bei ihrem Dad über Midnight beschweren, aber Law war dabei und meinte, dass sie sich nur verteidigt hätte.«

»Na ja, wir kennen unsere Märchentante und wissen, dass sie solche Geschichten gern mal ausschmückt«, halte ich dagegen.

»Schon, aber Law sagte ihr, dass er ihrem Dad die Wahrheit steckt, sollte Chloé meinen, Midnight anzuschwärzen.« Noir lacht lauter. »Du hättest ihr Gesicht sehen sollen.«

Ich stimme in ihr Gelächter ein. »Schade, dass ich es verpasst habe.«

»Ich glaube, Jax oder Will haben sie fotografiert oder gefilmt, du musst die beiden mal fragen.«

Daraufhin nicke ich und richte meinen Blick auf den See. Ich habe mich nach meinen Vorlesungen hierher zurückgezogen, um ein wenig Ruhe zu haben. Noir und Knox wissen, dass sie mich hier oder im Gewächshaus finden, sollte ich nicht in unserem Apartment oder bei ihnen sein.

»Warum interessierst du dich so sehr für Midnight?«, möchte sie wissen.

Ich zucke mit den Schultern. »Ich weiß es nicht mal, aber ich habe sie in Grahams Vorlesung gesehen und war hin und weg von ihr. Vor allem ist sie weder auf den Mund noch auf den Kopf gefallen.«

»Aber sie ist verschlossen«, meint sie.

»Ich weiß, aber ich denke, das hat so einige Gründe«, erwidere ich nachdenklich, obwohl ich weiß, dass sie ihren Dad verloren hat. Ich möchte es meiner besten Freundin aber nicht anvertrauen, auch wenn mir klar ist, dass sie nicht damit hausieren geht.

»Das glaube ich auch. Mein Dad hat mir vorhin am Telefon erzählt, dass Midnights Vater wohl gestorben ist und die Presse rätselt, was passiert ist, da die Grahams sehr verschwiegen sind und nicht über die Todesursache sprechen«, erzählt sie.

»Na ja, so viel, wie die Familie arbeitet, hatte er vielleicht einen Herzinfarkt.«

»Oder er war wie Midnights Mom drogensüchtig«, meint sie.

»Woher weißt du das?«, hake ich interessiert nach.

»Ich habe Midnight gegoogelt, nachdem sie hier aufgetaucht ist«, antwortet Noir aufrichtig. »Ich denke, das haben wir alle getan, nachdem wir ihren vollen Namen erfahren haben.«

»Sie trägt nicht den Namen Graham und ich brauchte ein paar Umwege, um mehr über sie herauszufinden.«

»Ich weiß, aber mein Dad kannte ihren Vater«, erwidert sie.

»Das wusste ich gar nicht.«

Noir zuckt mit den Schultern. »Ich wusste es bis vorhin auch nicht.«

»Na ja, wir sollten uns mehr wundern, wenn unsere Eltern jemanden nicht kennen.«

Daraufhin nickt sie zustimmend. »Du hast recht.«

Ich lasse meinen Blick schweifen und dann sehe ich jemanden durch den Schnee stapfen, der letzte Nacht gefallen ist. »Ist das Midnight?«

»Keine Ahnung. Hat sie eine weiße Mütze?«

»Wenn ja, ist sie neu, aber die Haarlänge und der Mantel passen«, erwidere ich und rutsche von dem Felsblock, auf dem ich gesessen habe. »Ich gehe mal zu ihr.«

»Du stehst auf sie, nicht wahr?«, hakt Noir nach.

»Ja, aber ich glaube nicht, dass ich eine Chance bei ihr habe«, antworte ich aufrichtig. »Ich gehe zu ihr, bevor sie verschwunden ist.« Danach schaue ich mich noch einmal um und brumme unzufrieden, denn sie ist verschwunden. »Wo ist sie hin?«

»Keine Ahnung, aber Will hat sie gestern bei den verlassenen Gewächshäusern gesehen. Vielleicht zieht sie sich dorthin zurück«, meint sie.

»Dann gehe ich dort mal nachsehen«, lasse ich meine beste Freundin wissen, die ebenfalls vom Fels rutscht. »Ich komme später bei dir vorbei.«

»Mach das.« Noir schenkt mir ein Lächeln und hakt sich bei mir ein. »Wir können ja zumindest ein Stück zusammen gehen.«

»Hast recht.« Ich führe sie durch das kleine Waldstück zurück auf den Campus und atme tief durch, als sie ihren Kopf an meinen Oberarm legt. »Ich denke, ich habe Midnight erschreckt.«

»Warum?«, möchte sie wissen.

Ich schnalze mit der Zunge. »Vor ein paar Wochen ist sie meinetwegen aus einer Vorlesung geflogen, weil sie zu spät kam, nachdem ich sie aufgehalten habe. Jedenfalls begegneten wir uns auf dem Flur und sie meinte, dass sie wegen Chloé nichts mit mir zu tun haben will, und da bin ich ein wenig aus der Haut gefahren.« Ich seufze schwer. »Ich denke, nein, ich weiß, dass ich sie zu Tode erschreckt habe.«

»O Mann«, stößt sie aus. »Hattest du dich wieder nicht im Griff?«

»Offensichtlich ja nicht.« Ich kann nichts dafür, dass ich genervt klinge, auch wenn ich versucht habe, es zu unterdrücken.

»Wenn sie dich damit so sehr aus der Fassung gebracht hat, stehst du wirklich auf sie«, stellt sie fest.

»Mhm.«

Als wir auf dem Weg vor dem Schloss stehen, löst sich Noir von mir. »Ich gehe mal rein.«

»Mach das. Ich komme später bei dir vorbei.«

»Alles klar, bis später.« Sie schenkt mir ein Lächeln, dann dreht sie sich weg und macht sich auf den Weg zu dem alten Prunkbau.

Ich wende mich jenem zu den Gewächshäusern zu. Es wundert mich, dass Will sie dort gesehen haben will, denn die meisten sind abgeschlossen, werden auch gar nicht mehr benutzt, aber vielleicht ist durch eines der zerbrochenen Fenster hereingekommen. Mr. Rosier will sie weder abreißen lassen noch die kaputten Scheiben ersetzen, aber das ist seine Sache. Ich bin froh, dass ich eines der intakten benutzen darf, außerdem erweise ich der Academy damit auch einen Dienst, immerhin züchte ich die Rosen, die auf dem Campus gepflanzt werden und diesen dann in wunderschönen Farben erstrahlen lassen. Zumindest die roten Rosen gebe ich frei, die schwarzen gehören zu meiner privaten Zucht.

Nach einer guten Viertelstunde erreiche ich die Gewächshäuser, die auf dem Gelände stehen. Ich gehe an meinem vorbei und schaue in die verlassenen Glashäuser. Als ich die weiße Mütze durch eine der angelaufenen Scheiben sehe, suche ich einen Zugang. Schließlich habe ich die Tür erreicht, die bloß angelehnt ist. Ich betrete das Gewächshaus und schaue mich um. Mit einem Räuspern mache ich sie schließlich auf mich aufmerksam. Sie sitzt inmitten verwelkter Rosen, auf dem Boden sammeln sich die vertrockneten Blüten, die sicher schon Jahre herumliegen, aber bisher nicht verweht oder festgetreten wurden. »Hey.«

Midnight schaut über ihre Schulter zu mir und erhebt sich von der Mauer, auf der vor einigen Jahren sicher noch Blumentöpfe standen. »Hallo, Cloud.«

»Wie geht's dir?«

Sie holt tief Luft. »Gut so weit und dir?«

Als ich sie näher betrachte, fällt mir auf, dass ihre Wangen nass sind. »Sicher?«

»Ja, alles bestens.«

Ich ziehe die Augenbrauen zusammen, außerdem nähere ich mich ihr.

Midnight verspannt mit dem ganzen Körper, es erscheint, als würde sie auf einmal zu Eis erstarren.

Ich bleibe etwa einen halben Meter vor ihr stehen. »Es tut mir leid, dass ich dich vor ein paar Wochen erschreckt habe.«

Sie nickt, sagt aber nichts.

»Ich hätte dich nicht so hart anfassen dürfen.«

»Stimmt wohl«, erwidert sie und greift zur Seite. Sie schultert eine Tasche und steckt ein Buch hinein. »Ich gehe mal.«

»Warum?«

»Weil ich dachte, dass ich hier meine Ruhe hätte, nachdem ich einen richtigen Scheißtag hatte«, antwortet sie seufzend.

»Weinst du deshalb?«

»Ich weine nicht.«

Ich neige den Kopf. »Midnight, ich erkenne Tränen, wenn ich sie sehe.«

Daraufhin seufzt sie schwer und wischt über ihre Wangen. »Das Buch war traurig.«

Eine meiner Augenbrauen macht sich selbstständig, hebt sich. »Ah ja.« Mit einem leichten Kopfschütteln vertreibe ich den skeptischen Gesichtsausdruck und setze mich auf die Mauer. »Hab gehört, dass du mit Chloé aneinandergeraten bist.«

»Na ja, ich habe gekontert, mehr nicht.«

»Du solltest dich vor ihr in Acht nehmen«, lasse ich sie wissen.

»Warum?« Midnight geht zur gegenüberliegenden Mauer und setzt sich darauf, sie betrachtet mich aufmerksam.

»Weil sie die Tochter des Dekans ist, außerdem hat sie die halbe Uni in der Hand. Wenn sie will, dass jemand fertiggemacht wird, passiert es meist recht schnell, dass alle auf den Zug aufspringen.«

Sie zuckt mit den Schultern. »Ich glaube kaum, dass sie alle Anzeigen riskieren wollen.«

Ich schnaube. »Ich weiß nicht, ob du in den letzten Jahren die Augen vor unserer Realität verschlossen hast, aber Leute wie wir werden selten für etwas bestraft.«

Unzufrieden presst sie die Lippen zusammen, sodass diese eine schmale Linie ergeben. Ihre Miene ist angespannt.

»Und hier gilt zudem Mr. Rosiers Gesetz, das insbesondere Chloé schützt.«

»Ganz toll«, stößt sie aus. »Aber es gibt immer noch die Presse, die sich für so etwas interessiert. Ich glaube kaum, dass Mr. Rosier schlechte Nachrichten riskieren will. Ich weiß schon, mit welchen Mitteln ich mich wehren kann.« Midnights Stimme ist belegt, klingt nicht so seidig, wie ich sie im Gedächtnis habe.

Ich nicke langsam. »Denke ich auch nicht, aber wenn du ihn erpresst, wird er dich von der Academy werfen.«

»Dann ist das eben so«, sagt sie, als wäre ihr völlig egal, was passieren könnte. »Dennoch sollte Chloé mich auch nicht unterschätzen.« Sie holt tief Luft. »Warum bist du hergekommen?«

»Weil ich dich gesucht habe und Noir mir sagte, dass Will dich hier gesehen hat«, antworte ich aufrichtig.

»Warum?«

»Um mich für mein Ausklinken zu entschuldigen. Ich wollte dir wirklich nicht wehtun oder dich erschrecken, aber manchmal habe ich mich nicht im Griff.«

»Mhm.« Sie nickt und schaut sich im Gewächshaus um. »Ich dachte, wenn es nicht mehr benutzt wird, könnte ich mich hierher zurückziehen.«

»Du hättest auch in mein Gewächshaus gekonnt, dort ist es wenigstens warm, weil die Rosen frühlingshafte Temperaturen brauchen.«

Daraufhin schüttelt sie den Kopf. »Ich bin dir bewusst aus dem Weg gegangen, nachdem du dich auf dem Flur vergessen hast.« Midnight räuspert sich. »Ich hatte deinetwegen blaue Flecken an den Armen.«

Ich verziehe das Gesicht. »Es tut mir wirklich leid. Mehr kann ich nicht sagen oder tun.«

»Vielleicht solltest du mal zu einer Aggressionsbewältigungstherapie gehen, das könnte dir helfen.«

Nun zeige ich ihr ein Kopfschütteln. »Normalerweise habe ich mich im Griff.«

»Na dann.«

»Verrätst du mir jetzt, warum du geweint hast?«, erkundige ich mich behutsam.

Sie seufzt schwer. »Ich habe meinem Onkel erzählt, dass ich mit Chloé aneinandergeraten bin und was ich sagte, das fand er wenig amüsant, entsprechend bekam ich eine Ansage, die ziemlich heftig war.«

»Fuck«, stoße ich aus. »Tut mir leid für dich.«

»Mir auch, aber offensichtlich nimmt hier jeder diese eingebildete Tussi in Schutz, weil sie Rosiers Tochter ist.«

Überrascht sehe ich sie an. »Ihr haltet ja sehr viel voneinander.«

»Ich fing nicht an, sie ständig zu beleidigen, sondern sie geht ständig auf mich los, obwohl ich mich mehrmals dafür entschuldigt habe, dass ich sie vor Wochen umgerannt habe. Ich konnte ja nicht ahnen, dass sie deshalb so ein Fass aufmachen würde.« Sie schnaubt. »Hier gelten wohl andere Regeln für Mobber.«

»Du hältst Chloé für eine Mobberin?«, hake ich verdutzt nach.

Sie nickt hektisch. »Ja, weil es nichts anderes als Mobbing ist, was sie betreibt. Sie sucht ständig Wege, mich zu verletzen, oder drückt mir einen Spruch rein, wenn ich an ihr vorbeigehe. Das ist doch nicht normal, Cloud.«

»Du hast recht.« Ich räuspere mich. »Wenn du willst, rede ich mit ihr.«

»Nein, bloß nicht«, stößt sie aus. »Das macht die Sache sicher nur noch schlimmer.«

»Es wird aber auch nicht besser, wenn du hinnimmst, dass sie dich wie Dreck behandelt«, halte ich überzeugt dagegen.

Midnight winkt ab. »Ich gehe ihr aus dem Weg, darum hat mich auch mein Onkel gebeten.«

»Mhm«, gebe ich unzufrieden von mir. »Das dürfte der falsche Weg sein. Chloé lässt selten bis nie locker, wenn sie sich erst jemanden zum Fertigmachen ausgesucht hat.«

»Ich lasse mich nicht fertigmachen«, kontert sie und lässt ihren Blick schweifen.

»Warum sitzt du ausgerechnet in dem Gewächshaus mit den ganzen verwelkten Rosen?«, frage ich interessiert.

Daraufhin sieht sie mich wieder an, ihre klaren blauen Augen blicken mir traurig entgegen.

»Weil's hier so aussieht, wie ich mich fühle.«

»Warum fühlst du dich … verwelkt?«

Midnight schnalzt mit der Zunge. »Aus vielerlei Gründen, die eine Waffe wären, die ich dir nicht in die Hand geben will.«

»Wie bitte?«, stoße ich irritiert aus.

Was denkt sie denn von mir?

Midnight

Ruhelos betrachte ich Cloud. Ich habe nicht damit gerechnet, dass er hier auftauchen würde, sonst hätte ich mir nicht dieses Gewächshaus ausgesucht. Es ist das vorletzte in der Reihe und seines steht ganz vorne, daher glaubte ich, dass er nicht in dieses kommen würde. Dummerweise hat mich einer seiner Freunde gesehen. »Du bist mit Chloé Rosier befreundet und die Dinge, die mich bedrücken, wären eine ausgezeichnete Waffe für sie, deshalb werde ich dir nicht sagen, was mich bedrückt.«

Er schüttelt den Kopf, als könne er kaum glauben, dass ich ihm deshalb nicht vertrauen will. »Ich habe kaum etwas mit Chloé zu tun, sie ist nur ständig bei uns, weil sie Laws On-Off-Betthäschen ist.«

Mit großen Augen starre ich ihn an. »Oooookay. Das sind Dinge, die ich nicht wissen will.«

Cloud lacht leise. »War vielleicht ein bisschen zu ehrlich.«

»Es war definitiv zu ehrlich«, halte ich dagegen.

»Sorry.«

»Schon gut.«

Er räuspert sich. »Ich würde den Vorfall auf dem Flur gern wiedergutmachen.«

Mein Blick wird fragend.

»Würdest du heute Abend mit mir essen gehen? Natürlich lade ich dich ein«, sagt er und ich glaube, ich erkenne Unsicherheit in seinem Blick.

Ich hole tief Luft, dann stoße ich sie durch flatternde Lippen aus. »Wann heute Abend?«

»Ich kann dich gegen sieben, meinetwegen auch früher oder später abholen«, erwidert Cloud.

»Und wo willst du essen gehen?«

»Es gibt eine nette Pizzeria in der Stadt, in der es nicht nur Pizza gibt, und sie haben es gemütlich.«

»Okay.«

»Ist das ein Ja?«, hakt er geradezu hoffnungsvoll nach.

Seufzend werfe ich einen Blick auf mein Handy. Es ist zwei Uhr und ich hätte noch genug Zeit, meine Notizen anzusehen, wofür ich eigentlich den Abend eingeplant habe. Aber glücklicherweise ist Wochenende und ich kann auch morgen noch lernen. »Ja, aber sobald du dich daneben benimmst, bin ich weg.«

Seine Mundwinkel zucken, schließlich verzieht er seine vollen Lippen zu einem Lächeln. »Super.«

»Okay, dann gehe ich mal.«

Clouds Augen werden groß. »Warum?«

»Weil ich dann jetzt noch ein wenig lernen muss, statt heute Abend«, antworte ich aufrichtig. »Und kannst du mir deine Handynummer geben? Falls mir etwas dazwischenkommen sollte, muss ich dir ja Bescheid sagen können, denn ich will nicht durchs Schloss brüllen müssen.«

Er schnaubt. »Du hast doch nicht vor, mich mit einer Ausrede abzuspeisen, oder?«

»Nein, aber falls ich erst später Zeit habe, muss ich dir doch Bescheid geben können«, entgegne ich mit klopfendem Herzen. Mir ist bewusst, dass er jederzeit wieder aus der Haut fahren kann, und das will ich definitiv nicht riskieren.

»Alles klar.« Cloud sagt mir seine Nummer an, die ich eilig speichere, dann rufe ich ihn an.

»Jetzt müsstest du auch meine Nummer haben«, erwidere ich und beende den Anruf schon wieder. »Ich gehe dann mal.«

»Ich begleite dich.« Cloud kommt an meine Seite und gemeinsam verlassen wir das heruntergekommene Gewächshaus. Ich fühle mich wohl hier, auch wenn die ganzen Rosen vertrocknet sind. Ich frage mich, warum man die Gewächshäuser nicht mehr benutzt, aber ich schätze, dass ich darauf keine Antwort bekommen werde. Onkel Nicholas konnte es mir nicht sagen und Cloud auch nicht, als er mir seine gezüchteten Rosen gezeigt hat.

Wir machen uns auf den Weg zum Schloss, das meiner Meinung nach viel zu zugig ist. Ständig friere ich in Onkel Nicholas' Wohnung, obwohl alle Heizungen aufgedreht sind.

Als wir das pompöse und auch einschüchternde Gebäude erreicht haben, öffnet Cloud eine der Flügeltüren und lässt mir den Vortritt.

»Danke.« Ich betrete das Schloss und warte direkt hinter der Tür auf ihn.

Er kommt zu mir. »Gehst du zum Lernen in die Bibliothek?«

»Nein, ich setze mich in mein Zimmer und lese meine Notizen«, erwidere ich. »Und das ist wirklich nötig, weil ich immer noch einiges aufzuholen habe.«

Cloud verzieht das Gesicht. »Tut mir leid für dich.«

»Es gibt Schlimmeres und es lenkt mich von meinem Leben ab.« Ich zwinge mich zu einem Lächeln und deute zur Treppe. »Ich gehe dann.«

»Ich komme mit, ich muss ja auch in meine Wohnung.«

Meine Gesichtszüge entgleisen. »Du hast hier eine Wohnung?«

»Ja, aber die teile ich mir mit Knox. Ein paar von uns bewohnen Apartments, die sie sich mit jemandem teilen«, antwortet er.

»Ach so.«

Wir gehen nach oben und auf der Zwischenetage deutet er nach rechts. »Ich muss dort entlang.«

»Dann verabschieden wir uns hier.« Ich schenke ihm ein Lächeln. »Bis später.«

»Bis dann.« Cloud zwinkert mir zu und ich mache mich auf den Weg zu Onkel Nicks Wohnung. Nachdem ich sie betreten habe, lehne ich mich gegen das Türblatt und atme tief durch.

»Bist du einem Geist begegnet?«, fragt mein Onkel interessiert.

Ich schaue zu ihm. »Nein, nur Cloud Archer und ich glaube, ich habe einen dummen Fehler gemacht.«

Er neigt den Kopf, außerdem hebt er eine Augenbraue. »Welchen?« Fuck, sein Ton ist lauernd, als mache er sich darauf gefasst, dass ich soeben meine Jungfräulichkeit verkauft oder mein Erstgeborenes dem Teufel versprochen hätte – aber der Zug ist längst abgefahren.

Ich schnalze mit der Zunge. »Er hat mich zum Essen eingeladen, um wiedergutzumachen, dass ich vor ein paar Wochen seinetwegen aus der Vorlesung geflogen bin, und ich habe zugesagt.«

Mein Onkel schnaubt unzufrieden. »Ich sagte dir, dass du dich von Mr. Archer und seinen Freunden fernhalten sollst.«

»Ja, aber du hast mir nur das gesagt und keine Gründe genannt, außer dass sie ein schlechter Einfluss sind«, halte ich dagegen. »Außerdem ist Cloud nett, Noir genauso.«

»Anfangs sind sie das vielleicht, aber ich bin mir sicher, dass sie nichts Gutes im Schilde führen, Midnight«, sagt er überzeugt.

Ein frustriertes Seufzen stiehlt sich aus meiner Kehle. »Lass mich doch bitte meine eigenen Erfahrungen machen, Onkel Nick.«

Er schnalzt mit der Zunge. »Du bist zwanzig Jahre alt und ich kann dir nichts verbieten, dennoch halte ich nichts davon, wenn du dich mit ihm und seiner Clique abgibst.«

Ich nicke bloß, weil ich sowieso nicht weiß, was ich sagen soll.

»Aber bitte, triff dich mit ihm und mach deine eigenen Erfahrungen. Denk nur daran, dass du dich in der Öffentlichkeit zurückhältst, weil die Presse wegen des Todes deines Vaters herumschnüffelt«, sagt er.

Es fühlt sich wie ein Schlag in die Magengrube an. »Werde ich«, erwidere ich defensiv. »Ich gehe lernen, weil die Einladung meine Planung ein wenig durcheinandergeworfen hat.«

Er nickt mir zu. »Mach das.«

Ich wende mich dem Flur zu und mache mich auf den Weg in mein Zimmer. Es ist klar, dass mein Onkel seine Meinung zu ein paar Studenten bereits gefestigt hat, zumal er sie länger kennt, aber trotzdem möchte ich mich davon nicht beeinflussen lassen, sondern meine eigenen Erfahrungen machen. Cloud möchte sein Ausklinken wiedergutmachen, diese Chance gebe ich ihm, danach werde ich ihm wieder aus dem Weg gehen. Ich denke, das ist das Beste, denn so laufe ich auch nicht Gefahr, dass Chloé mir noch häufiger querkommt, als ohnehin schon. Ich weiß nicht, warum sie so lange darauf herumreitet, dass ich sie in der Eile umgerannt habe, aber anscheinend hat sie keine anderen Hobbys.

Ich setze mich an meinen Schreibtisch und greife nach meinem Ordner, schlage diesen auf und fange an, meine Notizen aus den verschiedenen Vorlesungen zu lesen.

Ich bin total fertig, als mein Handywecker klingelt. Irritiert hebe ich den Blick und schaue aufs Display. »Fuck«, stoße ich aus. Es ist halb sieben und ich muss mich noch für das Treffen mit Cloud fertigmachen. Herausputzen werde ich mich nicht, aber ich sollte mich wenigstens umziehen, damit ich nicht in Sporthose und Hoodie mit ihm ausgehe. Ich erhebe mich von meinem Schreibtisch, gehe an den Kleiderschrank und hole eine schwarze Bluse sowie eine dunkelblaue Jeans heraus, damit eile ich in Richtung Bad.

»Midnight?«, ruft mein Onkel.

»Was gibt's?«

»Mr. Archer ist hier«, sagt er, als er in den Flur kommt.

Ich seufze schwer. »Pünktlich ist er schon mal.« Anschließend räuspere ich mich. »Kannst du ihm sagen, dass ich mich noch umziehen muss, und ihn in mein Zimmer schicken?«

Er nickt mir zu. »In Ordnung.«

»Danke.« Ich wende mich ab und verschwinde im Badezimmer. Schnell befreie ich mich von Pullover und Jogginghose, mit denen ich heute herumgelaufen bin, dann springe ich in meine Jeans. Als ich sie trage, gehe ich ans Waschbecken und bringe eine Katzenwäsche hinter mich, auch wenn ich heute Morgen geduscht habe. Danach ziehe ich die Bluse über, kämme mein Haar und betrachte meine Reflexion. Ich schnalze mit der Zunge, greife zu einem Haarband und binde es zu einem Pferdeschwanz zusammen. Nachdem ich Deo und ein wenig Parfüm aufgetragen habe, verlasse ich das Bad und begebe mich schnellen Schrittes in mein Zimmer.

Cloud steht am Fenster und sieht nach draußen.

»Hey.«

Er dreht sich zu mir um und ich wundere mich darüber, dass er in Jeans und Hemd gekleidet ist, denn in den Vorlesungen trägt er immer einen Anzug, ebenso wie ich den Rock samt Bluse und Pullunder trage. Keine Ahnung, wieso Mr. Rosier auf Uniformen besteht, aber so wird wenigstens niemand wegen seiner Kleidung fertiggemacht, wie damals auf der Highschool. »Hey«, sagt er lächelnd. »Bist du fertig oder musst du dich noch schminken?«

»Ich bin fertig«, erwidere ich und gehe zu meinen Schuhen, in die ich hineinschlüpfe.

Er hebt eine Augenbraue. »Willst du wirklich Sneaker anziehen?«

»Habe ich vor«, antworte ich und greife zu meinem Mantel. »Oder hast du etwas dagegen.« Mein Blick fällt auf seine Schuhe, er trägt Budapester. »Oh.« Ich verziehe das Gesicht ein wenig. »Okay, ich trage meine Stiefel, wenn es dich zufrieden macht.«

»Alles klar.«

Ich ziehe die Sneaker wieder aus, anschließend hole ich meine Stiefel. Als ich sie angezogen habe, greife ich wieder zu meinem Mantel. Ich schlüpfe hinein, dann lege ich meinen Schal um. »Gehen wir?«

»Klar.« Er kommt zu mir und an meine Seite.

Cloud lässt mich vorgehen, doch ich warte, um die Tür schließen zu können.

Nachdem das erledigt ist, führe ich ihn durch die Wohnung meines Onkels.

»Midnight?«, spricht Onkel Nick mich an.

Ich drehe mich zu ihm. »Ja?«

»Wohin geht's?«, erkundigt er sich.

Cloud räuspert sich. »Ich führe Midnight zu Roberto's aus.«

Onkel Nick schaut zu ihm. »Alles klar.«

»Können wir dann gehen?«, frage ich ihn.

»Sicher.« Er schenkt mir ein Lächeln. »Habt einen schönen Abend.«

»Danke«, erwidere ich.

»Wann bist du zu Hause?«, möchte Onkel Nick noch wissen.

Daraufhin zucke ich mit den Schultern. »Ich weiß es nicht, aber ich denke nicht, dass es allzu spät wird.«

»Ich bringe sie nicht erst heute Nacht nach Hause, Professor Graham«, mischt Cloud sich ein.

»Na dann.« Mein Onkel deutet zur Tür. »Haut schon ab.«

Ich schiebe Cloud regelrecht aus der Wohnung und bin froh, als wir auf dem Weg nach unten sind. »Tut mir leid, dass sich mein Onkel so aufgespielt hat.«

»Schon gut, er will dir ja nichts Böses.« Cloud schenkt mir ein Lächeln.

»Gehen wir zu Fuß zur Pizzeria?«, erkundige ich mich, als wir das Schloss verlassen haben.

»Nein, ich habe ein Uber bestellt«, sagt er und sieht sich um. »Und ich schätze, da hinten kommt es.«

»Ah okay.« Ich atme tief durch und habe keine Ahnung, worüber ich mit ihm sprechen soll.

Es kommt mir so vor, als würden wir keinen Draht zueinanderfinden. Aber nach dem Vorfall auf dem Flur bin ich zurückhaltend geworden.

Cloud

Midnight ist ziemlich schweigsam und ich habe keine Ahnung, wie ich sie zum Reden bringen soll. Im Uber sprach ich auch nicht unbedingt viel, aber sie sagt wirklich gar nichts, auch nicht, seit wir in der Pizzeria sitzen.

Inzwischen haben wir unsere Getränke bestellt und sie studiert noch die Karte, während ich sie betrachte. »Du siehst überfordert aus«, stelle ich fest.

Midnight hebt den Blick. »Ich kann mich nicht entscheiden.« Auf ihren Wangen breitet sich ein roter Schein aus. »Kannst du irgendwas von der Karte empfehlen, das nicht unbedingt Pizza oder Pasta ist?«

Ich sehe sie irritiert an. »Magst du beides nicht?«

»Doch, aber ich möchte keine Pizza und bei der Pasta bin ich sehr wählerisch.«

Daraufhin schnaube ich amüsiert. »Was möchtest du essen?«

Sie schnalzt mit der Zunge. »Wenn ich das wüsste, würde ich dich nicht um Hilfe bitten.«

»Stimmt«, gebe ich lachend zurück und schlage meine Speisekarte noch ein weiteres Mal auf.

»Ich glaube, ich nehme doch eine Lasagne«, sagt sie auf einmal.

»Ich dachte, du wolltest keine Pasta«, erwidere ich.

»Na ja, ich bin total überfordert, also nehme ich etwas, das ich kenne, statt etwas Neues zu versuchen.« Sie legt die Karte hin und lächelt mich an. »Was nimmst du?«

»Ich nehme Spaghetti Carbonara.«

Midnight nickt mir zu. »Klingt auch gut.«

»Noch kannst du dich anders entscheiden«, lasse ich sie wissen.

»Nein, ich nehme die Lasagne, damit mache ich sicher nichts falsch.« Anschließend lehnt sie sich zurück und lässt ihren Blick schweifen. »Es ist gemütlich hier.«

»Finde ich auch.« Ich neige den Kopf. »Hast du schon Anschluss gefunden?«

Daraufhin schaut sie mich wieder an. »Na ja, ich habe das Gefühl, dass alle ziemlich oberflächlich sind. Ich werde ständig gefragt, ob meine Familie altes oder neues Geld hat, außerdem wer meine Eltern sind, weil niemand die Fosters kennt«, erzählt sie seufzend. »Entsprechend halte ich mich von den anderen Studenten fern, weil ich diese Oberflächlichkeit nicht mag.«

Ich nicke. »Damit werde ich seit meinen Anfängen auf der Rosier Private High konfrontiert, aber gib nichts drum. Sag es ihnen einfach, dann lassen sie dich in Ruhe.«

»Mhm«, gibt sie unzufrieden zurück. »Ich verstehe einfach nicht, warum das wichtig ist, aber vielleicht liegt das auch daran, dass ich vorher auf einem Community College war.«

»Sind die Studenten dort nicht so oberflächlich wie an der Rosier?«

Midnight zeigt mir ein Kopfschütteln. »Nein, definitiv nicht, dort hat sich niemand für meine Familie interessiert.«

»Okay.« Ich schaue mich nach dem Kellner um und winke ihn heran.

Er kommt zu uns. »Habt ihr euch entschieden?«

Mein Blick fällt auf Midnight.

»Ich hätte gern eine Lasagne«, sagt sie schließlich.

»Und du?«, fragt er mich.

»Ich nehme die Spaghetti Carbonara.«

»Alles klar.« Er schenkt uns ein Lächeln. »Möchtet

ihr noch ein Getränk?«

»Ich würde noch eine Cola nehmen«, entgegnet Midnight.

»Ich auch.«

»Bringe ich euch gleich.«

»Danke«, erwidere ich und er lässt uns allein.

»Kommst du öfter her?«, fragt sie interessiert.

»Ab und zu.« Ich räuspere mich, während ich sie betrachte. Ich präge mir jeden ihrer weichen Gesichtszüge ein. »Ich bin kein Fan vom Essen in der Cafeteria, deshalb bestellen Knox und ich oft.«

»Ich auch nicht, deshalb bin ich froh, dass mein Onkel jeden Abend kocht.«

»Das ist Luxus«, erwidere ich.

Sie lacht. »Sagt der Mann, dessen Familie ein eigenes Mobilfunkunternehmen hat.«

»Na ja, ich kann nicht kochen, sonst würde ich wohl auch jeden Abend kochen, statt täglich zu bestellen.«

»Vielleicht solltest du einen Kochkurs machen«, schlägt Midnight vor.

»Ja, wenn ich mal Zeit habe, werde ich das tun.«

Sie verzieht ihre Lippen zu einem amüsierten Lächeln.

»Kannst du kochen?«

Daraufhin zeigt sie mir ein Nicken. »Ja, mein Dad hat mir einiges beigebracht, als er noch …« Midnight seufzt, dann schüttelt sie den Kopf.

»Als er noch?«, hake ich nach, obwohl ich Bescheid weiß.

Ein weiteres schweres Seufzen. »Als er noch gelebt hat.« Sie wird ein wenig blass um die Nase, weshalb ich tief durchatme.

»Tut mir leid, dass du ihn verloren hast.«

Midnight wendet den Blick ab, lässt ihn erneut durch die Pizzeria schweifen. »Mir auch, aber das Leben spielt eben nicht immer fair.«

»Stimmt wohl.« Ich habe keine Ahnung, wie ich ihre Stimmung heben soll, denn ich gehöre nicht gerade zu den Menschen, die ein Talent dafür haben, jemanden aufzumuntern. Was das betrifft, bin ich der absolute Trottel. Empathisch bin ich auch nicht unbedingt, es fällt mir schwer, mich in andere Menschen hineinzuversetzen, doch in diesem speziellen Fall, kann ich zumindest einigermaßen nachvollziehen, wie sie sich fühlt. Mein Großvater war mehr Vater für mich als mein Erzeuger, deshalb ließ mich sein Tod auch in ein tiefes Loch fallen. Ich denke, was die Wunden und Narben betrifft, haben Midnight und ich viel gemeinsam.

»Er starb sehr plötzlich. Ich schätze, dass das der Grund dafür ist, warum es mir so schwerfällt, seinen Tod zu akzeptieren«, erzählt sie mit belegter Stimme.

»Kamst du wegen seines Tods an die Rosier?«, erkundige ich mich.

»Indirekt schon, aber meine Eltern haben auch an der Rosier studiert. Ich war die Erste der Familie, die mit dieser Tradition gebrochen hat, aber nun hat's mich ja doch noch hierher verschlagen.«

»Wolltest du trotzdem nicht herkommen?«

»Nein, aber meine Onkel haben auf mich eingewirkt, was sich mir für große Chancen bieten, sollte ich meinen Abschluss an der Rosier machen«, erzählt sie. »Und ich wollte nicht in Knoxville bleiben.«

»Warum nicht? Deine Mom ist doch dort, oder?«

Midnight räuspert sich. »Nein, ist sie nicht.«

»Wo steckt sie dann?«

»In Nashville«, antwortet sie und ich hebe eine Augenbraue.

»Du hättest doch zu ihr nach Nashville gehen können«, sage ich irritiert.

»Nein, hätte ich nicht«, erwidert sie kopfschüttelnd.

»Warum nicht?«

Sie seufzt schwer. »Ich möchte nicht darüber sprechen.«

»Na gut«, entgegne ich und schenke ihr ein Lächeln. »Wenn ich gewusst hätte, dass du deinen Dad verloren hast, hätte ich im Gewächshaus nicht über meine Verluste gesprochen.«

Midnight winkt ab. »Du konntest es nicht wissen und ich hätte nicht weglaufen sollen, aber ich fühlte mich auf einmal, als würde man mir die Luft abschnüren. Da ich nicht vor dir zusammenbrechen wollte, hielt ich eine Flucht für die bessere Idee.«

»Jetzt kann ich es verstehen und sogar nachvollziehen.« Ich greife zu meiner Cola, trinke einen Schluck und wundere mich darüber, dass unsere neuen Getränke noch nicht gebracht wurden. Ich schaue zum Kellner, sehe ihn auf uns zukommen. Dann konzentriere ich mich wieder auf Midnight. »Fühlst du dich wohl bei deinem Onkel?«

Sie nickt. »Ja, er ist zwar streng, aber ich bin froh, dass ich bei ihm bin.« Sie streicht eine Strähne ihres Haars hinter ihr Ohr, das sich aus ihrem Pferdeschwanz gelöst hat. »Aber es wäre schon schöner gewesen, wenn ich nicht Hals über Kopf hierher gemusst hätte.«

»Warum musste es Hals über Kopf sein?«, erkundige ich mich.

Midnight seufzt. »Ich spreche lieber nicht darüber, insbesondere nicht in der Öffentlichkeit, weil die Presse meine Familie zurzeit nicht in Ruhe lässt.«

»Alles klar.«

»Und ich möchte auch nicht mit dir darüber reden.« Ein roter Schein tritt auf ihre blassen Wangen.

Ich verziehe meine Lippen zu einem Lächeln. »Schon okay, ich wollte dich nicht ausfragen.«

»Danke.«

Wir haben miteinander gegessen, aber währenddessen nicht geschwiegen, allerdings auch nur über weltliche Themen gesprochen, die nicht besonders viel mit uns zu tun haben.

»Wie lange kennst du die Leute aus deiner Clique eigentlich schon?«, fragt sie, nachdem wir neue Getränke bekommen haben.

»Noir kenne ich seit meiner Kindheit, Knox und die anderen habe ich erst auf der Private High kennengelernt.«

»Du meinst die Rosier Private High, oder?«, hakt sie nach.

»Richtig. Die Schule ist ein Internat und irgendwann haben wir uns alle miteinander angefreundet. Na ja, mit den Jungs habe ich mir ein Zimmer geteilt, also mit Jax, Knox, Law und Will. Noir hat sich das Zimmer damals mit Chloé und ein paar anderen Mädels geteilt, aber sie waren nicht befreundet. Ich denke, das sind sie heute auch noch nicht, denn abgesehen von Law mag keiner von uns sie besonders, aber …«

»Aber?«, bohrt Midnight interessiert nach.

»Na ja, sie ist Mr. Rosiers Tochter und wir wollten

keine Probleme bekommen, weil sie ihm vielleicht erzählt hätte, dass wir sie ausschließen.«

»Und warum ist Law der Einzige, der sie mag?«

Ich schnaube amüsiert. »Weil er sie regelmäßig vögelt, wenn er keine Erstsemester flachlegt.«

Midnights Gesichtszüge entgleisen. »Wow. Da muss ich ja glatt froh sein, dass ich seine Einladung abgelehnt habe.«

Meine Augenbraue gleitet in die Höhe. »Wozu hat er dich eingeladen?«

»Er sprach mich letzte Woche Freitag an, ob ich mit ihm ausgehen würde, aber das habe ich abgelehnt, weil ich ihn nicht kenne«, erzählt sie. »Ich glaube, das hat ihn ziemlich hart getroffen, da sein Mund nur noch auf und zu klappte, er aber nichts mehr sagte.«

Mühsam verkneife ich mir das Lachen, weil Law im Gegensatz zu mir einen Korb kassiert hat. »Oh okay«, erwidere ich, als würde es mich überhaupt nicht amüsieren. Ich denke, wenn ich darüber lache, wäre Midnight irritiert, deshalb halte ich mich lieber zurück. Ich möchte nicht riskieren, dass sie sauer ist, noch weniger will ich, dass sie erfährt, dass Law und ich den Plan verfolgen, sie flachzulegen. Zugegeben, ich habe nicht damit gerechnet, dass es so schwer werden würde, an Midnight heranzukommen. Bisher fiel es mir immer leicht, Mädels herumzukriegen, aber sie macht mir die Sache nicht gerade leicht. Hoffentlich hält sie Law weiterhin auf Abstand, denn ich will mir nicht sein Grinsen ansehen, wenn es ihm vor mir gelingt, sie ins Bett zu kriegen. Aber ich denke, dass ihr Onkel sie im Auge behält, auch jeden, mit dem sie sich trifft.

»Na ja, wenn ich ehrlich bin, weiß ich auch gar

nicht, warum er mich angesprochen hat, immerhin habe ich nichts mit ihm zu schaffen«, meint sie.

»Mit mir hast du auch nicht besonders viel zu tun«, halte ich dagegen und würde mir am liebsten auf die Zunge beißen, denn das war das Dümmste, was ich sagen konnte.

Midnight sieht mich skeptisch an. »Na ja, mit dir hatte ich bisher mehr zu tun als mit Law.«

Ich nicke. »Stimmt schon.«

»Aber ich frage mich immer noch, warum er mich angesprochen hat.« Sie zuckt mit den Schultern. »Mein Onkel meinte, dass er es vielleicht getan hat, weil ich die Neue bin.«

»Glaub mir, Law hatte irgendeinen Hintergedanken.«

»Und welchen?«

»Irgendeinen hat er immer, aber ich kann dir nicht sagen, welchen genau.«

Unzufrieden betrachtet sie mich. »Ooookay«, sagt sie langgezogen. »Dann halte ich mich besser von ihm fern.«

»Das musst du wissen.«

Sie nickt.

Midnight

Der Abend mit Cloud war angenehm, aber er hat mich nicht vom Hocker gerissen. Mittlerweile sind wir auf dem Heimweg und spazieren über den Campus, da Cloud zum Uber-Fahrer sagte, dass er uns am Tor herauslassen könnte. Mir tun die Füße weh, weil ich es nicht gewöhnt bin, die Stiefel zu tragen. Generell mag ich es nicht, Schuhe mit Absätzen zu tragen, aber die Lederstiefel hat Dad mir mal gekauft, deshalb habe ich sie behalten. Besonders viel habe ich ja nicht mehr von ihm, abgesehen von ein paar Fotos und Videos, weil Mom so ziemlich alles zu Geld gemacht hat, was nicht niet- und nagelfest war. Beinahe hätte sie auch meinen Computer und mein iPad versetzt, doch konnte ich das verhindern, indem ich die Geräte nicht aus den Augen gelassen, sondern ständig mit mir herumgeschleppt habe. Ich wollte nicht riskieren, dass sie mir damit alles nimmt, was ich erschaffen habe, denn meine ganzen Zeichnungen sind unter anderem auf den beiden Geräten gespeichert.

»Fühlst du dich wohl in Wyoming?«, unterbricht Cloud die Stille, die uns wie ein Schleier umgibt.

Ich nicke. »Ja, es ist zwar scheißkalt, aber ich fühle mich wohl.«

Er lacht leise. »Das stimmt, wobei ich es gar nicht als so kalt empfinde.«

»Du stammst ja auch aus Kanada«, halte ich dagegen.

»Stimmt«, meint er. »Bist du eigentlich Single?«

Irritiert schaue ich zu ihm hoch. »Wie bitte?«

»Hast du einen Freund in Knoxville?«

»Uff«, stoße ich aus.

»Und?«, hakt er nach.

»Nein, ich habe keinen Freund«, erwidere ich.

»Worüber ich ganz froh bin.«

»Warum?«, möchte er wissen.

Herrgott, warum ist er denn so neugierig? »Weil ich glaube, dass mich eine Fernbeziehung jetzt ziemlich fertigmachen würde, immerhin will man doch Zeit mit seinem Freund oder seiner Freundin verbringen«, erkläre ich und habe das Gefühl, ihm totalen Quatsch zu erzählen. »Na ja, um die lange Rede abzukürzen, bin ich einfach froh, dass ich niemanden vermissen muss.«

»Verstehe ich.«

Ich verenge die Augen ein wenig. »Warum hast du gefragt?«

Cloud zeigt mir ein schmales Lächeln. »Reine Neugier.«

»Na dann.« Ich lasse meinen Blick über den Campus schweifen. Der Schnee und das Licht des Vollmonds lassen ihn gruselig erscheinen. Es würde mich nicht wundern, wenn gleich ein Irrer mit Kettensäge oder ein Werwolf aus dem Wald gesprungen kommt, aber ich habe auch definitiv zu viele Horrorfilme gesehen. »Hast du eine Freundin?«

»Seit Helena bin ich Single.«

»Ach so.«

»Und ich habe momentan nicht vor, mich auf etwas Neues einzulassen.«

»Warum nicht?«, hake ich interessiert nach.

»Bisher bin ich nicht der Richtigen begegnet.«

»Ach so«, stoße ich aus, als wir uns dem Schloss nähern. Es ragt majestätisch in den Nachthimmel empor, die Turmspitzen werden vom Mondlicht angestrahlt. Es hat wirklich etwas Mystisches und Gruseliges zugleich. Hier könnte man wirklich gut Filme drehen, zumal der Campus wie eine ganz andere Welt erscheint.

Alltagsprobleme gibt es hier nicht, fremde Menschen sieht man auch nicht. Die Rosier Academy ist eine eigene kleine Welt, die sich nur um Lernen, Wohlstand und Partys dreht, wie ich bisher mitbekommen habe. An jedem Wochenende treffen sich die Studenten in deren Flügel und feiern. Ein paar Mal wurde ich schon eingeladen, jedoch bin ich keine Partymaus, weshalb ich mich davon fernhalte.

»Würdest du nächstes Wochenende wieder mit mir ausgehen?«, fragt Cloud.

Irritiert bleibe ich stehen und schaue ihm nach, da er schon weitergegangen ist. »Warum?«

Er dreht sich zu mir um. »Warum nicht?«

»Na ja, du musst doch irgendeinen Hintergedanken dabei haben«, erwidere ich verwirrt.

»Ich interessiere mich für dich, Midnight«, sagt er, als würde es gar nichts bedeuten.

Meine Gesichtszüge entgleisen. »Warum?« Mir fällt einfach nichts anderes ein. »Ich meine, ich habe dir überhaupt keinen Grund gegeben, mich interessant zu finden.« Wegen meiner bekloppten Aussage verziehe ich das Gesicht. »Ich meine … wir haben doch gar nichts miteinander zu tun.«

»Wir hätten mehr miteinander zu tun, wenn du mir nicht ständig aus dem Weg gehen würdest«, hält er dagegen. »Und dass ich mich für dich interessiere, war schon der Fall, als ich dich kennengelernt habe, Nixan.«

Ich schnaube amüsiert, weil er diesen »Namen« gebraucht. »Ich weiß nicht, ob ich nächstes Wochenende Zeit habe. Das mache ich immer davon abhängig, wie viel uns die Dozenten zum Lernen oder als Hausaufgaben aufgeben.«

»Alles klar, dann machen wir eben spontan etwas aus.«

»Klar, das geht«, erwidere ich lächelnd, als ich auf ihn zugehe. Ich verstehe zwar immer noch nicht, warum er sich für mich interessiert, aber sein Totalausfall auf dem Flur scheint wirklich eine Ausnahme gewesen zu sein. Sollte er sich noch einmal vergessen oder mich so hart anfassen, werde ich mich definitiv nicht mehr mit ihm abgeben. Als ich wieder neben ihm gehe, ergreift er meine Hand. Es kommt mir vor, als würde meine Haut verbrennen, obwohl unsere Hände durch die Handschuhe geschützt sind, und einmal mehr werde ich mir der Kälte bewusst, die uns umgibt. Sie bringt meine Unterlippe zum Zittern, obwohl ich geeignete Winterkleidung trage.

»Ist dir kalt?«

»Ein wenig.«

»Hättest du Lust, noch mit zu mir zu kommen?«, fragt er.

Verdutzt schaue ich zu ihm hoch. »Warum?« Um Himmels willen, mir fällt echt kein anderes Wort mehr ein. Warum nicht? Gott, da ist es schon wieder.

»Na ja, wir könnten uns noch ein wenig unterhalten, immerhin ist es erst zehn Uhr«, antwortet er.

»Mhm, ich sollte schlafen gehen, weil noch eine Menge Lernstoff auf mich wartet, den ich morgen in den Kopf kriegen muss«, entgegne ich und hoffe, dass er die Absage hinnimmt, statt sich wieder um einhundertachtzig Grad zu drehen.

»Komm schon, nur auf eine Cola oder einen Kaffee, dann bringe ich dich nach Hause.«

Ich presse meine Lippen zu einer schmalen Linie zusammen. Soll ich oder soll ich nicht? Was spräche dagegen? »Na gut«, höre ich mich sagen, bevor ich eine Entscheidung getroffen habe.

Cloud lächelt. »Super.« Er umfasst meine Hand etwas fester und geht weiter, weshalb ich beinahe stolpere. Seine Schritte sind viel größer als meine, weshalb ich zwei gehen muss, um die Distanz von einem der seinen zu überwinden.

Als wir das Schloss betreten, herrscht geradezu gespenstische Stille. Es wundert mich, dass keine Musik aus dem Studentenflügel schallt, womöglich wird heute nicht gefeiert, aber das wäre noch verwunderlicher.

Gemeinsam machen wir uns auf den Weg nach oben und als wir den Flur betreten, auf dem wohl Clouds Apartment liegt, das er sich mit Knox teilt, entziehe ich ihm meine Hand. Schließlich stehen wir vor der Tür, die er öffnet. »Komm rein.« Cloud lässt mir den Vortritt.

»Oh«, stoße ich aus, als ich seine Clique auf der Sitzgruppe verteilt sehe. »Hi.«

Chloé hebt eine Augenbraue, als Cloud an meine Seite tritt. »Was will die denn hier?«

»Nicht, dass ich dir Rechenschaft schuldig wäre, aber ich habe sie eingeladen«, erwidert er gelassen. »Und hi, Leute.«

»Wo wart ihr?«, fragt Lawson, der mich auch schon nach einem Date gefragt hat.

»Unterwegs«, weicht Cloud aus und sieht mich an. »Am besten gehen wir auf mein Zimmer.«

Mein Mund klappt auf und zu. »Nein, ich sollte gehen.« Mein Blick fällt auf seine Freunde. »Schönen Abend.«

»Ja, lauf weg, kleine Midnight, bevor dich die bösen Wölfe fressen«, sagt Chloé amüsiert, weshalb ich die Augen verdrehe.

»Werd' doch bitte erwachsen, statt mich immer so kindisch von der Seite anzumachen«, erwidere ich genervt. Danach schaue ich Cloud wieder an. »Wir sehen uns Montag in der Vorlesung.«

Er schnaubt. »Ich bin der Meinung, dass Chloé gehen sollte, wenn sie schon wieder Gift verspritzt.«

Sie schnappt nach Luft, ich sehe es zwar nicht, höre es aber sehr deutlich. »Ernsthaft? Du ziehst diese Promenadenmischung mir vor?«

»Definitiv«, kontert Cloud. »Hau schon ab, Chloé, dich will sowieso niemand hier haben.«

»Ich bleibe, soll sie doch gehen«, hält sie dagegen.

»Mir ist das zu kindisch«, mische ich mich ein und umrunde Cloud. »Schönen Abend noch.« Danach verlasse ich das Apartment und mache mich schnellen Schrittes auf den Weg nach Hause.

»Midnight, warte!«, ruft Cloud mir hinterher.

An der Treppe bleibe ich stehen und drehe mich zu ihm um. »Was ist denn noch?«

»Es tut mir leid, dass sie so eine Giftspritze ist«, sagt er.

Daraufhin winke ich ab. »Das ist nicht deine Schuld, aber ich bin trotzdem nicht scharf darauf, mich den Rest des Abends blöd anmachen zu lassen.« Ich deute hinter mich. »Ich gehe nach Hause. Es war sowieso eine dumme Idee, dich zu begleiten.«

Seine Miene entgleist, vor allem sieht er mich nun an, als hätte ich ihm mit einer Keule eins übergezogen. »Wie bitte?«

Ich seufze. »Ich meine, dass es eine dumme Idee war, dich in deine Wohnung zu begleiten. Nicht den ganzen Abend.«

Cloud nickt, sieht aber alles andere als zufrieden aus.

»Hättest du morgen Zeit?«

Daraufhin schüttle ich den Kopf. »Nein, ich muss lernen und mich um eine Hausaufgabe kümmern. Tut mir leid.«

»Du wirst doch bestimmt nicht den ganzen Tag lernen, oder?«, hakt er nach.

»Ich melde mich morgen Nachmittag bei dir, okay?«, schlage ich vor, damit er mich endlich nach Hause gehen lässt. Ich verstehe nach wie vor nicht, warum er immer so hartnäckig ist, aber da das Leben ihm auch nicht allzu gut mitgespielt hat, mache ich ihm keine Vorwürfe.

»Alles klar.« Cloud beugt sich zu mir und küsst meine Wange.

Als er sich zurückzieht, sehe ich ihn mit großen Augen an. »B-bis morgen.« Danach wende ich mich ab und mache mich schleunigst auf den Heimweg.

Was war das denn?

Cloud

Midnight ist aus meinem Sichtfeld verschwunden. Vielleicht war der Kuss zu viel, aber ich konnte mich gerade noch zusammenreißen, weshalb es bloß einer auf ihre Wange wurde. Wäre ich meinem ersten Impuls gefolgt, hätte ich ihre Lippen geküsst. Ich frage mich seit Wochen, wie es wäre, sie zu küssen, und heute hätte ich es vielleicht hinbekommen, aber Chloé musste ja wieder Bitch spielen.

Ich betrete das Apartment mit finsterem Blick. Statt ein Wort an meine Freunde zu richten, steuere ich mein Zimmer an.

»Alter?«, ruft Knox.

»Was willst du?«

»Setzt du dich zu uns?«, will er wissen.

»Ich verzichte!«, antworte ich angepisst und knalle die Tür zu, denn ich bin in der Stimmung, Chloé den Kopf abzureißen, weil sie Midnight vertrieben hat. Ich ziehe meine Jacke aus, die ich über den Bürostuhl hänge, die Handschuhe landen auf dem Schreibtisch.

Es klopft.

»Nein!«

Die Tür wird trotzdem geöffnet und Noir betritt gefolgt von Jax mein Zimmer.

»Was ist los?«, fragt er.

»Ich bin wütend.«

»Warum?«, hakt meine beste Freundin nach. »Weil Chloé Midnight so angemacht hat?«

»Richtig. Sie hat mir den Abend versaut, denn ich musste Midnight schon überreden, mich hierher zu begleiten«, entgegne ich und setze mich auf den Schreibtischstuhl. »Sonst noch was?« Ich greife zur Wasserflasche, die neben dem MacBook steht, und trinke einen Schluck.

»Nein, aber du weißt, dass es nichts bringt, sauer auf Chloé zu sein. Sie sieht sich im Recht«, meint Jax.

Ich schnaube wütend. »Ich werde mich nicht mehr mit dieser Bitch abgeben.« Ich erhebe mich. »Und ich denke, ich stecke ihr jetzt, was wir alle von ihr halten.«

»Lass den Quatsch, Cloud«, sagt Noir, als sie sich mir gemeinsam mit Jax in den Weg stellt. »Sie hat dir heute nicht den ersten Abend versaut und du weißt, dass sie sich nicht ändern wird.«

»Dieses Miststück sollte seine Grenzen kennen.« Ich schiebe mich an den beiden vorbei und verlasse mein Schlafzimmer. Mein Weg führt mich ins Wohnzimmer, ich gehe zu Chloé, die im Sessel sitzt, umfasse ihren Oberarm und ziehe sie auf die Füße.

»Nimm deine dreckigen Finger weg!«, herrscht sie mich an, wehrt sich sogar gegen mich, aber ich zerre sie zur Wohnungstür.

»Alter, was machst du?«, bohrt Will nach.

»Ich bringe den Abfall nach draußen«, antworte ich wütend, öffne die Tür und schubse Chloé auf den Flur. Mein wütender Blick trifft sie. »Und komm bloß nicht auf die Idee, deinem Vater Scheiße zu erzählen, sonst packe ich bei ihm über dich aus«, warne ich sie knurrend, dann werfe ich die Wohnungstür ins Schloss.

Schnaubend drehe ich mich zu den anderen um, die mich mit großen Augen ansehen. »Was ist?«, hake ich nach.

»War das wirklich nötig?«, fragt Law unbeeindruckt.

»Ja und wenn du etwas dagegen hast, kannst du deiner On-Off-Affäre gern auf dem Flur Gesellschaft leisten«, erwidere ich aufgebracht. Mein Blick fällt auf Knox. »Ich will die Bitch hier nicht mehr sehen. Lässt du sie noch mal rein, fliegst du hier raus.«

Mein bester Freund sieht mich irritiert an. »Keine Sorge, sie war ja nicht meinetwegen hier.«

»Ich bringe sie nicht mehr mit«, brummt Law und greift zu seinem Bier.

Keiner von uns schert sich darum, dass ein paar von uns noch nicht einundzwanzig sind, wir trinken einfach, wenn und wann es uns passt. Das haben wir schon mit sechzehn getan, da sich Mr. Rosier sowieso nicht dafür interessiert.

»Danke«, erwidere ich und ignoriere das Klopfen an der Wohnungstür.

»Ey, Leute!«, ruft Chloé von draußen.

Schnaubend wende ich mich dieser noch mal zu, reiße sie auf und sehe sie wütend an. »Verpiss dich, Chloé, du bist mir das letzte Mal in die Parade gefahren!«, herrsche ich sie an.

Sie kneift die Augenbrauen zusammen. »Was soll der Scheiß, Cloud? Lass mich rein!« Sie versucht, sich an mir vorbeizuschieben, aber ich schubse sie zurück auf den Flur. »Alter!«

»Verschwinde endlich!«, brülle ich sie an. Es ist mir scheißegal, dass ich andere auf uns aufmerksam mache, selbst, wenn es Lehrer sind. Aber die kümmern sich am Wochenende sowieso nicht darum, was hier los ist. Unter der Woche achten sie darauf, dass wir nach zehn Uhr nicht mehr auf den Fluren unterwegs sind. Und alle unter einundzwanzig werden gelegentlich gefilzt, um zu verhindern, dass sie sich betrinken. Aber all das haben wir immer ignoriert.

»Das wird ein Nachspiel haben!«, geht sie mich an, dann schultert sie ihre Tasche, wirft ihr langes, hellbraunes Haar über ihre Schulter und verschwindet.

Wütend knalle ich die Tür zu und drehe mich zu meinen Freunden um.

»Ich verstehe ja, dass du angepisst bist, weil Chloé Midnight vertrieben hat, aber meinst du nicht, dass du ein bisschen übertrieben hast?«, fragt Will mit einer gehobenen Augenbraue.

Ich schnaube. »Du kannst direkt hinterher, wenn du willst.«

Abwehrend hebt er die Hände. »Schon gut, ich sag nix mehr.«

»Besser so«, knurre ich und gehe in die Küche. Ich hole mir ein Bier aus dem Kühlschrank, danach verschwinde ich in mein Schlafzimmer. Die Tür knalle ich ebenfalls zu, dann verriegle ich sie, damit ich meine Ruhe vor den anderen habe. Aufgebracht gehe ich an den Schreibtisch, setze mich und öffne die Flasche. Nachdem ich einen großen Schluck getrunken habe, landet sie auf dem Tisch und ich hole mein Gras aus einer der Schubladen. Ich habe es in einem doppelten Boden versteckt, sollte es mal zu einer Kontrolle durch die Lehrkräfte – oder einer Polizeikontrolle kommen.

Ich liege im Bett und starre an die Decke. Letzte Nacht habe ich kein Auge zugemacht, weil mich die drei Joints echt heftig aufgedreht haben, müde bin ich aber nicht, genervt hingegen schon. Ich könnte Chloé den Kopf abreißen, aber nein, da sie eine Rosier ist, ist sie unantastbar. Mehr oder weniger zumindest. Aber ich kenne so einige Geheimnisse über den Liebling des Dekans und ich glaube, Mr. Rosier wäre nicht gerade begeistert, wenn er die ganzen Videos seiner Tochter zu Gesicht bekäme.

»Alter?«, ruft Knox und hämmert gegen meine Tür.

Ich verdrehe die Augen, dann steige ich aus dem Bett. »Was?« Irritiert schaue ich zu Midnight, die hinter ihm steht.

»Besuch für dich«, sagt Knox bloß, der noch ordentlich verpennt aussieht, dann lässt er uns allein.

Midnight sieht mich mit großen Augen an. »Äh … guten Morgen.«

»Hey.« Ich reibe mir das Gesicht. »Was machst du hier?«

Sie seufzt. »Ich dachte, ich bringe dir Kaffee und ein kleines Frühstück als Wiedergutmachung, weil ich gestern wegen Chloé abgehauen bin.«

Ich gehe einen Schritt zur Seite. »Komm rein.«

Midnight schlüpft in mein Zimmer und ich schubse die Tür zu. »Ich komme ungelegen, oder?«

»Na ja, ich lag noch im Bett«, erwidere ich, als ich an den Kleiderschrank gehe. Ich hole eine Sporthose heraus, die ich mit dem Rücken zu ihr anziehe. »Was hast du mitgebracht?«

»Kaffee und Muffins, die ich heute Morgen gebacken habe.«

Überrascht drehe ich mich zu ihr um. »Du hast Muffins gebacken?«

Midnight hebt eine Augenbraue. »Stell dir vor, Cloud, es gibt Menschen, die tatsächlich Muffins backen, statt in eine Bäckerei zu gehen und sie zu kaufen.«

Ich schnaube amüsiert, gehe an den Schreibtisch und räume eilig mein Gras weg, da ich weiß, was sie davon hält.

Midnight steht noch mitten im Raum.

»Setz dich.«
»Und wohin?«
Daraufhin zeige ich zum Bett. »Dort.«
Ihr Blick folgt meiner Hand. »Es ist noch zerwühlt und ich will mich nicht mit unbedingt mit meinen Straßenklamotten in dein Bett setzen … Ich kriege die Krise, wenn das jemand bei mir macht, deshalb … Du verstehst?«
Ich seufze, dann gehe ich dorthin und mache es schnell, damit sie sich setzt. »Ist es der Dame jetzt genehm?«
Midnight verzieht ihre vollen Lippen zu einem Lächeln. »Aber ja, Sir«, gibt sie hochgestochen zurück und kommt zu mir, sie nimmt auf der Bettkante Platz.
Ich setze mich zu ihr, allerdings mitten ins Bett. »Was für Muffins hast du gebacken?«
»Blaubeere, Schokolade und ganz normale mit Schokosplittern.« Sie nimmt das Tuch von dem Korb, den sie mitgebracht hat. Außerdem reicht sie mir einen Coffee-to-Go-Becher, der zweifellos aus der Sammlung ihres Onkels stammt, denn man sieht Professor Graham ständig damit.
»Danke«, erwidere ich.
»Muffin?«
»Klar.« Ich greife nach einem Schokomuffin. »Die kann ich aber gefahrlos essen, oder?«
Midnight neigt den Kopf. »Wenn sie vergiftet wären, würde ich es dir doch jetzt nicht sagen.«
Lachend löse ich das Papier von dem Muffin und beiße hinein.
»Es ist Rattengift drin«, sagt sie trocken, nachdem ich den ersten Bissen heruntergeschluckt habe.
Meine Gesichtszüge entgleisen. »Was?«

Darauf lacht sie laut auf. »Keine Sorge, sie sind absolut unbedenklich. Mein Onkel hat von jeder Sorte einen probiert und er war noch fit, als ich vor zehn Minuten hierher aufgebrochen bin.«

Ich stimme mit ein. »Du kannst ein ganz schönes Biest sein, Midnight Foster.«

Kichernd zuckt sie mit den Schultern. »Ich denke, das ist nichts Schlimmes, solange ich nicht zickig bin.«

»Stimmt.« Nachdem ich mich beruhigt habe, esse ich weiter. »Möchtest du keine Muffins?«

»Doch, aber ich trinke erst mal meinen Kaffee.« Anschließend nimmt sie einen Schluck. »Was hast du gestern noch gemacht?«

»Ich habe Chloé rausgeworfen, danach habe ich mich zurückgezogen.«

Erstaunt hebt sie die Augenbrauen. »Warum hast du sie rausgeworfen?«

Ich räuspere mich. »Weil mich ihre Art ankotzt.«

»Oh«, stößt sie aus.

»Und weil sie dich vertrieben hat.« Nachdenklich lege ich den Kopf schief. »Ich dachte, du müsstest heute lernen.«

»Das habe ich gestern Abend noch getan.« Midnights Mundwinkel zuckt. »Ich dachte, du hättest heute vielleicht Zeit für mich.«

Mein Herz scheint für einen Schlag auszusetzen, denn gestern hatte ich noch das Gefühl, dass es eine Hinhaltetaktik von ihr sein könnte, dass sie sich heute meldet. »Habe ich.«

»Sicher?« Sie deutet auf meinen nackten Oberkörper. »Gerade sieht's mehr danach aus, als würdest du im Bett bleiben wollen.«

»Weil Knox mich aus eben jenem geworfen hat, als

er geklopft hat, Nixan.«

Sie kichert. »Den Namen habe ich jetzt wohl weg, hm?«

Daraufhin nicke ich. »Definitiv.«

»Da ich mich hier immer noch nicht allzu gut auskenne, was schlägst du vor, das wir unternehmen können?«, möchte sie wissen.

Durch aufgeblähte Wangen stoße ich die Luft aus. »Wenn ich ehrlich bin, habe ich keine große Lust, das Schloss zu verlassen, aber wir könnten uns Filme ansehen.« Mein Blick fällt auf ihr Outfit, sie trägt zwar Sneaker, aber dazu Sporthose und Hoodie, unter dem sie ein Shirt hat.

»Ach so. Wenn ich störe, haue ich ab.«

Hektisch schüttle ich den Kopf. »Nein, lass uns hierbleiben. Wir können uns Filme ansehen, quatschen, normale Dinge tun.«

Midnights Augenbraue gleitet in die Höhe. »Ist das dein Ernst?«

»Ja, wieso nicht?«

Sie gibt einen amüsierten Laut von sich. »Weil ich dachte, dass so etwas vielleicht *zu* normal für jemanden wie dich ist.«

Ich lache auf. »Warum das?«

Midnight schürzt für einen Moment die Lippen. »Du bist mit einem Platinlöffel im Mund geboren worden, da kann man schon erwarten, dass du auch außergewöhnliche Dinge unternehmen willst.«

Verdutzt hebe ich die Augenbrauen. »Deine Familie ist mindestens genauso reich wie meine, wenn nicht sogar reicher. Also haben wir beide einen Platinlöffel im Mund, Nixan.«

»Na ja.« Sie weicht meinem Blick aus, indem sie in

den Muffinkorb schaut. Midnight holt sich einen heraus. »So reich waren meine Eltern auch nicht.«

»Waren?«, echoe ich irritiert.

Ist ihre Mom etwa auch tot?

Sie seufzt schwer. »Kann man so sagen.«

»Was ist mit deiner Mom passiert?«

Midnight schließt die Augen. »Lass uns über etwas anderes sprechen.«

»Warum?«, hake ich nach.

Daraufhin sieht sie mich an. »Weil das ein Thema ist, über das ich nicht reden will, Cloud.«

»Na schön«, gebe ich mich geschlagen. »Tut mir leid, dass ich nachgehakt habe.«

»Schon gut«, winkt sie ab. »Was möchtest du jetzt machen?«

Ich steige aus dem Bett, trinke noch einen großen Schluck Kaffee, an dem ich mir die Zunge verbrenne, und stelle den Becher auf den Nachttisch. »Ich gehe duschen, dann können wir uns einen Film ansehen.«

»Können wir nicht rausgehen?«, fragt sie.

Ich neige den Kopf.

»Die Sonne scheint und ich bin mir sicher, dass der Schnee bald taut.«

»Das wird er nicht so schnell, glaub mir.«

»Okay.«

»Aber wir können trotzdem rausgehen.« Ich hole saubere Kleidung aus meinem Schrank. »Willst du spazieren gehen?«

Sie nickt hektisch. »Ja, ich würde mir dann auch etwas anderes anziehen beziehungsweise andere Schuhe und meinen Mantel holen, in der Zeit könntest du duschen.«

»Okay, treffen wir uns in einer halben Stunde beim

alten Rosier?«

Midnight sieht mich verwirrt an. »Wo?«

Ich lache leise. »Am Porträt von Claude Rosier.«

»Oh.« Sie errötet so schnell, dass sie einer Tomate Konkurrenz machen könnte. »Dann sehen wir uns gleich dort.«

»Alles klar.«

Midnight steht auf. »Hast du noch Kaffee?«

»Nein, ich habe den Becher ausgetrunken.«

»Alles klar.« Sie nimmt ihn an sich.

»Vergiss den Korb nicht, *Nixan*.«

Sie schaut zu mir. »Die Muffins sind für dich oder euch … Ich nehme den Korb später mit.«

»Alles klar.«

»Bis gleich, Cloud.«

»Bis gleich, Nixan.«

Midnight verdreht schmunzelnd die Augen, dann verlässt sie mein Zimmer.

Midnight

Ich war ganz schön verdutzt, als ich festgestellt habe, dass ich Knox vorhin aus dem Bett geworfen habe, aber ich dachte, Cloud und er wären schon längst auf den Beinen. Es kann wohl nicht jeder so ein Frühaufsteher wie ich sein. Selbst an den Wochenenden stehe ich um sieben, spätestens um acht Uhr auf, damit ich etwas vom Tag habe. Heute habe ich den Morgen eben damit verbracht, Muffins zu backen, weil ich mich bei Cloud entschuldigen wollte. Auch wenn ich nichts verbrochen habe, doch bin ich gestern Abend Hals über Kopf abgehauen, weil ich keine Lust hatte, mich mit Chloé abzugeben. Ich habe allerdings auch nicht damit gerechnet, dass Cloud sie rauswerfen würde. Also sind sie wohl wirklich nicht allzu gut befreundet. Nur wieso geben sie sich dann mit ihr ab? Dass Law sie regelmäßig flachlegt, kann doch nicht der Grund dafür sein, oder? Womöglich liegt es daran, weil sie Mr. Rosiers Tochter ist und den ganzen Schuppen hier mal übernehmen wird. Oder es hat gar nichts damit zu tun, sondern sie haben Mitleid mit ihr.

»Da bist du ja schon wieder«, sagt Onkel Nick erstaunt, als ich die Wohnung betrete.

Ich schaue ihn mit großen Augen an. »Ja, aber nur kurz. Cloud und ich gehen spazieren.«

Er seufzt. »Dann ist euer Date gestern Abend wohl gut gelaufen, hm?«

Perplex ziehe ich die Augenbrauen zusammen. »Das war kein Date, Onkel Nick.«

»Sondern was?«

Ich hole tief Luft. »Cloud hat mich eingeladen, um die Sache auf dem Flur vor Dr. Wagners Hörsaal wiedergutzumachen.«

Mein Onkel betrachtet mich skeptisch.

Ihm ist anzusehen, dass er mir kein Wort glaubt. »Sicher?«

Ich nicke hektisch. »Absolut.«

»Warum hast du ihm dann heute Muffins gebacken und Kaffee gebracht?«

»Weil ich gestern Abend wegen Chloé – Miststück – Rosier abgehauen bin.«

»Was ist passiert?«, hakt er nach.

Mein Gott, warum muss er mich denn löchern?

»Das ist nicht der Rede wert, Onkel Nick.« Ich deute zum Flur. »Ich ziehe mir etwas anderes an und bin dann wieder weg.«

»Wann kann ich dich später zurückerwarten?«

Meine Augenbraue flippt in die Höhe. »Habe ich jetzt eine Sperrstunde?«

Daraufhin schüttelt er den Kopf. »Nein, es geht ums Abendessen, Midnight. Ich muss wissen, ob ich für dich mitkochen soll oder nicht.«

»Ach so … Mhm.« Ich hole tief Luft. »Ich weiß es nicht, aber ich kann mir doch etwas aufwärmen, wenn ich später kommen sollte, als ich denke.«

Er nickt. »Alles klar. Ich bin gleich auch unterwegs, deshalb denk an deinen Schlüssel.«

»Mach ich.« Ich verschwinde in mein Schlafzimmer und hoffe, dass mein Onkel mich nicht jedes Mal verhören wird, wenn ich mit Cloud unterwegs war oder mich mit ihm verabrede, denn ich kann es nicht ausstehen, dass er jedes noch so kleine Detail wissen möchte.

Als ich in meinem Zimmer bin, atme ich erleichtert auf. Es ist doch nichts dabei, wenn ich mich mit Cloud treffe, oder? Ja, er hatte sich daneben benommen, als er mich so hart angefasst hat, aber gestern hat er sich tadellos benommen. Er war nett und zuvorkommend und ich bin mir sicher, dass der Abend nicht so schnell geendet wäre, hätte ich nicht wegen Chloé die Flucht ergriffen. Ich kann sie nicht ausstehen, sie mich seit diesem kleinen Unfall auch nicht mehr, aber damit kann ich wunderbar leben. Ich werde mich einfach nicht mit ihr abgeben und so weitermachen wie bisher.

Nachdem ich eine Strumpfhose und die Sporthose wieder angezogen habe, schlüpfe ich in meine Boots. Danach nehme ich meinen Mantel sowie Schal und Mütze an mich. Ich ziehe alles an, schnappe mir mein Handy und verlasse mein Schlafzimmer wieder.

»Bist du schon wieder weg?«, fragt Onkel Nick.

»Ja, ich gehe mit Cloud spazieren. Heute scheint ja endlich mal die Sonne.«

»Alles klar. Hab einen schönen Tag, Midnight.«

»Du auch, Onkel Nick«, erwidere ich, verziehe meine Lippen sogar zu einem Lächeln und mache mich auf den Weg zum Porträt von Claude Rosier. Als ich die Treppe erreiche, sehe ich Cloud schon dort stehen. »Ich habe sicher keine halbe Stunde gebraucht«, stelle ich fest, als ich zu ihm gehe.

Er lächelt. »Ich weiß, aber ich habe aufs Styling verzichtet, das spart enorm viel Zeit.«

Wow okay, damit habe ich nicht gerechnet. Er klingt wie Amanda, meine beste Freundin – bis Weihnachten. Sie war die Erste, die sich von mir abgewandt hat, dabei hätte ich sie wirklich gebraucht. Ich wäre für sie durchs Feuer gegangen, aber sie hat mich inmitten einer atomaren Katastrophe allein gelassen. So sieht Freundschaft für mich nicht aus.

Cloud sieht mich fragend an. »Was ist los?«

»Nichts, wieso?«, entgegne ich.

»Weil du ziemlich verwundert aussiehst«, meint er, als er zur nächsten Treppe deutet.

»Oh«, stoße ich aus und lache leise. »Ich habe nicht damit gerechnet, dass dein Styling so viel Zeit in Anspruch nehmen würde.«

Er schmunzelt. »Na ja, meine Haare sind widerspenstig und machen, was sie wollen.«

Daraufhin schaue ich zu ihm hoch. »So sehen sie gar nicht aus.« Er trägt so einen gezackten Haarreif für Männer, womit ich niemals gerechnet hätte, aber es steht ihm. »Und die Lässigkeit steht dir.«

Cloud schenkt mir ein strahlendes Lächeln, es lässt sogar seine blauen Augen leuchten. »Danke?«

»Sehr gern.«

Er ergreift meine Hand, was mich heute auch wieder wundert, aber ich entziehe ihm meine Finger nicht. Wenig später verlassen wir das Schloss und ich bin froh, dass er zumindest meine rechte Hand mit seiner wärmt. Ich habe meine Handschuhe vergessen, wofür ich mich treten könnte. Meine Linke stecke ich in die Tasche meines Mantels. Die Luft ist eiskalt, tut aber unglaublich gut. »Du bist gern hier draußen unterwegs, oder?«

Ich schaue zu ihm hoch, da er so unverschämt groß ist. »Ja, bin ich. Es ist doch eine schöne Gegend und hier draußen ist weitaus weniger los, als im Schloss.«

»Hast du dort noch keine ruhige Ecke gefunden?«, fragt er interessiert.

»Doch, aber die Bibliothek ist trotzdem immer recht gut besucht«, antworte ich aufrichtig. »Ich setze mich manchmal im Flur ans Fenster, also vor der Wohnung meines Onkels, dort ist es zwar ruhig, aber ziemlich zugig.«

»Ja, die Dämmung ist das Letzte. Ich will gar nicht wissen, wie hoch die jährlichen Heizkosten sind, insbesondere, wenn es solche Winter gibt wie letztes und vorletztes Jahr.«

»Das sollte ja nicht unser Problem sein.«

»Na ja, es wird auf die Studiengebühren umgeschlagen.«

»Das macht jede Uni so.«

»Ja, nur sind die Gebühren an anderen Unis nicht so hoch«, hält er überzeugt dagegen.

»Weißt du überhaupt, wie hoch die hiesigen Studiengebühren sind?«, möchte ich wissen.

Cloud schnaubt amüsiert. »Ja und dafür können andere mehr als zwei Leben leben.«

»Oha«, stoße ich aus. »Ich habe keine Ahnung, wie hoch sie sind.«

»Wer zahlt deine Studiengebühren?«, fragt Cloud interessiert.

»Meine Onkel«, antworte ich aufrichtig. »Ich kam ja auch auf ihr Bestreben hierher.«

Er nickt und schlägt den Weg zu dem See ein, den er mir nach meinen ersten Vorlesungen gezeigt hat. Allerdings führt er mich nicht zu dem Felsblock, auf dem wir vor ein paar Wochen gesessen haben, sondern am See vorbei.

Ich lasse meinen Blick schweifen. Die Gegend ist wirklich malerisch schön, solche Ecken kenne ich aus Knoxville nicht. Mittlerweile fühle ich mich hier wohl, auch wenn ich meinen Dad vermisse. Es bricht mir jeden Tag aufs Neue das Herz, dass er nicht mehr bei mir ist.

»Was geht dir durch den Kopf?«, fragt Cloud nach einer Weile.

Ich seufze. »Ich musste an meinen Dad denken.«

»Denkst du oft an ihn?«

»Jeden Tag«, gebe ich mit belegter Stimme zu. »Und ich hoffe, dass es irgendwann nicht mehr wehtut, dass er nicht mehr da ist.« Mühsam blinzle ich die Tränen weg, die in meine Augen getreten sind.

»Woran ist er gestorben?«

Ich entziehe ihm meine Hand und gehe ans Seeufer.

»Midnight?«

Kopfschüttelnd schaue ich aufs Wasser.

Cloud kommt an meine Seite. »Weißt du, ich habe gelernt, dass es hilft, über die Dinge zu sprechen, die uns bedrücken.«

Ich schluchze leise. »Ich kann nicht darüber reden.«

»Warum nicht?«, hakt er mit warmer Stimme nach.

Fahrig wische ich die Tränen von meinen Wangen, die wegen des kalten Windes ein brennendes Gefühl auf meiner Haut hinterlassen. »Weil ich nicht darüber reden kann.«

Cloud tritt vor mich und nimmt mein Gesicht in seine Hände. »Du kannst mit mir darüber sprechen. Ich schwöre dir, ich behalte es für mich.«

Unruhig hole ich Luft. »Wirklich?«

»Du kannst mir vertrauen, Nixan.«

Obwohl ich es nicht will, muss ich lächeln, doch es erstirbt schnell wieder auf meinen Lippen. »Mein Dad wurde umgebracht.« Meine Stimme ist leise, bricht beinahe.

Seine Gesichtszüge entgleisen.

»Von meiner Mom«, fahre ich tonlos fort.

»O Mann«, stößt er aus und zieht mich in seine Arme. Cloud drückt mich so fest an sich, dass es mir beinahe den Atem raubt, gleichzeitig fühlt es sich aber unwahrscheinlich gut an, so umarmt zu werden.

Ich lege meine Wange an seine Brust und schließe die Augen. Meine Onkel umarmen mich zwar auch, aber ich habe mich lange nicht mehr so geborgen gefühlt wie in Clouds Armen. Dass ich mich nicht beruhigen kann, wurmt mich gerade, aber ich kann nichts dafür, dass all die aufgestauten Gefühle aus mir herausbrechen. In letzter Zeit habe ich ständig geweint, aber immer nur, wenn ich allein war. Manchmal in dem Gewächshaus, das voller verwelkter Rosen ist, seltener in meinem Zimmer, denn Onkel Nick ist mit meinen Gefühlsausbrüchen überfordert – ebenso mit meinen Albträumen, die mich seither nicht in Ruhe lassen. Jede Nacht wecken sie mich. Schweißgebadet wache ich auf, schreie und habe Angst vor den Dingen, die ich mitansehen musste. Ich wollte nie, dass es so weit kommt, aber …

»Wieso hat sie ihn umgebracht?«, fragt er leise.

Widerwillig löse ich mich von ihm und hole tief Luft. »Meinetwegen.«

Cloud zieht die Augenbrauen zusammen. »Wie bitte?«

Ich lasse die Schultern hängen, schaue zu Boden und habe keine Ahnung, wo ich anfangen soll. Die Geschichte ist zwar nicht besonders lang, aber sie ist schockierend.

»Wenn du nicht darüber reden willst, werde ich es akzeptieren, Nixan.«

»Meine Mom ist drogensüchtig und …«, kopfschüttelnd schaue ich zu Boden. »Sie war wieder high und ich konnte es nicht mehr mitansehen, also hatte ich kurz vorher ihren Stoff in der Toilette heruntergespült. Als sie in mein Zimmer kam, um mein iPad und mein

MacBook zu klauen, damit sie sich neuen Stoff kaufen kann, rief ich nach meinem Dad. Jedenfalls habe ich versucht, sie davon abzuhalten, meine Sachen zu stehlen, um sie zu Geld zu machen.«

»Und was hat die Sache mit deinem Dad zu tun?«

»Er kam dazu und holte sie aus meinem Zimmer. Die beiden schrien einander an und ich folgte ihnen ins Wohnzimmer. Wir haben in einem kleinen Haus gewohnt, weil meine Mutter das ganze Geld in ihre Trips gesteckt hat, statt … Egal … Jedenfalls waren Küche und Wohnzimmer in einem Raum und sie standen am Küchenblock. Meine Mutter zog ein Messer aus dem Messerblock, als Dad ihr sagte, dass sie endlich verschwinden und uns nicht mit sich in den Abgrund reißen soll; dass ich nur ihretwegen nicht die Möglichkeit hätte, eine Eliteuni zu besuchen, weil sie abertausende von Dollar in ihre Drogen investiert hätte, meine Eltern am Rande der Insolvenz stehen und so weiter … Da stach sie zu. Immer und immer wieder stach sie auf ihn ein. Ich habe versucht, sie davon abzuhalten, aber sie erwischte mich mit der Klinge am linken Unterarm, und war wie im Blutrausch. Mein Vater konnte sie mit letzter Kraft von mir wegzerren, da zog sie das Messer über seine Kehle.« Ich schluchze auf. »Er ist vor meinen Augen verblutet.«

»Und deine Mom?«

»Sie sitzt jetzt in Untersuchungshaft und wartet darauf, dass ihr Prozess losgeht«, antworte ich heiser und wage es nicht, ihn anzusehen. Ich kann mich seinem urteilenden Blick nicht stellen, denn ich bin mir sicher, dass er mich zerstören würde. Cloud wirkt zwar verständnisvoll, aber diese Geschichte muss man erst mal verdauen – und sich dann noch mit mir abgeben wollen.

»Du musst mir schwören, dass du mit niemandem darüber sprichst, weil sich meine Familie mittlerweile im Fadenkreuz der Presse befindet, da sie vom Tod meines Dads erfahren haben.«

»Keine Sorge, ich werde schweigen, Midnight. Das kannst du mir glauben.«

Ich nicke hektisch und wische die Tränen von meinen Wangen. »Ich könnte verstehen, wenn du jetzt nichts mehr mit mir zu tun haben willst, immerhin hast du einen Ruf zu verlieren.«

Ich spüre seine Hände an meinen Wangen, dann hebt er meinen Kopf und sieht mir fest in die Augen. »Scheiß auf meinen Ruf. Du bist nicht deine drogensüchtige Mom, die im Rausch ihren Mann umgebracht hat. Du bist Midnight Foster, die Tochter deines Vaters, und ich glaube kaum, dass du deiner Mutter auch nur in den Haarspitzen ähnelst.«

Ich presse meine Lippen zu einer schmalen Linie zusammen.

»Ich sehe dich immer noch nur mit meinen Augen, statt mit jenen eines anderen. Ich verurteile dich nicht für die Dinge, die du durchgemacht hast, denn du hast sie nicht getan.«

»Hätte ich ihre Drogen nicht in der Toilette heruntergespült, weil ich meine Mom zurückhaben wollte, wäre es nicht so weit gekommen«, wende ich weinend ein.

»Hey.« Cloud lehnt seine Stirn an meine. »Du hast getan, was jeder getan hätte. Du konntest nicht ahnen, dass sie deinen Vater umbringen würde, weil ihr Stoff weg war.« Er räuspert sich. »Aber ich verstehe jetzt, warum du nichts mit mir zu tun haben wolltest, als ich sagte, dass ich gelegentlich rauche, saufe und kiffe.«

Ich nicke kaum merklich. »Ich halte mich von jeder Art von Drogen fern.«

»Jetzt verstehe ich, warum du es tust.« Cloud sieht mir in die Augen. »Und ich verstehe nun, warum so viel Angst und Trauer in deinem Blick liegen.«

»Vielleicht lässt das irgendwann nach«, sage ich leise.

»Mhm.« Mit dem Daumen streichelt er meine Wangen. Wie macht er es nur, dass seine Hände so warm sind, obwohl wir beide keine Handschuhe tragen? »Das wird dauern, denke ich«, erwidert er mit rauer Stimme.

Unsere Blicke verhaken sich miteinander und auf einmal fällt seiner ein wenig. »Was wird das?«, frage ich gedämpft.

Cloud gibt mir keine Antwort, sondern beugt sich ein wenig zu mir herunter und legt seine Lippen auf meine.

Ich bin überrumpelt und doch habe ich das Gefühl, dass mich dieser Kuss endlich wieder mit Leben erfüllt.

Cloud

Ihre Lippen fühlen sich wie der Himmel an. Sie sind weich, warm und sie schmeckt immer noch nach dem Muffin, den sie vorhin gegessen hat. Obwohl die Situation alles andere als romantisch ist, musste ich sie einfach küssen. Noch immer halte ich ihr Gesicht in meinen Händen, weigere mich, sie freizugeben, weil es sich so unwahrscheinlich gut anfühlt. Meine Zungenspitze streichelt ihre Unterlippe. Midnight öffnet den Mund ein wenig, gewährt mir Einlass und ich lasse sie eindringen. Unsere Zungen umspielen einander mit einer Vorsicht, als wäre dies unser allererster Kuss, der nur langsam an Leidenschaft gewinnt.

Sie ist es, die sich von meinen Lippen löst, sogar gänzlich von mir zurückzieht. Midnight atmet schwer. »Warum …« Kopfschüttelnd verstummt sie.

»Soll ich mich entschuldigen?«

Irritiert schaut sie mich an. »Nein.« Midnight beißt sich auf die Unterlippe. »Ich etwa?«

»Nein«, erwidere ich lächelnd und überwinde die Distanz zwischen uns. Als ich direkt vor ihr stehe, legt sie den Kopf in den Nacken. Ein weiteres Mal hebe ich meine Hand an ihre Wange, mit dem Daumen fahre ich sanft über ihre leicht geschwollenen Lippen. »Das wollte ich tun, seit ich dich vor der Vorlesung deines Onkels kennengelernt habe.«

Ihr Mund klappt auf und zu. »Wirklich?«

»Ja.« Da Law und ich auch noch unseren kleinen Wettkampf am Laufen haben, wer sie zuerst flachlegt, sollte ich dringend ein wenig mehr Süßholz raspeln. Aber ich will ihr nicht nur wegen dieser Sache näherkommen, sondern weil sie mich von Anfang an in ihren Bann gezogen hat. Als wäre sie eine Sirene und ich ihrem Gesang erlegen. Unseren kleinen Wettkampf werde ich beenden, er ist es nicht wert, dass sie sich von mir abwendet, jetzt, da ich sie besser kenne.

Sie blinzelt hektisch. »Ich weiß gerade nicht, was ich dazu sagen soll.«

Ich schenke ihr ein Lächeln. »Dann sag einfach nichts.«

»Okay«, haucht sie, dann weicht sie meinem Blick aus. »Gehen wir weiter?«

»Klar.« Ich gehe an ihre Seite und biete ihr meinen Arm an, es ist zwar auch Nähe, jedoch weniger intim, als Händchen zu halten. Ich würde gern noch viel intimer mit ihr werden, aber leider merke ich schon seit einer Weile, dass Nixan mich nicht kalt lässt. Ständig denke ich an sie, halte die Augen nach ihr offen und habe auch darauf gehofft, dass sie wieder mit mir spricht. Ich denke, der gestrige Abend hat einiges dazu beigetragen, dass sie mich wieder an sich heranlässt, dabei dachte ich, dass ich sie mit meinem Jähzorn für immer von mir gestoßen hätte. Glücklicherweise war und ist das nicht der Fall, aber ich weiß, dass ich mich in ihrer Gegenwart zusammenreißen muss. Ich denke nicht, dass Midnight auf Dauer mit meinen Stimmungsschwankungen umgehen kann.

»Ich kann wirklich verstehen, wenn du nichts mehr mit mir zu tun haben willst«, sagt sie leise.

Ich schnaube unzufrieden. »Wie kommst du jetzt darauf?«

Sie seufzt schwer. »Meine Freunde in Knoxville haben sich von mir abgewandt, nachdem sie erfahren haben, dass mein Dad gestorben ist.«

»Wussten sie, auf welche Weise er umkam?«

»Nein, meine Familie besteht darauf, Stillschweigen darüber zu bewahren«, antwortet sie. »Meine beste

Freundin wollte nichts mehr mit mir zu tun haben, nachdem sie erfuhr, dass Dad tot ist.«

»Das tut mir leid.«

»Jedenfalls haben sich daraufhin auch die anderen von mir abgewandt. Von heute auf morgen hatten sie mich auf allen Kanälen blockiert und auf der Straße nicht mehr mit mir gesprochen.«

»Warst du noch zu Hause, nachdem er …«

»Ich habe stundenlang seinen toten Körper angestarrt«, erwidert Midnight leise. »Und irgendwann kam meine Tante, also väterlicherseits, sie packte meine Sachen mit mir und ich fuhr mit zu ihr, nachdem die Polizei da war.«

»Wann ist das eigentlich passiert?«, erkundige ich mich vorsichtig.

»Heiligabend.«

»O Fuck«, stoße ich aus. »Wurde deine Mom sofort verhaftet?«

»Ja, meine Tante rief die Polizei. Meine Mutter wurde verhaftet und ich habe ein paar Tage bei meiner Tante und ihrer Familie verbracht, dann flog ich zu meinem Onkel, der mich schließlich hierher schickte.«

»Warum trägst du eigentlich den Namen deines Vaters?«, frage ich, um ein wenig von diesem grauenvollen Thema abzurücken. Ich will nicht, dass sie sich unwohl fühlt, weshalb ich es für das Beste halte, davon abzulenken.

»Ich bin doch seine Tochter.« Midnight räuspert sich. »Und ich bin auch ganz froh darüber, seinen Namen zu tragen, statt jenen meiner Mutter, denn so kann mich niemand mit ihr in Verbindung bringen.«

»Stimmt wohl.« Ich führe sie um den See herum und suche fieberhaft nach einem Thema, das ihr kein schlechtes Gefühl gibt. Ich will sie von ihrem Schmerz ablenken, denn nehmen kann ich ihn ihr nicht. Midnight muss lernen, damit zu leben, aber ich bin mir sicher, dass sie es bald schafft. So ein Trauma muss man erst mal verarbeiten und es ist gerade mal fünf Wochen her, dass sie ihren Dad verloren hat. Sie wird definitiv noch eine Weile brauchen. »Wie fühlst du dich?«

»Ein bisschen angeknackst.«

»Wie meinst du das?«

Sie seufzt schwer, zudem gibt sie einen traurigen Laut von sich. »Es ist einfach schwer, mit dieser Sache umzugehen.«

Nachdenklich schnalze ich mit der Zunge. »Ich will dir nicht zu nahe treten, aber machst du eine Therapie?«

Daraufhin schüttelt sie den Kopf. »Nein, weil hier in der Gegend kein Psychologe ist, der noch neue Patienten aufnimmt.«

»Uff«, stoße ich aus. Eigentlich kann man so etwas mit genügend Kleingeld lösen, aber ich glaube, dass ihre Onkel alles versucht haben.

»Meine Onkel haben alles versucht, aber es war wirklich nichts zu machen.« Und meine Vermutung hat sich bestätigt.

»Mhm.«

»Ich versuche jetzt, alleine zurechtzukommen«, fährt sie fort.

Ich sehe sie irritiert an. »Sprichst du nicht mit deinem Onkel darüber?«

Midnight schüttelt den Kopf. »Nein, ich will ihn nicht mit meinen Ängsten und Albträumen belasten.«

»Nixan, er ist dein Onkel, du wohnst bei ihm und ich bin mir sicher, dass er für dich da ist.«

»Ja vielleicht.« Sie lässt ihren Blick schweifen, als wir an dem Felsblock vorbeikommen. »Gehen wir wieder rein? Mir ist langsam echt kalt.«

»Klar, ich will nur kurz nach den Rosen sehen, dann können wir reingehen.«

»Alles klar.«

Wir sind in meinem Zimmer und ich habe die Tür abgeschlossen, damit Knox – oder einer meiner Freunde – nicht einfach hereinkommt, denn ich will mit Midnight ungestört sein. Wir liegen im Bett, sehen einen Film an und ich für meinen Teil bin echt müde, weil ich nicht geschlafen habe. Ich bin mittlerweile total fertig und als ich zu ihr schaue, hat sie die Augen geschlossen.

»Schläfst du?«, frage ich leise.

Midnight reagiert nicht.

»Hey, Nixan.«

»Mhm?« Blinzelnd schlägt sie die Augen auf.

»Bist du müde?«

»Ja, die frische Luft hat mich echt fertiggemacht.«

Ich schnaube amüsiert. »Sollen wir ein wenig schlafen?«

Daraufhin nickt sie hektisch und schließt abermals die Lider.

Lächelnd richte ich mich auf und nehme die Wolldecke an mich, die auf der Truhe vor dem Bett liegt. Die Wohnung war bereits möbliert, weshalb die Zimmer ziemlich altmodisch eingerichtet sind, doch ist das sicher, um die geschichtsträchtigen Mauern zu ehren.

Ich lege mich zu Nixan, drehe mich, sodass ich ihr zugewandt liege, und decke uns zu, dann ziehe ich sie vorsichtig in meine Arme.

Obwohl ich müde bin, komme ich nicht zur Ruhe. Es ist viel zu aufregend, sie im Arm zu halten. Ich schiebe meine linke Hand auf ihren Rücken, streichle sie sanft. Ihr Duft nach Vanille steigt in meine Nase, als ich meine Finger unter ihr langes schwarzes Haar schiebe und sie im Nacken streichle. Nachdenklich schaue ich zur Wand und überlege, wie ich sie für mich gewinnen kann. Ich schließe die Lider und hoffe, ein wenig schlafen zu können, doch ihre Gegenwart erschwert es mir.

Als ich die Augen aufschlage und Midnight betrachte, hat sie die ihren noch geschlossen. Sie sieht entspannt aus, was mich wundert, denn vor ein paar Stunden sprach sie noch davon, Albträume zu haben. Vielleicht wird sie gerade nicht von ihnen gequält und ich hoffe, dass sie hier ihre Ruhe vor ihnen hat.

»Nixan?«, frage ich leise.

Sie blinzelt und sieht mich müde an. »Mhm?«

»Hast du gut geschlafen?«

»Ich habe gar nicht richtig geschlafen«, gibt sie zurück und schenkt mir ein Lächeln. Ihr Schlafzimmerblick lässt mein Herz schneller schlagen, überhaupt, dass sie neben mir liegt und ich sie im Arm halten kann.

»Dafür warst du aber ganz schön weggetreten«, merke ich grinsend an.

Sie lacht leise und ich drehe mich auf den Rücken, doch ziehe ich sie dabei mit mir, sodass sie ihren Kopf auf meine Brust legen kann. Die Fingerspitzen meiner rechten Hand kreisen auf ihrem Rücken. »Wir haben den Film verschlafen.«

»Wir können ihn jederzeit wieder ansehen«, erwidere ich, als ich an die Decke schaue. Ich habe den Baldachin vom Himmelbett abgenommen, denn ich wollte diesen kitschigen Stoff nicht über mir haben. Außerdem kann ich nicht schlafen, wenn ich das Gefühl habe, dass etwas über mir hängt und jederzeit auf mich herabfallen kann.

»Wie spät ist es eigentlich?«

Ich schaue zum Wecker auf dem Nachttisch. »Gleich vier Uhr. Musst du weg?«

»Nein, es kommt mir nur schon viel später vor«, entgegnet Midnight und gähnt im nächsten Moment.

»Du schläfst nicht allzu viel, oder?«

»Nein, weil ich wegen der Albträume ständig aufwache. Meistens liege ich wach und fürchte mich davor, wieder einzuschlafen, weil ich glaube, noch einmal zu sehen, wie meine Mutter meinen Dad ersticht«, antwortet sie leise. »Ich hoffe, dass es irgendwann aufhört, dass ich diese Bilder sehe.«

»Das wird es sicher, aber ich bin der Meinung, dass du psychologische Hilfe bekommen solltest.«

»Der Meinung sind meine Onkel auch, aber wenn keiner mehr Patienten aufnimmt, können sie es ja nicht ändern.«

»Na ja, sie könnten landesweit suchen und du Onlinesitzungen bekommen.«

»Ich werde es meinem Onkel später vorschlagen, wenn ich ihn sehe.«

»Alles klar.« Ich drücke einen Kuss auf ihren Scheitel. »Und du kannst mit mir reden. Ich bin zwar kein Psychologe, aber ich denke, es tut dir gut, wenn du jemandem deine Ängste anvertrauen kannst, Nixan.«

Midnight hebt den Kopf, sie betrachtet mich und ich verliere mich in ihren dunkelblauen Augen. Sie erinnern mich an die tiefsten Stellen des Ozeans, die man sieht, wenn man aus dem Flugzeug auf sie hinabschaut. »Warum bist du damals auf dem Flur eigentlich so ausgeklinkt?«

»Mhm«, gebe ich nachdenklich von mir. »Ich habe ein kleines Problem mit Jähzornigkeit.«

Ihre Augenbrauen gleiten in die Höhe. »Das heißt?«

»Ich hatte einen üblen Tag, dann bist du mir aus dem Weg gegangen, zudem haben sich ein paar Sachen aufgestaut. Wenn es mir so geht, kommen meine Stimmungsschwankungen hoch und ich werde jähzornig«, erkläre ich. »Es tut mir leid, dass ich dir Angst gemacht und wehgetan habe.«

»Du hast mich wirklich erschreckt.«

»Sorry.«

»Schon gut.« Sie atmet tief durch und hebt ihre Hand. Langsam streckt sie ihre Rechte aus, doch hält sie kurz vor meiner Wange inne und zieht die Finger ein.

»Was ist los?«, möchte ich wissen, als ich ihre Hand ergreife und an meine Wange lege.

»Nichts«, erwidert Midnight mit leiser Stimme und bewegt ihre Fingerspitzen auf meiner Haut. »Ich habe nur keine Ahnung, wie ich dich einschätzen soll.«

Meine Mundwinkel zucken. Dafür tue ich auch eine ganze Menge, denn ich will nicht, dass man mich zu schnell durchschaut. »Dabei bin ich doch ein offenes

Buch«, entgegne ich lächelnd. Es fällt mir seit Helenas Tod schwer, mich jemand Neuem zu öffnen, denn sie enttäuschte mich furchtbar, bevor sie …

»Nicht unbedingt.«

Ich schiebe meine Hände unter ihren Armen hindurch und ziehe sie auf mich, dann rolle ich mich mit ihr herum, sodass ich mich über ihr befinde. »Für dich müsste ich eines sein, immerhin erkennen verletzte Seelen einander«, raune ich ihr zu und erkenne den Schauer, der sie überläuft. Sie schüttelt sich sogar kaum merklich, dennoch spüre ich dieses kleine Erzittern ihres Körpers. Ich sehe ihr in die Augen. »Ich werde dich jetzt küssen, Nixan.«

Sie zieht die Augenbrauen zusammen, doch schiebt sie mich nicht von sich herunter, sondern empfängt meine Lippen mit einem sehnsüchtigen Seufzen. Ihr warmer Körper lässt meine Gedanken kreisen und ich merke, dass mein Schwanz härter wird. Als meine Zunge in ihren Mund dringt, schicke ich auch meine Finger auf die Reise. Mit den Fingerspitzen erforsche ich ihren Körper, zeichne die Kontur ihrer linken Brust nach, obwohl der störende Stoff ihrer Sweatjacke sowie ihres Shirts mich daran hindert, ihre Haut zu berühren. Ich will wissen, ob sie überall nach Vanille riecht. Meine Hand gleitet an ihrer Seite hinab, nestelt an der Jacke herum, schließlich schiebe ich sie unter ihr Shirt. Ihre Haut ist warm und meine Gedanken begeben sich auf eine Reise, auf die ich sie gern mitnehmen würde. Ich male mir aus, wie es sich anfühlt, sie zu spüren.

Noch näher als jetzt. Leidenschaftlicher. Midnight stupst meine Zunge mit ihrer an, zudem windet sie sich unter mir und reizt so meinen Schwanz, der sich verzweifelt aus meiner Sporthose sowie meinen Briefs befreien will.

Ich dränge ihn gegen ihre Mitte – sie stöhnt in meinen Mund und schiebt ihre Hände in meinen Nacken.

Fuck, soll ich's wagen?

Ich schiebe meine Hand weiter unter ihr Shirt, schließlich liegt sie auf ihrer Brust, die ich massiere.

Midnight löst sich von meinen Lippen und sieht mich schwer atmend an.

»Alles okay?«, frage ich mit rauer Stimme.

Sie nickt hektisch. »Ja.« Ihr Blick fällt auf meine Sweatjacke, ihre Finger legen sich an den Zipper, den sie herunterzieht. Ich löse mich ein wenig von ihr, als sie nicht weiterkommt, dann schiebt sie die Jacke über meine Schultern. Nacheinander ziehe ich meine Arme heraus und die Jacke landet neben mir. Ich öffne ihre Pulloverjacke ebenfalls, während ich sie betrachte, dabei richte ich mich auf. Midnight setzt sich aufrecht, als ich zwischen ihren Schenkeln knie, und zieht sie aus. Sie holt tief Luft, greift an den Saum meines Shirts und befreit mich davon. Danach wird sie ihres los und schiebt abermals ihre Hände in meinen Nacken. Sie zieht mich mit sich ins Liegen, ihr Kuss ist voller Leidenschaft und ich kann nicht mehr klar denken.

Midnight

Clouds Haut ist warm. Seine Küsse schmecken nach einer Mischung aus Kaffee, Muffins und Minze und sein Duft lässt mich glauben, in einem Zedernwald zu stehen.

Verdammt, warum küsst er denn so gut?

Und warum will ich gerade so viel mehr als seine Lippen schmecken?

Er drängt seinen Schritt gegen meinen, womit er mir ein Stöhnen entlockt. Meine Finger kreisen in seinem Nacken, kraulen ihn, während seine meinen Oberkörper erforschen. Doch ich traue mich noch nicht, seinen zu erkunden. Cloud löst sich von meinen Lippen und ich schlage blinzelnd die Augen auf. Er lächelt, als sich unsere Blicke verhaken. »Wenn wir jetzt nicht aufhören, will ich noch weiter gehen.«

Ich hole tief Luft. »Willst du noch einen Schritt weiter gehen?«

»Willst du es?«, raunt er.

»Ja«, hauche ich und plötzlich küsst er mich stürmisch. Ich kann kaum mithalten, so leidenschaftlich ist er. Seine Hand an meiner Brust greift fester zu. Er zieht meinen BH herunter, befreit meine Brust. Zwischen zwei Fingern zwirbelt er meinen Nippel, der sich unter seinen Berührungen aufrichtet. Ich stoße ein Seufzen in seinen Mund, doch er erstickt es mit seinem Kuss. Ich reibe mich an ihm, denn die Gefühle, die er in mir auslöst, lassen meine Lust wachsen.

Cloud schiebt eine Hand unter meinen Rücken, er hakt meinen BH auf und zieht nacheinander die Träger von meinen Schultern. Immer abwechselnd zieht er sie ein paar Zentimeter herunter, schließlich hat er mich davon befreit. Er löst sich von meinen Lippen, sieht an meinem Körper herunter und pfeift leise, dann schaut er mir in die Augen. »Weißt du eigentlich, wie schön du bist, Nixan?«

Mein Mund klappt auf und zu, allerdings habe ich keine Ahnung, was ich sagen soll.

Cloud lächelt, seine Fingerspitzen streifen meine Seiten, womit er einen Schauer über meinen Körper jagt. Es fühlt sich so unfassbar gut an, von ihm berührt zu werden. Ich habe nicht damit gerechnet, ihm je so nahezukommen wie jetzt, aber womit rechnet man schon? Zugegeben ich habe hier mit dem Schlimmsten gerechnet, doch begegnet bin ich Cloud, der mehr als offensichtliches Interesse an mir hat.

Mit einem weiteren leidenschaftlichen Kuss lenkt er mich von meinen Gedanken ab, holt mich zu sich zurück in die Gegenwart. Ich winde mich unter seinen Berührungen, die meinen Körper in Schwingungen versetzen. Ich weiß überhaupt nicht, was ich tun soll, weil ich die Situation einerseits genieße, andererseits aber total überfordert bin, da ich nicht damit gerechnet habe, dass es so weit kommen würde. Clouds Zunge dringt abermals in meinen Mund, verwickelt meine in einen Tanz, den ich auf diese Weise noch nie getanzt habe. Rhythmisch, feurig, sie tanzen ihren ganz eigenen Tango. Ich spüre, wie sich seine Hand an der Schnürung meiner Sporthose zu schaffen macht, was mich dazu veranlasst, meine Hände auf seine Brust zu legen. Seine Muskeln sind nicht so hart, wie ich dachte, und seine Haut ist weich. Sein Duft nach Zedernholz umspielt meine Sinne, lässt mich träumen und ihn geradezu gierig in mich aufnehmen. Ich schiebe meine Finger langsam an seinem Oberkörper hinab, während unser Kuss immer feuriger wird. Ich habe das Gefühl, dass heiße Lava durch meine Adern strömt, so sehr erregt er mich. Schließlich habe ich die Schnürung seiner Sporthose erreicht, ich ziehe die Schleife auf, dann schiebe ich sie mitsamt seinen Briefs herunter. Ich spüre seinen Schwanz, der sich gegen meine Mitte drängt, und stöhne in Clouds Mund.

Im nächsten Moment löst er sich von meinen Lippen, richtet sich auf und sieht auf mich hinab. Meine Brust hebt und senkt sich schwer, als er seine Finger in den Bund meiner Hose schiebt. Er befreit mich von ihr, zugleich von meinen Pantys. Ich schäme mich nicht einmal, als ich nackt unter ihm liege, dabei war das bei meinem Ex immer der Fall.

Ich richte mich auf, schiebe seine Sporthose weiter hinunter, doch bauscht sie sich mitsamt seinen Briefs an seinen Knien, da ich nicht weiter komme. Cloud schubst mich aufs Bett, befreit sich etwas umständlich von seiner Hose und gleitet über mich.

»Sicher, Nixan?«, fragt er mit rauer Stimme.

»Bin ich«, erwidere ich erregt und neige den Kopf. Ich hauche Küsse auf seinen Hals, die ihn heiser aufstöhnen lassen. Ich merke, dass er sich bewegt, zur Seite greift und als ich seiner Bewegung mit meinem Blick folge, erkenne ich, dass er ein Kondom aus dem Nachttisch holt. Ich konzentriere mich wieder auf seinen Hals, zeichne kleine Kreise mit meiner Zungenspitze, bis ich sein Ohr erreicht habe. Ich knabbere an seinem Ohrläppchen, damit entlocke ich ihm ein Knurren und er streichelt über mein Dekolleté. Seine Fingerspitzen streifen meinen harten Nippel und mit dieser kleinen, sanften Berührung schickt er einen Impuls durch meinen Körper, der sich in meiner Klit entlädt. Seine Eichel drängt sich gegen meine Spalte, Cloud bewegt sich ein wenig und verteilt so meine Feuchtigkeit.

Schließlich entzieht er sich meinen Lippen und haucht einen Kuss auf meinen Mundwinkel. Nun ist er derjenige, der den Kopf neigt. Er küsst meinen Hals, dann zeichnet seine Zungenspitze eine schmale Linie auf meine Haut, verfolgt sie, bis er meine Brust erreicht hat. Er lässt sie um meinen Nippel kreisen, knabbert an diesem und ich winde mich einmal mehr unter ihm. Ich höre, dass er die Kondomverpackung aufreißt, er hebt sein Becken und rollt den Pariser wohl über seinen Schwanz, jedoch löst er sich dabei nicht von meiner Brust. Als er es erledigt hat, schwebt seine linke Hand über meinen Oberkörper, streichelt zurück zu meiner Mitte und sein Daumen dringt in meine Spalte. Ich stöhne auf, als er meine Klit mit kreisenden Bewegungen reibt. Abermals verteilt er meine Feuchtigkeit, umspielt meine Pforte und schließlich zieht er seine Hand zurück. Ich spüre seine Eichel.

»Letzte Möglichkeit, einen Rückzieher zu machen«, raunt er mir zu.

»Nein«, erwidere ich und schlinge meine Beine um ihn.

Cloud führt seine Eichel an meine Pforte, nur mit ihr dringt er langsam in mich ein und ich hole zitternd Luft, weil er so verdammt gut ausgestattet ist. Zentimeter für Zentimeter dehnt er mich, bis er mich schließlich ausfüllt. Cloud sieht mir in die Augen, als ich meine Arme um seinen Hals schlinge. Unsere Blicke verhaken sich miteinander und ich habe das Gefühl, so viel in seinen Iriden lesen zu können.

Und eine Sache verbindet uns miteinander.

Schmerz.

Doch was quält ihn?

Er lenkt mich von der Frage ab, als er sich aus mir

zurückzieht, nur um im nächsten Moment wieder in mich einzudringen. Mit einem festen Stoß, der mir ein lautes Stöhnen entlockt. »Wenn … du nicht leise bist, wird Knox uns hören.«

»Mir egal«, erwidere ich leise und ziehe ihn zu mir heran.

Clouds Lippen legen sich auf meine, als er sein Becken kreisen lässt. Ich keuche in seinen Mund, als ich meines im Einklang mit ihm bewege. Statt schnell in mich zu stoßen, bewegt er sich langsam, was unheimlich intensiv ist. Jedes noch so kleine Reiben, jedes Eindringen – ich habe das Gefühl, dass ich alles viel stärker wahrnehme, als ich es jemals getan habe.

Er schiebt seinen Arm unter meinen Rücken, hebt meinen Oberkörper an und ich schmiege meine Wange an seine Schulter. Ich schließe die Augen, nehme seinen Duft in mich auf und fange abermals an, seinen Hals zu küssen. Cloud verharrt in mir, streichelt sanft meinen Rücken und stupst mit der Nasenspitze meine Schläfe an. Als ich ihn ansehe, legt er einmal mehr seine Lippen auf meine. Sein Kuss ist leidenschaftlich und während wir darin versinken, dreht er sich mit mir, sodass ich auf ihm sitze. Cloud richtet sich mit mir auf, ich lege abermals meine Arme um seinen Hals und fange an, mich auf ihm zu bewegen. Sein Schwanz reibt in mir, als ich mein Becken kreisen lasse. Es fühlt sich so unwahrscheinlich gut an. Ich stöhne in unseren Kuss, während Cloud genießende Laute von sich gibt, als unsere Zungen einander umspielen. Meine Finger erforschen seinen Rücken, ich spüre das Spiel seiner Muskeln, wann immer er sich bewegt. Er streichelt meine Seiten hinauf, hinab, bis sich seine Hände auf meinen Po legen. Cloud greift nicht fest zu, sondern bewegt mich vorsichtig auf sich. Er gibt mir einen Rhythmus vor, der zumindest mich abheben lässt. Ich hatte noch nie so sanften Sex, nicht einmal mein erstes Mal war besonders zärtlich, sondern mein Ex wollte bloß schnell Druck abbauen. Ich war nicht einmal gekommen, als ich das erste Mal mit ihm schlief, aber mit Cloud ist es zärtlich, auch gewissermaßen vorsichtig, weil wir beide einander kennenlernen, genießen und ich liebe, wie er mich küsst, auch wenn ich ihn nicht liebe.

Ich lasse mein Becken etwas ausladender kreisen, hebe es so weit an, dass er beinahe vollständig aus mir gleitet und jedes Mal aufs Neue in mich eindringen muss. Es lässt ihn aufstöhnen, dabei löst er sich von meinen Lippen. Cloud neigt den Kopf. Er küsst meine Brust, lässt seine Zungenspitze um meinen Nippel kreisen und gibt mir einen schnelleren sowie festeren Rhythmus vor. Von unten stößt er in mich, dabei trifft er den empfindlichsten Punkt in mir, der mich die Gegenwart völlig loslassen lässt. Ich passe mich dem Takt an, den er vorgibt, lasse meine Zurückhaltung und mich in diesen Moment fallen. In meinem Bauch wächst ein pulsierender Knoten an, von meiner Mitte ausgehend breiten sich warme Wellen in meinem Körper aus und ich spüre die Spasmen meiner inneren Muskeln, die seinen Schwanz massieren.

Cloud keucht. »Du fühlst dich so verdammt gut an«, raunt er in meinen Mund.

»Dito«, hauche ich zwischen den Küssen und gebe einen erschreckten Laut von mir, als er sich abermals mit mir dreht. Ich finde mich unter ihm wieder und Cloud beginnt, fest in mich zu stoßen. »O Gott«, stöhne ich, als er sich ein wenig aufrichtet. Er stützt sich zu beiden Seiten meines Kopfes ab, bewegt sich ausladend und ich hebe ihm mein Becken entgegen. Wann immer ich es tue, reibt sein Schambein über meine gereizte Klit und schickt neue Impulse durch meine Venen, die regelrecht durch meinen Körper peitschen. Ich gehe ins Hohlkreuz, schließe sie Augen und auf einmal berste ich mit der Wucht einer aufschlagenden Welle. Ich schreie nicht, stöhne aber laut, während er gegen meine pulsierende Enge ankämpft. Cloud hört nicht auf, in mich zu stoßen. Ich spüre, wie sein Schwanz nochmals härter wird, und schließlich drängt er sich fest gegen mich. Dieser Reiz lässt mich noch einmal aufstöhnen, dabei bebt mein Körper, so wie seine Arme zittern.

Langsam lässt er sich auf mich sinken, Cloud legt seinen Kopf auf meine Brust und atmet schwer. Seine Atemzüge fühlen sich eiskalt auf meiner erhitzten Haut an. Mit den Fingerspitzen streichelt er meinen linken Oberarm, während ich meine Hände auf seinen Schulterblättern ruhen lasse.

Meine Augen sind geschlossen, während ich mich langsam beruhige. Hoffentlich war es kein Fehler, mit ihm zu schlafen, aber kann etwas falsch sein, das sich so gut angefühlt hat?

»Ich sollte ins Bad«, sagt er mit rauer Stimme.

»Okay«, hauche ich.

Cloud richtet sich auf und blickt mir in die Augen, nachdem ich sie aufgeschlagen habe. »Lauf nicht weg.«

»Das habe ich nicht vor«, entgegne ich lächelnd.

Seine Mundwinkel zucken, dann zieht er sich aus mir zurück. Cloud steigt aus dem Bett, zieht seine Briefs und ebenso die Sporthose an, dann holt er saubere Shorts aus seinem Schrank. Schließlich verlässt er sein Zimmer und ich richte mich auf. Ich sammle meine Unterwäsche ein, ziehe sie an und schlüpfe in mein Shirt, dann lege ich mich wieder in sein Bett und decke mich mit der Wolldecke zu.

»Alter?«

Fuck!

Knox klopft an, dann betritt er Clouds Zimmer und sieht mich irritiert an. »Du bist immer noch hier?«

»Mhm.« Ich nicke hektisch. »Ist das schlimm?«

Er schüttelt den Kopf. »Nein, aber es wundert mich, dass du in Clouds Bett liegst.«

»Wir haben uns einen Film angesehen«, lasse ich ihn wissen.

Knox' Augenbraue gleitet in die Höhe, dann schaut er zu dem Fernseher, der an der Wand gegenüber des Bettes hängt. »Und wie war der Film?«, möchte er wissen.

Ich richte mich auf und zucke mit den Schultern. »Keine Ahnung, ich bin eingeschlafen und Cloud ist im Bad.«

»Ah ja«, stößt er skeptisch aus.

»Hey«, sagt Cloud unverhofft und ich atme innerlich auf, weil er dazu gekommen ist.

Knox dreht sich zu ihm um. »Hey. Ich wollte nur fragen, ob du auch was vom Chinesen willst.«

»Willst du schon wieder dort bestellen?«, hakt er nach.

»Ja, aber wir können meinetwegen auch woanders ordern, nur kommen die eher hier raus, wenn wir eine größere Bestellung aufgeben«, erwidert Knox gelangweilt. »Also?«

Cloud räuspert sich, anschließend sieht er mich an. »Hast du Hunger?«

»Mein Onkel erwartet mich später zum Essen«, antworte ich aufrichtig. »Ich bleibe also nicht mehr allzu lange.«

Irritiert hebt er die Augenbrauen, schließlich kneift er sie zusammen. »Okay.« Sein Blick fällt auf Knox. »Lass uns beim Chinesen bestellen. Ich nehme das gleiche wie immer.«

»Alles klar«, entgegnet Knox, nickt mir zu und verlässt Clouds Zimmer.

Er schubst die Tür hinter seinem Mitbewohner zu.

Cloud

Ich betrachte Midnight. Es gefällt mir nicht, dass sie abhauen will. »Sicher, dass du nicht zum Essen bleiben und erst später nach Hause willst?«, erkundige ich mich.

Nixan räuspert sich, dann seufzt sie. »Ich will mir lieber Knox' Fragen ersparen, sollte ich zum Essen bleiben.«

Meine Augenbraue gleitet in die Höhe. »Knox wird uns nicht mit Fragen löchern, keine Sorge.«

Ein weiteres Seufzen. »Du willst, dass ich bleibe, oder?«

»Ja«, antworte ich ebenso knapp wie entschieden, als ich zum Bett gehe. Ich setze mich ans Fußende, sodass ich sie ansehen kann. »Ich will dich noch nicht gehen lassen.«

Daraufhin schaut sie mich mit großen Augen an.

»Und ich denke, dass du eigentlich auch nicht gehen willst«, sage ich überzeugt und rücke näher zu ihr, dann lege ich meine Hand auf ihre und verschränke unsere Finger miteinander.

Midnight betrachtet mich, sie presst ihre Lippen zu einer schmalen Linie zusammen.

»Oder?«, hake ich nach.

»Cloud, ich bin mit der Situation total überfordert«, gibt sie zu und entzieht mir ihre Hand. »Und ich weiß gerade nicht, wie ich antworten soll, damit du nicht sauer oder enttäuscht bist.«

Meine Gesichtszüge entgleisen. »Wenn du gehen willst, halte ich dich nicht auf, auch wenn ich dich gern bei mir hätte«, erwidere ich.

»Sicher?«, fragt sie defensiv.

»Ja, aber ich hoffe, dass du bei mir bleibst.« Ich verziehe meine Lippen zu einem Lächeln. »Nixan, ich will doch bloß Zeit mit dir verbringen.«

Ihre Mundwinkel zucken. »Ich bleibe noch, bis euer Essen kommt, dann haue ich ab, okay?«

Ich werfe einen Blick auf die Uhr. »Wenn Knox schon bestellt hat, haben wir eine gute Stunde.« Anschließend lege ich mich hin, dabei ziehe ich Midnight mit mir. »Was geht dir durch den Kopf?«

»Oh«, stößt sie aus, als sie sich auf die Seite dreht und mich betrachtet.

»Mhm?«

Daraufhin schnalzt sie mit der Zunge. »Ich frage mich, ob das eine einmalige Sache war.«

Skeptisch hebe ich eine Augenbraue. »Willst du das denn?«

»Willst du, dass es etwas Einmaliges war?«, fragt sie hingegen.

»Nein«, sage ich sofort. »Ich will nicht, dass es eine einmalige Sache war.« Ich sehe sie nachdenklich an. »Und du?«

Midnight verbirgt ihr Gesicht an meiner Brust und dass sie mir nicht antwortet, beschleunigt meinen Herzschlag, außerdem färbt sich der Rand meines Sichtfeldes rot. Ich fühle mich abgelehnt, womit ich nicht umgehen kann. Muss sie mir so einen metaphorischen Hieb in die Magengrube verpassen? Es kotzt mich an, dass sie nicht über ihre Gefühle spricht, oder erst, wenn man sie eiskalt erwischt hat. Ich habe keine Ahnung, woran ich bei ihr bin.

»Warum gibst du mir keine Antwort?«, frage ich bemüht ruhig.

»Weil ich gerade versuche, auf mein Herz zu hören«, antwortet sie leise.

»Und was sagt es?«

»Es weint immer noch um meinen Vater, deshalb gibt es mir keine Antwort.«

»Dann warten wir ab, bis es wieder mit dir spricht.«

Sie nickt hektisch und der Sturm in mir beruhigt sich glücklicherweise wieder. Noch einmal darf ich nicht die Fassung verlieren, weil sie mir dann sicher den Laufpass gibt. Ich weiß oft nicht, wann Midnight so weit ist, dass sie lieber in die Defensive geht oder nicht.

»Ich kann warten, solange du mich nicht wieder von dir stößt oder mir aus dem Weg gehst.«

»Ich werde versuchen, es nicht zu tun«, erwidert sie im Flüsterton und schiebt ihre Hand auf meine Brust. »Kannst du mir einen Gefallen tun?«

»Jeden«, entgegne ich sofort.

»Könnten wir die Sache vor deinen Freunden verschweigen?«

Irritiert ziehe ich die Augenbrauen zusammen. »Warum?«

»Weil Chloé mich sowieso schon auf dem Radar hat und mich fertigmacht.« Midnight sieht mir in die Augen. »Oder es zumindest ihr verschweigen.«

»Das sollten wir nicht. Sie wird aufhören, wenn sie merkt, dass du zu mir gehörst.«

»Können wir die Sache trotzdem locker angehen?«

»Ja, dennoch sollten wir Chloé zeigen, dass wir beide einander treffen. Sie wird dich in Ruhe lassen, wenn sie weiterhin mit uns rumhängen will, denn sie wird nur geduldet, weil sie Laws On-Off-Affäre ist.«

»Danke.«

»Dafür nicht.« Ich schlinge meine Arme etwas enger um sie und streichle ihren Rücken, mit den Fingerspitzen zeichne ich nachdenklich Muster und überlege, ob sie mich überhaupt in ihr Herz lassen wird.

Ich ahne, dass es schwer werden wird, es zu erobern. Ich schließe die Augen und entspanne mich ein wenig, obwohl mich die Fragen nicht in Ruhe lassen. Mein Kopf steht nicht still, dennoch versuche ich, mich auszuruhen.

Es klopft heftig und ich hebe den Kopf. Irritiert schaue ich mich um, denn Midnight ist nicht hier.

»Alter?«, ruft Knox.

»Ja?«

Er betritt mein Schlafzimmer. »Ich rufe seit Minuten nach dir. Hast du gepennt?«

»Ja, ich bin wohl eingeschlafen«, antworte ich. »Was gibt's?«

»Das Essen ist da.«

Nickend rutsche ich zur Bettkante. »Hast du mitbekommen, ob Midnight abgehauen ist?«

»Nein.« Er neigt den Kopf. »Warum?«

»Siehst du sie hier irgendwo?«, möchte ich hingegen wissen und schaue mich noch einmal um. Ihr Mantel fällt mir ins Auge.

»Oh«, stößt sie hinter Knox aus.

»Wo warst du?«, frage ich verdutzt.

Sie deutet hinter sich. »Im Bad. Du hast geschlafen und ich wollte dich nicht wecken.«

»Na wunderbar, sie ist noch hier, das Essen ist da, alle sind glücklich«, sagt Knox trocken. »Komm essen.«

Midnight sieht zu mir. »Ich sollte mich dann mal verabschieden.«

»Bleib«, erwidere ich, als mein bester Freund mein Schlafzimmer verlässt.

»Cloud«, sagt sie flehend. »Ich sollte echt langsam nach Hause, damit ich noch ein wenig lernen kann.«

»Na schön«, gebe ich mich geschlagen und steige aus dem Bett.

Sie kommt zu mir, bleibt direkt vor mir stehen. »Wir sehen uns doch morgen früh.«

»Verbringst du morgen den Tag mit mir?«

»Nach den Vorlesungen gern«, antwortet Midnight lächelnd.

»Danke, Nixan.«

Sie schmunzelt. »Den Spitznamen werde ich echt nicht mehr los, oder?«

Daraufhin schüttle ich den Kopf. »Nein … Den hast du jetzt wirklich weg.«

Aus ihrem Schmunzeln wird ein Lachen. »Na schön.«

Ich schiebe meine Hand auf ihren Rücken, drücke sie an mich und beuge mich zu ihr runter. »Treffen wir uns morgen um halb neun?«

»Die Vorlesung bei meinem Onkel beginnt erst um neun«, wispert sie, als sie sich beruhigt hat.

»Deshalb ja.«

»Soll ich herkommen?«, fragt sie.

»Wenn du herkommen willst, sei um acht hier.« Ich grinse sie an. »Dann haben wir noch ein wenig Zeit.«

»Okay.«

Ich versiegle ihre Lippen mit einem Kuss, den ich für einen Moment andauern lasse.

Midnight löst sich von mir. »Wir sehen uns morgen früh.«

»Ich bringe dich noch zur Tür.«

»Okay.« Sie holt ihren Mantel, außerdem schlüpft sie in ihre Schuhe und es wundert mich, dass ihre Haare überhaupt nicht derangiert sind. Als sie sich zu mir umdreht, knetet sie ihre Hände. »Wir können.«

»Alles klar.« Ich gehe zu ihr, ergreife ihre Hand und führe sie durch den Flur ins Wohnzimmer und schließlich zur Tür.

»Bye, Midnight.«

»Bye, Knox«, erwidert sie und winkt ihm sogar mit ihrer freien Hand.

»Bis morgen«, sagt er noch.

»Ja, bis dann.«

Ich öffne die Wohnungstür für sie und bin mir bewusst, dass Knox uns nicht aus den Augen lässt. Dennoch beuge ich mich noch einmal zu ihr runter und hauche einen Kuss auf ihre Lippen. »Meldest du dich später?«

»Wenn ich dran denke«, antwortet sie leise und küsst mich sanft.

»Dann melde ich mich eben.« Ich richte mich auf und zwinkere ihr zu, doch ihre Hand will ich nicht freigeben.

Midnight entzieht mir ihre Finger. »Mach das und dann bis später.«

»Alles klar.« Ich verziehe meine Lippen zu einem Lächeln und sehe ihr nach, als sie sich auf den Weg zu der breiten Treppe macht.

Knox räuspert sich übertrieben, als ich nach ein paar Minuten immer noch auf den Gang schaue.

Ich sehe zu ihm. »Oh«, stoße ich aus, gehe zurück in die Wohnung und schubse die Tür zu. »Hast du Besteck geholt?«

»Ja.« Er neigt den Kopf. »Habt ihr was miteinander?«

Ich gehe zum Sessel und setze mich. »Warum?«

»Weil ich euch gehört habe und, Alter, stöhnende Kerle sind echt das Letzte, das ich hören will«, meint er.

Ich lache leise. »Ja, wir haben was miteinander.«

»Das wird Law nicht freuen«, stellt er fest.

Daraufhin zucke ich mit den Schultern und greife zur Gabel.

»Du weißt, dass er auch ein Auge auf Midnight geworfen hat, hm?«

»Ja, aber er wusste auch von mir, dass ich mich für sie interessiere.« Ich stochere in meinem Essen herum. »Und ich bin froh, dass er sie nicht erobert hat, weil Chloé sich sonst noch heftiger auf sie stürzen würde«, fahre ich fort.

»Und ihr seid jetzt ein Paar?«

Ich zucke mit den Schultern. »Keine Ahnung, wir lassen es auf uns zukommen.«

»Das heißt?«

»Dass wir es locker angehen.«

Knox hebt eine Augenbraue. »Und das heißt?«

»Na ja, Freundschaft Plus, denke ich.«

»Wow«, stößt er mit großen Augen aus. Kopfschüttelnd fängt er an zu essen.

»Tu mir den Gefallen und behalt es für dich«, sage ich ernst.

»Warum?«

»Weil ich nicht will, dass die anderen wissen, was zwischen uns läuft«, antworte ich aufrichtig. »Es wird ihnen früh genug auffallen.«

»Die sind nicht blöd. Wenn du morgen Hand in Hand mit ihr auftauchst, werden sie sofort wissen, was Sache ist. Außerdem haben wir morgen alle Politik bei

Mrs. Bellamy, sprich, sie werden es super schnell durchschauen.«

Ein weiteres Mal zucke ich mit den Schultern. »Das kümmert mich nicht. Ich habe nur keinen Bock darauf, dass sich Chloé auf Midnight stürzt oder ihr blöde Sprüche reißt.«

»Als ob ich das tun würde«, brummt Knox.

»Du vielleicht nicht, aber Will, Jax und Law können sich manchmal nicht zusammenreißen.«

»Mhm«, gibt er bloß zurück und widmet sich seinem Abendessen.

Ich tue es ihm gleich und bin froh, dass wir schweigen. Meine Laune schwankt, weil Midnight schon weg ist, denn es wäre mir lieber gewesen, wenn sie noch ein wenig geblieben wäre. Ich weiß nicht, was sie an sich hat, dass ich ständig in ihrer Nähe sein will, aber vielleicht liegt es daran, dass meine verletzte Seele ihre geschundene erkannt hat. Sie leidet unter dem Verlust ihres Vaters, ich leide immer noch unter Helenas Verlust. Seit Monaten, beinahe einem Jahr versuche ich, mich davon abzulenken, statt mich der Trauer zu stellen, denn Helena wählte einen Weg, den ich bis heute nicht verstehen kann.

Montagmorgen und Midnight sagte gestern Abend ab, dass sie vor den Vorlesungen zu mir kommt. Ich habe keine Ahnung, was passiert ist, ahne aber, dass es an ihrem Onkel liegt. Professor Graham kann mich nicht leiden, er war sogar der Meinung, dass ich an Helenas Tod schuld sei, dabei weiß ich selbst nicht, warum sie sich das Leben genommen hat. Bis heute rätsle ich deshalb und habe auch Mr. Rosier sowie der Polizei alles erzählt, was unsere Beziehung ausgemacht hat. Wir waren ein Herz und eine Seele, laut Noir sogar das Traumpaar der Academy, aber dann machte Helena aus dem Nichts Schluss und drei Tage später war sie tot.

Ich kann nicht besonders gut damit umgehen, wenn sie sich zurückzieht, auch wenn das vielleicht ihre Art ausmacht. Jedoch muss ich ihre Ecken und Kanten akzeptieren. Vielleicht sollte ich mit ihr darüber sprechen, wie ich Helena verloren habe, damit sie weiß, dass auch meine Seele sowie mein Herz diverse Kerben haben.

Kopfschüttelnd verdränge ich die Erinnerungen an meine Ex und hoffe, dass Midnight mir nicht wieder aus dem Weg gehen wird.

Ich schnappe mir meine Bücher, ebenso meinen Rucksack und verlasse mein Schlafzimmer.

»Oh, auch schon wach?«, fragt Knox trocken, als ich das Wohnzimmer betrete.

»Schon länger«, entgegne ich.

Es klopft, weshalb ich irritiert zur Tür schaue. »Wer kann das sein?«, möchte er wissen.

»Das finde ich jetzt heraus«, erwidere ich, als ich mich zur Wohnungstür begebe. Ich öffne sie und bin überrascht, dass Midnight vor mir steht.

»Hey«, sagt sie vorsichtig.

Ich schaue auf meine Armbanduhr, eine Rolex, die ich von meinem Grandpa zum sechzehnten Geburtstag bekommen habe, danach sehe ich sie wieder an. »Guten Morgen, Nixan.«

»Nixan?«, echot Knox. »Wie darf man das verstehen?«

Ich blicke zu ihm. »So stellte sie sich mir an ihrem ersten Tag vor, weil sie mich loswerden wollte.«

Er schnaubt amüsiert. »Hat ja nicht besonders gut geklappt.«

Midnight räuspert sich, weshalb ich meine Aufmerksamkeit wieder auf sie richte. »Wir waren doch verabredet.«

Meine Augenbraue gleitet in die Höhe. »Ja, allerdings hast du gestern Abend noch abgesagt.«

»Es tut mir leid. Ich konnte ewig nicht einschlafen und habe lieber abgesagt, damit du nicht sauer bist, falls ich verschlafe.«

Als ich sie näher betrachte, fällt mir auf, wie müde sie aussieht. Sie hat sogar tiefe, dunkle Augenringe. »Okay.« Ich räuspere mich. »Wir sollten uns auf den Weg zur Vorlesung machen. Ich bin nicht besonders scharf darauf, Ärger mit deinem Onkel zu bekommen.«

»Mhm.« Sie ringt sich ein Lächeln ab, allerdings verfinstert sich ihr Blick schnell. »Den hatte ich schon.«

Verwirrt ziehe ich die Augenbrauen zusammen. »Warum?«

»Weil er eigen ist«, weicht sie aus, als ich ihre Hand ergreife.

»Leute, ich will euch ja nicht hetzen, aber ihr blockiert die Tür und wir müssen in die Vorlesungen«, mischt sich Knox ein.

»Sorry«, erwidere ich und trete nach draußen auf den Flur.

»Kein Ding.« Knox läuft an uns vorbei und macht sich eilig auf den Weg in den Neubau.

»Wir haben noch ein paar Minuten«, sagt Midnight, als ich die Wohnungstür hinter mir ins Schloss ziehe. Ich schließe ab, dann wende ich mich ihr zu. Kurz betrachte ich sie, einen Moment später beuge ich mich zu ihr herunter und küsse sie sanft.

Seufzend lässt sie sich auf meinen Kuss ein, schlingt sogar ihre Arme um meinen Hals und drängt sich gegen meinen Körper. Fuck, am liebsten würde ich die Vorlesungen schwänzen und sie in mein Bett zerren, aber ich muss mich zusammenreißen. Ihr Onkel würde uns sicher die Köpfe abreißen, wenn wir blaumachen, worauf ich nicht scharf bin, denn Professor Graham gehört zu den strengeren Dozenten. Es wundert mich, dass Midnight so gut mit ihm zurechtkommt, doch das liegt sicher an der familiären Bande. »Warum hattest du Ärger mit deinem Onkel?«, frage ich interessiert, als ich mich von ihren Lippen löse.

Sie seufzt schwer. »Er ist der Meinung, dass du kein Mann für mich bist, das führte zu einer recht lautstarken Diskussion darüber, dass ich erwachsen bin und meine eigenen Entscheidungen treffe.«

Daraufhin nicke ich. »Etwas in der Art habe ich erwartet. Dein Onkel kann mich nicht besonders gut leiden.«

»Aber warum nicht?«, möchte sie wissen.

»Wir sollten nach den Vorlesungen darüber sprechen«, weiche ich aus, denn ich hoffe, dass sie es bis heute Nachmittag vergessen hat. Ich weiß nicht, wie ich ihr von Helenas Tod erzählen soll, ohne dass sie sich von mir zurückzieht.

Es ist auch kein Thema für ein verficktes Kaffeekränzchen, sondern ich muss echt gut darüber nachdenken, was beziehungsweise wie ich es sagen werde.

Fuck!

Midnight

Cloud und ich sind auf dem Weg zum Hörsaal, als uns Noir und ein weiterer Freund von ihnen entgegenkommen. Sie sieht irritiert auf unsere ineinander verschränkten Finger, doch fängt sie sich schnell und legt ein Lächeln auf ihre Lippen. »Habe ich etwas verpasst?«

»Ich weiß nicht, wovon du sprichst«, antwortet Cloud gut gelaunt. Er sieht seinen Kumpel an. »Hey, Will.«

»Morgen, Alter«, entgegnet er, zieht dabei aber ein Gesicht, als hätte er die schlechteste Laune, die man nur haben kann.

Sie schaut mich an. »Guten Morgen, Midnight.«

»Hi«, erwidere ich überfordert, da ich keine Ahnung habe, wie ich die Frage beantworten soll, aber ich bin froh, dass Cloud das Reden übernommen hat.

Noir konzentriert sich wieder auf ihn. »Man sieht euch Hand in Hand, da kann man doch glauben, dass ihr ein Paar seid.«

Ich bin versucht, Cloud meine Hand zu entziehen, aber ich sollte jetzt keinen Rückzieher machen. Ich will ihn nicht verletzen, außerdem gibt es mir Sicherheit, dass er meine Finger mit seinen verschränkt hat.

»Muss man das immer sofort klären?«, fragt er hingegen gelassen.

Noirs Augenbraue gleitet in die Höhe. »Nein, aber … Vergiss es.« Abermals lächelt sie. »Wir sehen uns nachher bei Mrs. Bellamy.«

»Bis dann«, verabschiede ich mich.

»Bye«, sagt Will, nickt uns zu und verschwindet gemeinsam mit Noir.

»Bis später«, erwidert Cloud, dann bahnen wir uns einen Weg zwischen den anderen Studenten hindurch.

Ich spüre die Blicke auf mir, manche sind skeptisch, andere verwundert und ein paar sogar feindselig, aber warum? Na ja, vielleicht sind sie irritiert, weil Cloud meine Hand hält, immerhin bin ich die Neue an der Academy und ich glaube kaum, dass es oft passiert, dass jemand mitten im laufenden Jahr anfängt, hier zu studieren. »Warum sehen mich alle so an?«, wende ich mich leise an Cloud.

Er sieht zu mir runter. »Keine Ahnung, aber lass sie einfach starren.« Es kommt mir so vor, als wisse er genau, warum sie uns alle ansehen, aber ich will nicht nachhaken. Eigentlich ist es auch nicht wichtig, ob sie uns anstarren oder nicht, solange Cloud und ich miteinander zurechtkommen und einander mögen, kümmere ich mich nicht um die anderen. Ich bin froh, dass ich hier jemanden habe, dem ich vertrauen kann, zumindest hoffe ich das. Wenn ich ehrlich bin, kenne ich Cloud gar nicht richtig und er ist ein Buch mit sieben Siegeln, die ich nach und nach brechen muss. Ich dachte, ich sei ein verschlossener Mensch, weil ich so viel Scheiße erlebt habe, doch er ist mindestens genauso zurückhaltend wie ich – wenn nicht sogar verschlossener.

»Okay.« Seufzend lege ich meinen Kopf an seinen Oberarm und lasse mich von ihm durch die Gänge führen, bis wir schließlich den Hörsaal erreicht haben, in dem die Geschichtsvorlesung meines Onkels stattfindet. Die meisten wissen nicht, dass wir miteinander verwandt sind, worüber ich froh bin. Er wird meine Klausuren und Hausaufgaben ohnehin nicht benoten, da er befangen ist, sondern ein anderer Dozent wird dies übernehmen, damit ich in keiner Weise von unserer Verwandtschaft profitiere. Und das will ich auch gar nicht. Ich möchte einfach nur in Ruhe studieren, ohne von der Presse oder anderen belagert, behelligt oder beäugt zu werden, weil ich nun mal die Tochter meiner Mutter bin. Es reicht, dass man gerade rätselt, wo sie steckt, und ich ahne, dass es bald ans Licht kommen wird.

»Gehen wir rein?«, fragt Cloud interessiert.

Ich sehe zu ihm hoch. »Sicher.«

Er führt mich in den Hörsaal und steuert die letzte Stuhlreihe an. Etwa in der Mitte gibt er meine Hand frei, legt seine Bücher sowie seinen Rucksack ab und setzt sich.

Ich tue es ihm gleich. »Es tut mir leid, dass ich gestern Abend abgesagt habe.«

»Schon okay«, erwidert er, während er mich betrachtet.

Unsere Blicke verhaken sich miteinander, während meine Augen nahezu dunkelblau sind, sind seine eher von einem dunklen Blaugrau, was mir erst bei näherem Hinsehen aufgefallen ist. Gestern, als wir Sex hatten, wenn ich ehrlich bin, vorher habe ich nicht so genau darauf geachtet.

Cloud beugt sich zu mir und haucht einen Kuss auf meine Lippen, der schnell intensiver wird. Ich lege meine Arme um seinen Hals, empfange seine Zunge, die meine augenblicklich umspielt, und seufze leise. Er schafft es damit, dass ich mich in einer völlig anderen Sphäre wiederfinde, außerdem beschleunigt sich mein Herzschlag. Ich weiß nicht, was ich für Cloud empfinde, oder ob ich überhaupt irgendwas empfinde, aber zurzeit bin ich einfach nur froh, dass jemand für mich da ist und ich nicht allein mit mir selbst bin. Es ist egoistisch, das weiß ich, doch muss ich das momentan sein.

Mein Leben ist ein einziger Scherbenhaufen und ich bin froh, dass Cloud meiner Welt wieder ein wenig Farbe verleiht.

»Es wäre schön, wenn Sie sich zumindest für die nächsten neunzig Minuten voneinander lösen würden, Mr. Archer und Ms. Foster«, sagt mein Onkel mit strenger Stimme.

Sofort löse ich mich von Cloud und sehe nach vorn. »Tut mir leid, Professor Graham.« Absichtlich lasse ich meine Stimme reuevoll klingen, damit mein Onkel später kein Fass aufmacht, weil ich womöglich respektlos war. Aber er wird ohnehin eines aufmachen, weil ich nicht auf ihn gehört habe. Ich weiß nicht, warum er Cloud nicht ausstehen kann, aber ich ahne, dass es einen triftigen Grund haben wird, denn normalerweise gehört mein Onkel nicht zu den Menschen, die andere abstempeln, aber Cloud wird richtig von ihm verachtet.

»Sorry, Professor«, sagt nun auch Cloud und legt seine Hand auf meine. Da ich Linkshänderin bin, schränkt er mich damit nicht wirklich beim Schreiben ein und sich selbst auch nicht, da er Rechtshänder ist. Es ist schön, dass er unsere Finger miteinander verschränkt hat, denn so geht seine Wärme auf mich über, wofür ich dankbar bin. Mir ist beinahe immer kalt, allerdings glaube ich, dass das an dem Stress liegt, den ich Tag für Tag durchmache. Ich meine, ich gehe Chloé aus dem Weg, was schon Stress bedeutet, denn diese Frau ist wie ein gottverdammter Geist. Wann immer ich glaube, sicher vor ihr zu sein, kommt sie aus dem Nichts und drückt mir wieder einen Spruch rein. Es ist anstrengend, vor allem, weil sie sichtlich Spaß daran hat, mich fertigzumachen. Wenn sie erst erfährt, warum ich an die Rosier Academy gekommen bin, wird mein Leben sicher zur absoluten Hölle, die ich definitiv nicht erleben will.

Mein Onkel nickt uns zu, dann beginnt er mit der Vorlesung und ich versuche, mich nur auf ihn und seine Stimme zu konzentrieren.

Als wir den Hörsaal von Mrs. Bellamys Veranstaltung erreichen, stehen Chloé und die anderen vor der Tür. Ich ziehe an meiner Hand, damit Cloud sie freigibt, aber er hält sie nur umso fester.

»Lass dich von ihr nicht aus der Ruhe bringen, Nixan«, sagt er mit leiser, rauer Stimme, womit er mir einen prickelnden Schauer über den Rücken jagt. Mühsam unterdrücke ich das Schütteln, das mich erfassen will.

Als Chloé zu uns schaut, hebt sie eine Augenbraue. »Hast du dich wirklich auf diesen Goth eingelassen?«, wendet sie sich an Cloud.

»Mach den Kopf zu, Rosier«, erwidert er genervt und führt mich zu Noir und Will, bei denen auch Knox und ein weiterer Mann stehen. »Hey, Leute.«

»Da seid ihr ja«, stellt der mir unbekannte Kerl fest. Sein Blick fällt auf mich. »Wir kennen uns noch nicht, ich bin Jaxon oder Jax.«

»Freut mich, ich bin Midnight«, erwidere ich und will meine Hand ausstrecken, aber Cloud hält sie immer noch fest.

»Das weiß ich schon, immerhin hat Cloud seit Wochen kein anderes Thema.«

Überrascht sehe ich zu ihm hoch. »Stimmt das?«

»Jax übertreibt maßlos«, mischt Noir sich ein, während Cloud mich bloß unschuldig angrinst.

»Natürlich tut er das«, meint Knox. »Wie ich dir schon sagte, sie haben's schon durchschaut.«

»Moment, wer hat was durchschaut?«, schalte ich mich ein.

»Dass ihr zwei etwas miteinander am Laufen habt«, antwortet Knox gelassen. »Was aber nichts Schlimmes ist.«

»Richtig«, stimmt Cloud ihm zu.

»Okay«, gebe ich zurück.

Was habe ich auch anderes erwartet, wenn Cloud die ganze Zeit meine Hand festhält?

»Chloé hat schon wieder Gift verspritzt, hm?«, fragt Noir interessiert.

»Was auch sonst?«, möchte Cloud hingegen wissen.

Ich seufze schwer. »Sie wirft mir wohl immer noch vor, dass ich sie in der Eile angerempelt habe.«

»Das ist wohl wahr«, sagt Noir. »Sie ist ziemlich nachtragend.«

»Na das habe ich inzwischen auch gemerkt«, nuschle ich.

»Wir sollten reingehen, sonst schmeißt Bellamy uns gleich raus, weil wir zu spät sind«, verkündet Will, der ebenfalls bei uns steht.

Als sie in den Hörsaal verschwinden, drückt Cloud meine Hand, was mich abermals dazu veranlasst, zu ihm hochzuschauen. »Ist alles okay?«

»Sicher. Ich hätte es nur wirklich gern für mich behalten, dass wir beide …«, da ich keine Ahnung habe, was ich sagen soll, presse ich meine Lippen zusammen.

»Etwas miteinander haben?«, beendet er fragend meinen Satz.

»Ja, so ungefähr.«

»Sie hätten es früher oder später sowieso erfahren, Nixan«, hält er dagegen.

»Schon, aber später wäre mir lieber gewesen«, erwidere ich, als wir ebenfalls in den Saal gehen. Ich möchte mich nicht mit ihm streiten oder diskutieren, aber ich fürchte, dass es so weit kommen wird, wenn wir nun weiter über das Thema sprechen. Es ist immer noch schwer für mich, Cloud einzuschätzen, auch wenn ich gern in seiner Nähe bin. Vielleicht ist er auch der falscheste Umgang, den ich haben kann, und Onkel Nicholas hat recht, aber das werde ich sicher bald herausfinden. Jetzt möchte ich erst mal genießen, dass es jemanden gibt, der sich für mich und meine Gefühle interessiert, aber nicht mit mir verwandt ist. Meine Familie empfinde ich als aufdringlich, weil sie mich tagtäglich fragen, was in mir vorgeht. Onkel George ruft mich deshalb sogar jeden Tag an und ich fühle mich von ihnen in die Ecke gedrängt. Wenn ich ihnen sage, dass es mir beschissen geht, erwidern sie, dass ich lernen muss, damit zu leben. Nun Tante Pearl und Onkel George sind so.

»Mach dir nichts draus, sie sehen dich deshalb nicht mit anderen Augen«, raunt er mir zu und drückt einen Kuss auf meine Schläfe, mit dem ich für einen Moment die Augen schließe.

Ich seufze, fühle mich deshalb ein wenig verloren und schon gar nicht ernst genommen, aber Cloud ist ein anderer Typ als mein Ex oder die Männer, die ich in Knoxville kennengelernt habe.

Wir suchen uns einen Platz, abseits von seinen Freunden, da Chloé bei ihnen sitzt, und ich werde mich definitiv nicht zu ihr setzen. Ich bin froh, dass Cloud gespürt hat, dass ich mich nicht zu ihnen gesellen will.

Als wir in einer anderen Reihe sitzen und unsere Sachen abgelegt haben, lehne ich meinen Kopf an seine Schulter. Ich fühle mich total gerädert, weil ich letzte Nacht kaum geschlafen habe, nachdem Onkel Nick mich in der Mangel hatte.

Wir sitzen in der Mensa. Cloud hat mich dazu überredet, dass ich mich mit ihm zu seinen Freunden setze. Wir haben uns bereits etwas vom Mittagsgericht geholt, aber mich stößt der Geruch ab. Ich glaube, es wäre besser, wenn ich auf das Mittagessen verzichte, statt zu riskieren, dass mir von dieser undefinierbaren Masse schlecht wird.

»Was soll das sein?«, frage ich Cloud leise, dabei deute ich mit dem Löffel auf mein Essen.

Er schnaubt amüsiert. »Es ist Käse-Lauch-Suppe.«

»Okay.« Ich starre das Tablett vor mir an. »Es sieht aus, als wären Bröckchen von irgendwas darin.«

»Das ist Brot.«

»Man wirft doch kein Brot in eine Suppe«, stelle ich irritiert fest.

»Eigentlich nicht, aber hier machen sie das. Frag mich nicht, was die Köche hier reitet.« Er grinst mich an. »Aber sie riecht schlimmer, als sie schmeckt. Du solltest die Suppe probieren, bevor du sie ablehnst.«

Ich verziehe angewidert das Gesicht. »Meh.«

Er lacht leise. »Nun probier sie schon.«

»Ist ja gut«, brumme ich und greife zum Löffel. Ich bin kein besonders großer Fan von Käse oder Lauch und hätte ich gesehen, dass es eine Suppe aus beidem gibt, hätte ich mir ein Sandwich geholt. Glücklicherweise habe ich heute keine Vorlesungen mehr, sodass ich mir gleich noch eines machen könnte, sollte es mir nun nicht schmecken. Widerwillig probiere ich die Suppe und verziehe das Gesicht noch einmal, als sich der Geschmack auf meiner Zunge ausbreitet und ich den Löffel wieder ablege. »Okay, mein Fall ist es nicht«, stelle ich fest, wische mir den Mund mit der Serviette ab und schiebe das Tablett von mir.

»Es kann ja nicht immer schmecken«, meint Noir und schenkt mir ein Lächeln. »Ich esse die Suppen hier auch nicht, weil sie nicht mein Fall sind.«

»Ich habe noch nie hier in der Mensa gegessen. Entweder habe ich mir etwas mitgebracht oder mein Onkel hat gekocht.«

Will räuspert sich. »Wohnst du nicht im Studentenflügel?«

Daraufhin schüttle ich den Kopf. »Nein, ich wohne bei meinem Onkel.«

Er hebt eine Augenbraue, auch die anderen sehen mich interessiert an, dabei dachte ich, dass es sich schon unter Clouds Freunden herumgesprochen hat, wer mein Onkel ist. »Unterrichtet er hier?«

Ich nicke ihm zu.

»Wer ist er?«, fragt er weiter.

Meine Güte, warum löchert er mich denn so? »Professor Graham.«

»Du gehörst zur Graham Dynastie?«

»Ja, aber ich wurde nicht gefragt, ob ich in diese Familie hineingeboren werden will«, antworte ich und schenke ihm ein zuckersüßes Lächeln.

»Warum heißt du dann Foster?«, fragt Jax interessiert und ich spüre all ihre Blicke auf mir.

»Na ja, nur weil meine Mom ihren Mädchennamen behalten hat, heißt das nicht, dass ich automatisch auch Graham heiße, oder?«

»Nein, muss es nicht«, stimmt er mir zu. »Also trägst du den Namen deines Dads?«

Es versetzt mir einen kurzen Stich, als er meinen Vater erwähnt, aber ich versuche, mir nichts anmerken zu lassen.

Cloud schiebt seine Hand auf mein Bein, weshalb ich ihn ansehe. Er zwinkert mir zu, weshalb ich lächle. Ich bin froh, dass er merkt, wenn ich mich nicht wohlfühle.

»Midnight?«, hakt Jax nach.

»Du solltest ihm antworten, Nixan«, sagt Cloud, sodass ich wieder zu seinem Kumpel schaue.

»Ja, ich trage den Nachnamen meines Vaters, da ich sowieso nichts mit den verschiedenen Unternehmen meiner Familie zu tun haben werde, wenn ich das Studium abgeschlossen habe«, erkläre ich.

»Ha«, stößt Chloé aus. »Bist ihnen wohl nicht gut genug, hm?«

Genervt verdrehe ich die Augen. »Doch, aber ich erreiche lieber etwas aus eigener Kraft, statt es mir in die Wiege legen zu lassen«, kontere ich schließlich.

Nicht nur Cloud, auch seine Freunde sehen mich verdutzt an, denn allen von ihnen »droht« wohl, dass sie die Firmen ihrer Familien weiterführen werden.

Aber was kümmert es mich?

Cloud

Seit einem Monat treffen Midnight und ich uns beinahe jeden Tag. Wir reden viel, küssen uns und haben Sex, doch über Gefühle hat sie bisher noch nicht gesprochen. In den letzten Tagen war sie jedoch nicht in den Vorlesungen und erreichbar ist sie auch nicht. Aber was ist mit ihr los? Als ich bei Professor Graham war, sagte er, dass sie nicht zu sprechen sei. Ich frage mich, wo sie steckt, denn ich habe sie auch nicht in den Gewächshäusern gefunden.

»Hey, Alter«, sagt Knox, als er das Wohnzimmer betritt.

»Hey.«

»Hast du es schon gehört?«

Irritiert sehe ich ihn an. »Was meinst du?«

Er kommt zu mir, nimmt die Fernbedienung an sich und schaltet einen Nachrichtenkanal ein. »Sieh's dir an. Stand heute auch in der Zeitung, aber da ich weiß, wie gern du liest, solltest du dir das ansehen.«

Ich schaue auf den Fernseher und hebe eine Augenbraue. »Was interessiert es mich, was im Kongress vor sich geht?«

»Wart's ab.« Er legt seine Jacke ab und setzt sich auf die Couch.

Der Bericht endet und der Nachrichtensprecher ist zu sehen. »In Nashville, Tennessee begann heute der Prozess gegen Elisabeth Graham, jüngste Tochter von Aloysius und Minerva Graham. Elisabeth Graham wird der Mord an ihrem Ehemann Jared Foster vorgeworfen. Laut Zeugenaussagen soll sie Drogen konsumiert und ihren Mann erstochen haben, als dieser sie davon abhalten wollte, Wertgegenstände der jüngsten Angehörigen der Graham-Dynastie Midnight Foster zu stehlen. Midnight Foster war heute ebenfalls im Gerichtssaal anwesend, um ihre Aussage zu machen, während der die junge Frau zusammenbrach. Für ein Interview war Ms. Foster nicht bereit«, liest er – sicherlich vom Teleprompter – ab. »Wir schalten nun zu meiner Kollegin Emily Burgh, die nach Nashville gereist ist.«

Ich schätze, dass es das Gerichtsgebäude von Nashville ist, das nun eingeblendet wird, dann die Reporterin.

»Hier in Nashville begann heute der Mordprozess von Milliardenerbin Elisabeth Graham. Sie soll im Drogenrausch ihren Mann Jared Foster umgebracht haben. Die Verlesung der Anklage dauerte beinahe eine halbe Stunde, da auch der Drogenbesitz sowie -konsum von Mrs. Graham verhandelt wird. Als erste Zeugin wurde Midnight Foster aufgerufen, die zu aller Erschrecken die Ereignisse von Heiligabend wiedergegeben und von sehr blutigen Weihnachten berichtet hat. Laut ihrer Aussage soll die junge Frau mehrere Stunden neben der Leiche ihres Vaters verharrt haben, bis ihre Tante vorbeikam, um nach Ms. Foster und ihrem Bruder zu sehen. Pearl Foster, Schwester des Opfers, sagte heute ebenfalls aus. Aktuell läuft die Verhandlung noch und wir erhalten stündlich neue Informationen über die Vorfälle an Weihnachten. Bei einer Verurteilung droht Elisabeth Foster der elektrische Stuhl«, erklärt die Reporterin, anschließend werden Bilder des Gerichtssaals und sogar von Midnight eingeblendet.

»Fuck«, stoße ich aus und fahre mir durchs Haar. »Wer hat das alles gesehen?«

»Alle«, antwortet Knox. »Wusstest du davon?«

Daraufhin nicke ich. »Midnight hat es mir an diesem einen Sonntag erzählt, an dem sie dich aus dem

Bett geworfen hat.« Ich hole tief Luft. »Chloé hat es sicher auch gehört, oder?«

»Ja«, erwidert er. »Und ich bin mir sicher, dass sie versuchen wird, Midnight fertigzumachen. Vor allem standen heute schon einige reißerische Artikel über ihre Mom in den Klatschblättern. Mein Vater schickte mir einige Artikel und meinte, dass ich mich bloß nicht mehr mit ihr abgeben soll, weil es dem Ruf unserer Familie schaden würde, wenn man mich mit ihr sieht.«

»Mhm.« Ich möchte gerade etwas sagen, als mein Handy klingelt. Es ist der Klingelton der Firmennummer meines Vaters. »Na super.« Ich greife nach meinem Smartphone. »Archer?«

»Junge«, erwidert er knapp.

»Was gibt's, Dad?«, erkundige ich mich, denn sonst ruft er mich auch nicht an.

»Hast du die Nachrichten gesehen?«

»Ja, sie laufen gerade.«

Er räuspert sich. »Midnight Foster ist in deinem Jahrgang an der Rosier, oder?«

»Das ist sie«, bestätige ich und hebe eine Augenbraue. Er weiß nicht, dass Midnight und ich einander treffen, aber wenn er schon so anfängt, werde ich es ihm auch nicht verraten.

»Ich möchte nicht, dass du auch nur noch einmal mit ihr sprichst. Außerdem wirst du Professor Grahams Kurs zum Semesterende verlassen«, sagt er.

»Warum?«, hake ich nach.

»Hast du nicht den Bericht gesehen oder die Zeitungsartikel über Elisabeth Graham gelesen?«

»Ich habe eben einen Bericht gesehen … und weiter?«

»Es schadet unserem Ruf, wenn du mit Ms. Foster gesehen wirst.«

Meine Gesichtszüge entgleisen. »Moment, steht sie vor Gericht oder ihre Mutter?«

»Ihre Mutter natürlich, dennoch will ich nicht, dass du dich mit ihr sehen lässt«, beharrt er und ich merke, dass er wütend wird, denn seine Stimme bebt. Ich habe sein Gesicht vor Augen, blutrot, zuckende Oberlippe, in Falten gelegte Stirn – so sieht er immer aus, wenn er aufgebracht ist.

»Tut mir leid, aber ich verurteile Midnight nicht dafür, dass ihre Mutter vor Gericht steht.«

»Sie steht wegen des Mordes an ihrem Ehemann vor Gericht, Cloud!«, herrscht er mich an.

»Ich weiß, aber Midnight hat nichts damit zu tun. Sie ist nicht diejenige, die ihren Vater umgebracht hat, Dad«, erwidere ich gelassen, auch wenn meine Wut so langsam geweckt wird. »Und ich werde mich sicher nicht von der Frau fernhalten, in die ich mich verliebt habe.«

»*WAS?*«, brüllt er mich an. »Weißt du eigentlich, was auf dem Spiel steht, Cloud? Wenn herauskommt, dass du die Tochter einer Mörderin triffst, springen uns die Kunden ab!«, fährt er schreiend fort.

Ich schnaube genervt. »Erstens: Schrei mich nicht an, Dad. Zweitens: Es interessiert mich nicht, was die Leute denken, denn Midnight hat nichts mit der Tat ihrer Mutter zu tun!«, herrsche ich ihn meinerseits an. »Und sorg dafür, dass deine bescheuerten Freunde nicht meine Freunde anrufen, um ihnen den Umgang mit Midnight zu verbieten. Sie leidet sowieso schon unter der Situation!«

»Cloud«, knurrt er.

»Bis dann, Dad.« Ich beende das Telefonat und lege mein Handy auf den Tisch. »So ein blöder …«, beginne ich, reiße mich jedoch im letzten Moment zusammen.

»Er will auch, dass du dich von ihr fernhältst, oder?«

Ich nicke Knox zu.

»Wirst du das tun?«, fragt er interessiert.

»Nein«, antworte ich sofort. »Nixan ist mir wichtiger als der Ruf meiner Familie.«

»Wow«, stößt Knox aus. »Bist du sicher, dass du den Stress mit deinem Vater riskieren willst?«

»Absolut.«

»Wusstest du, dass sie nach Nashville reist?«

Daraufhin schüttle ich den Kopf. »Nein, ich konnte sie seit vorgestern nicht erreichen, sie hat auch meine Nachrichten nicht gelesen, geschweige denn auf meine Anrufe reagiert.«

»Und Professor Graham hat dir auch nichts gesagt, hm?«

»Was denkst du?«

»Er hat dir nichts gesagt«, antwortet er.

»Genau, er meinte nur, dass sie nicht zu sprechen sei.«

»O Mann«, stößt er aus und lehnt sich zurück. »Was denkst du, wann sie zurückkommt?«

Ich zucke mit den Schultern. »Ich weiß es nicht. Sie hat mir ja überhaupt nichts gesagt und ich fürchte, dass sie mir nicht vertraut, wenn sie mir verschweigt, dass sie zum Prozessauftakt ihrer Mom muss.« Ich schnaube unzufrieden. »Wie ist es überhaupt herausgekommen, dass ihre Mom vor Gericht steht?«

»Na ja, ich denke mal, dass ein paar Journalisten recherchiert haben, oder jemand, der den Grahams nahesteht, hat sein Schweigen gebrochen.«

»Mhm.« Ich nehme mein Handy erneut an mich und öffne den Messenger, über den Midnight und ich immer schreiben. Sie war seit Tagen nicht online, ihr letzter Onlinestempel stammt von Samstagabend und tagsüber hatten wir uns noch gesehen, da hätte sie mir doch sagen können, dass sie nach Tennessee reist. Aber sie hat mir anscheinend nicht genug vertraut, um es mir zu sagen. Ich verurteile sie doch nicht dafür, dass ihre Mom zur Mörderin wurde. Ich kann differenzieren und weiß, dass Nixan nicht dafür verantwortlich ist.

»Du zerbrichst dir den Kopf, hm?«

»Ja, ich verstehe einfach nicht, warum Nixan mir nichts gesagt hat.«

»Ich denke mal, dass sie sich geschämt hat. Überleg mal, wie es mir ging, als mein Onkel wegen dieser einen Sache in den Knast ging«, erwidert Knox. »Auch wenn sich im Nachhinein herausgestellt hat, dass er unschuldig war, aber da haben unsere Eltern auch schon ein Fass aufgemacht.«

»Ich weiß noch, wie es war.«

Plötzlich klingelt mein Handy. Ich werfe einen Blick darauf und bin überrascht, dass es Midnight ist.

»Wer ist das?«

»Nixan.«

»Nimm den Anruf an«, sagt er sofort.

Ich hole tief Luft, versuche, die Wut herunterzuschlucken. »Hey«, melde ich mich schließlich.

»Hey, Cloud«, erwidert sie schniefend. »Wie geht's dir?«

»So weit gut. Wichtiger ist, wie es dir geht«, antworte ich.

»War schon mal besser«, sagt sie heiser. »Bist du zu Hause?«

»Ja.«

»Kann ich vorbeikommen?«

Irritiert ziehe ich die Augenbrauen zusammen. »Bist du zu Hause?«

»Ja, ich bin seit einer halben Stunde hier und würde dich gern sehen«, entgegnet sie.

»Nachdem du tagelang nicht auf meine Nachrichten und Anrufe reagiert hast«, stelle ich wertungsfrei fest. Mir ist klar, dass es sich wie ein Schlag in die Magengrube anfühlen muss, aber damit muss sie sich nun abfinden.

»Es tut mir leid«, erwidert sie mit belegter Stimme. »Dann sehen wir uns morgen zwischen den Vorlesungen.«

»Nein, mach dich auf den Weg. Ich komme dir entgegen«, sage ich schließlich, da mich die Sehnsucht nach ihr beinahe auffrisst.

»Okay. Treffen wir uns in fünf Minuten vor dem Porträt?«

»Ja, ich komme dorthin«, lasse ich sie wissen.

»Okay.« Nixan legt auf.

»Und?«

»Sie kommt her«, erwidere ich und stehe auf. »Ich gehe ihr entgegen, damit sie nicht angequatscht wird, sollten noch welche draußen unterwegs sein.«

»Alles klar. Ich gehe auf mein Zimmer, damit ihr ungestört seid.«

»Musst du nicht.«

Knox winkt ab, erhebt sich und verschwindet, indes gehe ich zur Tür und mache mich auf den Weg zu Nixans und meinem Treffpunkt.

Als ich wenig später die Treppe runtergehe, sehe ich sie schon. Ich kann schon auf Distanz erkennen, dass sie geweint hat, außerdem hat sie tiefe Augenringe und sie schlingt ihre Arme um ihren Oberkörper. »Hey«, sage ich mit rauer Stimme, als ich sie beinahe erreicht habe.

Midnight hebt den Blick und sieht mich müde an. »Hey du.« Sie kommt zu mir, erst langsam, doch dann werden ihre Schritte schneller und sie wirft sich mir in die Arme. Es wundert mich, dass sie anfängt zu weinen.

Ich schlinge meine Arme eng um sie. »Alles ist gut, ich bin da«, raune ich in ihr langes schwarzes Haar. Ich drücke einen Kuss auf ihren Scheitel. »Lass uns gehen.«

Nickend löst sie sich von mir. Ich ergreife Nixans Hand und führe sie zu meiner Wohnung. »Warum hast du mir nicht gesagt, dass du nach Tennessee reist?«

Sie holt tief Luft. »Mein Onkel sagte, dass ich es besser für mich behalte. Aber kaum war ich in Nashville angekommen, wurde ich von Journalisten belagert und verfolgt, deshalb habe ich mich nicht gemeldet, ich war total fertig mit der Welt und dann ging heute noch der Prozess los.«

»Mit deiner Aussage hast du sicher einige Wunden wieder aufgerissen, oder?«

Sie nickt hektisch.

Wir erreichen Knox‘ und meine Wohnung, ich öffne die Tür und lasse Nixan eintreten.

»Sag mir so was, okay? Dann kann ich dich vielleicht begleiten, um dir Kraft zu geben«, sage ich zu ihr, nachdem ich die Wohnungstür hinter uns geschlossen habe.

»Ich will dich mit so was nicht belasten, Cloud«, erwidert sie.

Gemeinsam machen wir uns auf den Weg in mein Zimmer, ich schubse die Tür hinter mir zu und führe sie zum Bett. »Du belastest mich mehr damit, wenn du dich plötzlich nicht mehr meldest oder nicht mehr reagierst. Ich dachte schon, dass du mich ghosten würdest.«

»Nein, das wollte ich nicht«, wendet sie leise ein und setzt sich auf die Bettkante. Als sie zu mir hochschaut, erkenne ich denselben Schmerz, den ich schon vor einigen Wochen in ihren Augen erkannt habe. In der letzten Zeit wirkte sie lebensfroh, aber ich glaube, die Erinnerungen, die sie heute abrufen musste, haben sie aus der Bahn geworfen. »Mr. Rosier und meine Familie halten die Presse vom Campus fern, aber ich denke, es hat sich schon herumgesprochen, oder?«

»Davon gehe ich aus«, entgegne ich, als ich mich zu ihr setze. »Aber du bist nicht für die Taten deiner Mutter verantwortlich.«

»Hoffentlich sehen das alle so wie du«, wispert sie und legt ihren Kopf an meine Schulter.

Ich entziehe ihn ihr. »Legen wir uns ins Bett?«

Nickend streift sie ihre Schuhe ab, außerdem zieht sie ihre lange Strickjacke aus und rutscht dann weiter aufs Bett.

»Bist du diese Woche freigestellt?«

»Nein, ich gehe morgen wieder in die Vorlesungen. Ich habe schon zwei Tage verpasst, deshalb bin ich auch schon heute zurückgekommen.«

»Aber du warst freigestellt?«, hake ich nach.

»Ja. Mr. Rosier war informiert und hat dafür gesorgt, dass ich von allen Dozenten eine Zusammenfassung ihrer Vorlesungen bekomme.«

»Würdest du heute Nacht bei mir bleiben?«

Midnight sieht mich verwundert an. »Willst du das wirklich?«

»Ja, sonst hätte ich dich nicht gefragt«, erwidere ich, als ich ebenfalls aufs Bett rutsche. Ich lege meinen Arm um sie, anschließend ziehe ich sie mit mir ins Liegen. »Du hast mir gefehlt, Nixan.«

»Ich habe dich auch vermisst«, wispert sie.

»Wenn du nur zwei Tage in Tennessee warst, wieso hast du dich nicht gemeldet?«

»Ich bin Sonntagmorgen nach Tennessee geflogen, weil der Anwalt noch mit mir sprechen wollte«, antwortet sie.

»Welcher?«

»Der meiner Tante und meiner Großeltern, sie treten als Nebenkläger auf.« Midnight seufzt. »Er wollte meine Aussage mit mir durchgehen und mich auf das Kreuzverhör vorbereiten.«

»O Mann«, stoße ich aus. »Das muss echt hart gewesen sein.«

»Ja.« Sie räuspert sich und schmiegt ihre Wange an meine Brust. »Als hätte ich mir das Herz herausreißen müssen.«

Ich streichle ihren Rücken. »Lass uns morgen die Vorlesungen schwänzen, damit du auf andere Gedanken kommst.«

»Nein, ich muss hin, weil ich sowieso schon kaum mitkomme«, hält sie leise dagegen. Ihre Stimme ist immer noch belegt und klingt, als würde sie jeden Moment wieder weinen, aber ich will sie nicht davon abhalten. Es ist besser, wenn sie all ihre Gefühle herauslässt, als sie hinunterzuschlucken.

Midnight

Die Wege durch die Flure kommen mir heute wie ein Spießrutenlauf vor. Cloud hat andere Vorlesungen als ich, weshalb wir heute zwischen den Vorlesungen keine Zeit füreinander haben.

Ich gehe zu meinem Spind, den ich glücklicherweise gemietet habe, denn meine Lehrbücher sind echt schwer, außerdem brauche ich sie nicht täglich. Als ich die Tür öffne, kommt mir rote Farbe, wenn nicht sogar Blut entgegen und ergießt sich über mir. Schockiert sehe ich auf die rote Flüssigkeit.

Ich fühle mich sofort in der Zeit zurückversetzt – und sehe Dads toten Körper vor mir.

Meine Hände fangen an, unkontrolliert zu zittern.

Tränen fluten meine Augen und kullern über meine Wangen.

Ich starre meine Finger an, die das rote Zeug abbekommen haben. Verzweifelt schaue ich mich um und erkenne zahlreiche Silhouetten, aber kein klares Gesicht. Zitternd schlage ich den Spind zu und wende mich von dem Schrank ab, dann eile ich durch den Flur.

Ich will einfach nur hier weg.

»Och, du bist es doch gewöhnt, Blut zu sehen«, vernehme ich Chloés boshafte Stimme.

Ich ignoriere sie, renne weiter und hoffe, dass die Schreie meiner inneren Stimme bald aufhören.

Ich habe mich in das verlassene Gewächshaus zurückgezogen, da ich nicht nach Hause wollte, denn die Gefahr, dass Onkel Nick mich so sieht, ist zu groß.

Meine Hände und meine Kleidung sind immer noch voller Fakeblut, zumindest halte ich es dafür. Vielleicht ist es auch echt, aber dann stammt es sicher nicht von Menschen.

Mein Handy klingelt, aber ich nehme den Anruf nicht entgegen. Ich bin fix und fertig, außerdem habe ich immer wieder Flashbacks, die mir meinen toten Vater zeigen. Es tut weh, schnürt mir die Brust zu und ich habe das Gefühl, keine Luft zu bekommen.

Wer ist denn so bösartig und macht so etwas?

Ich weiß, dass Chloé mich vorhin angesprochen hat, aber ich erinnere mich nicht mehr daran, was sie zu mir gesagt hat. Ihr würde ich sogar zutrauen, dass sie es war, weil ich sie als absolutes Miststück kennengelernt habe.

»Nixan?«, höre ich Cloud rufen.

»Midnight?«

Warum ist Onkel Nick bei ihm?

Ich hebe den Kopf und ziehe mich zwischen mehrere hohe Blumenkübel zurück, die Dornen der verrotteten Rosen reißen die Haut an meiner rechten Wange auf, weil die Zweige so dicht gewachsen sind, aber ich will nicht, dass die beiden mich so sehen.

»Nixan?« Cloud klingt näher.

Ich halte die Luft an.

»Sind Sie sicher, dass sie hier ist?«, vernehme ich meinen Onkel.

»Sie hat sich schon öfter hierher zurückgezogen, Professor«, antwortet Cloud, seine Schritte werden lauter. »Haben Sie Midnight inzwischen erreicht?«

»Nein, sie ignoriert meine Anrufe.«

Ich versuche, möglichst leise zu atmen, aber dann schluchze ich.

»Nixan?«

Ich sehe Clouds Füße, mache mich aber nicht bemerkbar, sondern verberge mein Gesicht auf meinen angewinkelten Knien. Ich möchte einfach nicht, dass er mich so sieht.

»Da bist du ja«, sagt er mit warmer Stimme.

»Ist sie hier?«, möchte Onkel Nick wissen.

»Ja, sie sitzt hier zwischen den Kübeln«, entgegnet Cloud. »Nixan, komm raus?«

»Geht weg«, schluchze ich und vermeide es, ihn anzusehen.

Etwas scharrt über den Boden, einen Moment später spüre ich Clouds warme Hand auf meiner Schulter. »Hey, warum hast du dich hier versteckt?«

Ich hebe den Kopf und sehe ihn bloß verschwommen vor mir. Antworten kann ich ihm nicht, weil ich zu aufgelöst bin. Ich fühle mich so unwahrscheinlich leer.

»Midnight?«, werde ich von meinem Onkel angesprochen.

Ich schaue ihn an, doch auch er ist nicht mehr, als ein dunkler Fleck. Ich spüre Hände an meinem Körper, dann werde ich hochgehoben. Es ist Cloud, der mich auf seine Arme gehoben hat. Meine Augen fallen zu und ich lege meinen Kopf an seine Schulter.

»Warum bist du voller Blut?«, möchte Onkel Nick wissen.

Ich gebe ihm keine Antwort, auch nicht, als er mich ein weiteres Mal anspricht.

»Wer war das, Midnight?«, fragt Onkel Nick besorgt.

Daraufhin schlage ich die Augen auf und bin froh, dass ich ihn nun erkennen kann. »Ich weiß es nicht«, antworte ich heiser.

»Ich denke, was passiert ist, hängt mit den Berichten über Midnights Mom zusammen«, mischt Cloud sich ein.

»Davon gehe ich auch aus«, stimmt er ihm zu.

Cloud trägt mich ins Schloss und die Treppe hoch, es wundert mich, dass er nicht aus der Puste gerät.

»Du solltest duschen«, meint Onkel Nick, als wir in seiner Wohnung sind.

Cloud lässt mich herunter, ohne ein Wort verschwinde ich, um mich zu waschen. Der metallische Geruch steigt mir abermals in die Nase. Ich bin mir wirklich sicher, dass es Blut ist, vermutlich von irgendeinem Tier.

Als ich im Bad stehe, werfe ich einen Blick in den Spiegel. Selbst im Gesicht habe ich das Zeug. Meine Hände sind ebenfalls voll und ich bin mir sicher, dass es auch durch meine Kleidung gesickert ist. Mein Körper fängt schon wieder an, unkontrolliert zu zittern. Es ist einfach furchtbar, dass ich die Bilder von Dad nicht aus dem Kopf kriege.

Ins Handtuch gewickelt sitze ich auf der geschlossenen Toilette und starre die Fliesen an.

Es klopft, dann wird die Tür geöffnet. »Hey.«

Ich drehe den Kopf ein wenig und sehe Cloud an. »Hey du.«

Er kommt näher. »Wie fühlst du dich?«

»Beschissen.«

Als er vor mir steht, geht er in die Hocke und legt seine Hand auf mein Knie. »Du solltest dir etwas anziehen.«

»Ich weiß.«

»Wenn du willst, bleibe ich heute bei dir«, sagt er mit rauer Stimme.

Ich nicke hektisch, denn ich weiß schon jetzt, dass ich nicht schlafen kann.

Er richtet sich auf, ergreift meine Hand und zieht mich auf die Füße. »Du solltest etwas essen.«

»Ich habe keinen Hunger«, entgegne ich leise, als wir uns auf den Weg in mein Zimmer machen.

»Wie lange hast du im Gewächshaus gesessen?«

»Seit heute Vormittag.« Ich halte das Handtuch an meinem Körper fest, außerdem zittere ich, weil mir eiskalt ist. Das Gemäuer ist echt das Letzte, weil man hier ständig friert, obwohl die Heizungen aufgedreht sind. Als wir in meinem Zimmer sind, gehe ich widerwillig an den Kleiderschrank und hole einen Pyjama sowie Unterwäsche heraus.

»Hoffentlich erkältest du dich nicht«, meint Cloud. »Und ich lasse dich allein, damit du dir etwas anziehen kannst.«

»Danke.«

Nachdem er mein Zimmer verlassen hat, ziehe ich mich an und lege mich schließlich im Flanellpyjama ins Bett. Ich rufe Cloud nicht, er wird sicher von selbst wieder hereinkommen. Niedergeschlagen drehe ich mich auf die Seite, ziehe mir die Decke bis zur Nasenspitze und schließe die Augen.

»Nixan?«

»Mhm?«

»Hast du Hunger?«, fragt er mit warmer Stimme.

»Nein, ich möchte bloß hier liegen und meine Ruhe haben.«

Cloud seufzt, dann kommt er zu mir und legt sich neben mich. Als ich die Augen aufschlage, betrachtet er mich. »Hast du eine Idee, wer das gewesen sein könnte?«

»Nein«, erwidere ich leise.

»Warum bist du abgehauen?«

Ich seufze schwer. »Ich habe mich unheimlich erschreckt und dann hatte ich einen Flashback nach dem anderen.« Ich blinzle schnell, damit ich nicht wieder weine. »Wer macht so was denn?«

»Ich ahne es leider«, sagt er.

»Wen hast du im Verdacht?«, möchte ich wissen. Ich habe auch einen und vielleicht denken wir dasselbe, doch dann weiß ich schon, dass dieser Person nichts passieren wird, sollte sie es wirklich gewesen sein. Als Tochter des Dekans ist dieses Miststück unantastbar. Ihr lässt man alles durchgehen, das habe ich daran gesehen, dass ich Ärger mit meinem Onkel bekam, bloß weil ich mich gegen sie gewehrt habe. Und das hatte ich nicht einmal physisch, sondern verbal. Nur damit konnte diese verwöhnte Göre überhaupt nicht umgehen, denn sie hat mich bei ihrem Dad angeschwärzt, der dann wiederum meinem Onkel die Leviten gelesen hat.

Vetternwirtschaft.

Ich hasse sie, deshalb will ich auch nicht für meine Familie arbeiten, sondern mir etwas Eigenes erschaffen. Glücklicherweise läuft mein kleiner Shop ohne deren Hilfe, nur bei der Ummeldung meines Unternehmens nach Wyoming hat Onkel George mir geholfen, weil ich vollkommen überfordert war.

»Chloé«, sagt er schließlich. »Sie hat dich sowieso schon auf dem Kieker, also traue ich es ihr am ehesten zu. Ich wüsste sonst niemanden, der einen Grund hat.«

»Das denke ich auch«, erwidere ich und rücke an ihn heran. Ich schmiege meine Wange an seine Brust. »Ich glaube, das war Tierblut.«

»Davon gehe ich auch aus, so sehr, wie du nach Eisen gerochen hast.« Cloud räuspert sich. »Dein Onkel ist auf hundertachtzig und will den oder die Verantwortlichen anzeigen.«

»Meinst du, das bringt was? Bei euch Rich Kids wird doch alles mit Geld gelöst.«

Er schnaubt. »Schmerzensgeld oder Schadensersatz wären auch eine Option.«

»Nein, ich will, dass der oder die Verantwortlichen dafür bestraft werden«, entgegne ich gedämpft.

Es klopft schon wieder. »Midnight?«

Ich richte mich auf und schaue meinen Onkel an. »Was gibt's?«

»Wie ist das passiert?«, möchte er wissen, als er mein Zimmer betritt. Er bleibt neben dem Bett stehen und lehnt sich mit der Schulter gegen einen der Pfosten des Himmelbetts.

Ich hole tief Luft. »Ich ging an meinen Spind, öffnete ihn und da ergoss sich das Zeug schon über mich.« Dann seufze ich schwer. »Ich weiß nicht, wer es war, aber der- oder diejenige hat die Zahlenkombination an meinem Spind geknackt und das Zeug dort reingestellt.«

»Wer wusste denn, dass du heute an deinen Schrank gehen würdest?«, möchte er wissen.

»Das kann praktisch jeder wissen, Professor Graham«, mischt Cloud sich ein. »Es sind ja ständig Leute auf den Fluren.«

Mein Onkel nickt. »Also kann es auch jeder gewesen sein.«

»Es gibt nur eine Person, mit der ich ständig Probleme habe«, halte ich dagegen. »Und das ist Chloé Rosier. Sie sprach mich heute Vormittag sogar an, aber ich weiß nicht mehr, was sie gesagt hat, weil ich wie im Tunnel war. Jedenfalls hat sie herzlich gelacht, als ich an ihr vorbeilief.«

»Wie kannst du das wissen, wenn du wie im Tunnel warst?«, hakt mein Onkel nach.

Ich seufze schwer. »Ich bin mir sicher, dass es Chloé war, Onkel Nick.«

»Einen Verdacht kann ich zwar melden, aber Mr. Rosier wird die Sache nicht weiter verfolgen, wenn seine Tochter die Schuldige ist.«

»Na toll«, stoße ich aus.

»Ich bin mehr oder weniger mit Chloé befreundet und sie sitzt ständig bei meiner Clique. Ich bin mir sicher, dass ich etwas herausfinden kann«, meint Cloud.

»Denken Sie, dass sie sich jemandem anvertraut hat, falls sie es wirklich gewesen ist?«, wendet er sich an Cloud.

»Ja, Sir, Chloé kann nichts für sich behalten«, antwortet Cloud.

»Na schön«, sagt Onkel Nick und sieht mich wieder an. »Du solltest etwas essen und dich dann hinlegen.« Sein Blick fällt auf Cloud. »Und Sie sollten sich langsam verabschieden, Mr. Archer.«

»Kann Cloud bitte bei mir bleiben?«, möchte ich wissen.

Onkel Nick seufzt. »Na schön. Du solltest morgen nicht in die Vorlesungen gehen.«

Ich schüttle den Kopf. »Ich lasse mich davon nicht unterkriegen. Vielleicht war das nur eine einmalige Sache.«

Er hebt eine Augenbraue, auch Cloud gibt einen verblüfften Laut von sich. Ja, vielleicht ist das eine naive Annahme, aber ich will niemandem zeigen, wie schwer mich der heutige Vorfall getroffen hat. Sie sollen sehen, dass sie mich vielleicht aus der Bahn werfen, jedoch nicht brechen können. Ich werde das nicht mit mir machen lassen.

Cloud

Midnight ist endlich eingeschlafen und ich bin froh, dass sie zur Ruhe gekommen ist, nachdem sie lange Zeit in meinen Armen wachlag. An ihrer Stelle würde ich wohl kein Auge zumachen, wäre ich so getriggert worden, aber sie scheint, einigermaßen zurechtzukommen. Morgen werde ich Chloé damit konfrontieren und sie fragen, was eigentlich in ihrem Spatzenhirn vor sich geht, auch wenn ich weiß, dass sie keine Strafe zu befürchten hat. Aber jetzt ist sie definitiv einen Schritt zu weit gegangen. Auch wenn ich nicht sicher weiß, ob sie es war oder nicht.

Aber wer soll es sonst gewesen sein? Sie ist die Einzige, die etwas gegen Midnight hat, sonst fällt mir wirklich niemand ein.

Sie wimmert in meiner Umarmung, weshalb ich sie ansehe. »Dad?«

Mir läuft ein eiskalter Schauer über den Rücken. Der heutige Vorfall verfolgt sie bis in den Schlaf und es wundert mich, dass sie völlig ruhig ist, bis auf gelegentlich zu wimmern. Gestern musste sie noch gegen ihre Mutter aussagen und heute so etwas erleben. Was Midnight durchgemacht hat, reicht definitiv für ein ganzes Leben, aber nein, man mutet ihr immer mehr zu. Hoffentlich bricht sie unter all der Last nicht zusammen. Und ich hoffe noch viel mehr, dass ich ihr eine Stütze sein kann.

Am Morgen habe ich kaum geschlafen und Midnight ist nicht sie selbst. Sie ist wie ausgewechselt, still und ihr Blick ist geradezu leer. Wenn ich sie anspreche, reagiert sie kaum. »Ich muss noch mal zu mir, um mich umzuziehen«, wende ich mich an Midnight. »Kommst du mit?«

Sie sieht mich an, nickt mir zu.

»Okay.«

»Moment noch«, sagt sie leise und bindet das Halstuch um, das zu ihrer Uniform gehört. Danach schlüpft sie in ihre Schuhe und schaut mich wieder an. »Wir können gehen.«

»Alles klar.« Ich biete ihr meine Hand an, Nixan ergreift sie. »Heute bringe ich dich zu jeder Vorlesung.«

»Danke«, erwidert sie heiser und drückt sanft meine Finger.

Wir verlassen ihr Zimmer, anschließend die Wohnung ihres Onkels. Gemeinsam machen wir uns auf den Weg zu mir. »Wann ist deine erste Vorlesung?«

Sie seufzt schwer. »Um halb zehn.«

»Alles klar. Meine ist um zehn«, erwidere ich. »Wann endet sie?«

»Um elf.«

»Fuck«, stoße ich aus. »Meine erst um halb zwölf, aber ich sage Knox Bescheid, damit er dich abholt.«

»Okay.«

Wenig später betreten wir meine Wohnung und ich sehe mich nach Knox um. »Alter?«

»Was?«, ruft er.

»Kannst du mal kommen?«

Kurz darauf kommt er aus dem Bad, trägt bloß ein Handtuch um die Hüften und sein Haar ist noch nass. »Was ist und wo warst du?«

»Ich habe bei Midnight geschlafen, nachdem gestern irgendein Verrückter Tierblut in ihren Spind gestellt und es sie übergossen hat.«

Er hebt die Augenbrauen, sieht mich schockiert an. »Fuck, wer macht so was?«

Ich winke ab. »Kannst du Midnight um elf bei ihrer Vorlesung abholen?«

»Warum?«

»Weil ich sie nicht mehr alleine lassen will, meine Veranstaltung geht aber bis halb zwölf, deine hingegen nur bis viertel vor elf.«

»Mhm. Wo muss ich sie holen?«, fragt er.

Mein Blick fällt auf Midnight, die ihren gesenkt hält. Wohl damit sie Knox nicht anstarrt. »Wo muss er hin?«

»Saal einhundertzwölf.«

»Ah okay, dann muss ich nur auf dem Flur warten. Wo musst du danach hin?«

»Saal zweihundertsechsundvierzig«, entgegnet sie.

»Alles klar. Ich kann dich abholen und bringen, aber dann muss ich auch schon weiter, damit ich nicht zu spät zu meiner Vorlesung komme«, wendet er sich an Nixan.

»Danke, Knox.«

»Kein Ding, Kleine«, erwidert er.

»Danke, Alter.«

Er nickt mir zu. »Du weißt, dass du gleich losmusst, oder?«

»Ja, ich bin auch nur hier, um mich umzuziehen, da ich gestern nichts mit zu ihr genommen habe«, entgegne ich gelassen und gebe Nixans Hand frei. »Kommst du?«

»Soll ich nicht im Wohnzimmer auf dich warten?«, fragt sie hingegen.

»Nein, komm mit.« Ich ergreife wieder ihre Finger, damit sie sich nicht dagegen sträubt, mich auf mein Zimmer zu begleiten.

In der Mittagspause war Nixan nicht in der Cafeteria, laut Knox war sie nach Hause gegangen, um bloß keine Aufmerksamkeit auf sich zu ziehen. Als wir heute Morgen durch die Flure gingen, wurde sie von allen angestarrt, womit sie sich unwohl fühlte. Sie sagte, dass sie sich wie ein seltenes Tier fühlt, das man in einen Käfig gesperrt hat, nur dass eben die Academy der Ort ist, an dem sie gefangengehalten wird, und die Studenten jene sind, die sie angaffen.

Gleich wollen wir uns an »meinem« Gewächshaus treffen, da ich die Rosenbüsche dafür vorbereiten muss, nach draußen gesetzt zu werden. Der Winter war zu hart, um es früher zu tun, doch jetzt ist der Frühling da und sie können raus, auch wenn sie sonst erst kurz vorm Sommer nach draußen gesetzt wurden. Zwar müssen sie deshalb viel gewässert werden, aber dafür sind dann die Gärtner zuständig. Und bisher haben sie die Rosen immer gehegt und gepflegt. Ich bin nur froh, dass mein Gras bereits getrocknet und an einem sicheren Ort ist, sodass man mir nicht unterstellen kann, dass ich die Rosen nur alibimäßig anbaue – auch wenn das eine Tatsache ist.

Als ich die Gewächshäuser erreiche, lehnt Nixan an jenem, das ich benutze. Ich gehe auf sie zu, dabei verziehe ich meine Lippen zu einem Lächeln. »Hey.«

Sie hebt den Blick von dem Buch, das sie in den Händen hält. Eigentlich wundert es mich, dass sie in letzter Zeit keines bei sich hatte, denn normalerweise gehört Nixan zu jenen, die immer einen Roman mit sich herumtragen. Sie liest Klassiker genauso wie Liebesromane oder andere Schinken, Hauptsache die Geschichte reißt sie mit. Ich kann momentan nicht allzu viel mit dem geschriebenen Wort anfangen, aber sie träumt sich gern in fremde Welten. Ich habe noch nicht gesehen, wie sie gezeichnet hat, aber ich glaube, das hat sie in letzter Zeit auch nicht getan. »Hey du.« Sie lächelt ebenfalls, allerdings lässt es ihre Augen nicht leuchten, so wie es sonst immer gewesen ist.

Als ich vor ihr stehe, beuge ich mich zu ihr herunter und küsse sie sanft. »Wartest du schon lange?«

Daraufhin schüttelt sie den Kopf. »Nein, ich bin erst vor zehn Minuten oder so gekommen.«

»Es ist heute nichts mehr passiert, oder?«

»Nein, alles gut.«

»Wenigstens etwas«, entgegne ich, auch wenn ich glaube, dass wir uns gerade im Auge des Sturms befinden. Es wird sicher noch etwas passieren, auch wenn ich es nicht hoffe. Ich hole den Schlüssel aus meiner Hosentasche und öffne die Tür zum Gewächshaus. »Kommst du?«

»Ja.«

Ich lasse ihr den Vortritt und Nixan betritt das Glashaus. Ich folge ihr und ziehe die Glastür hinter mir zu. »Was hast du nach deinen Vorlesungen gemacht?«

»Ich habe mit meinem Onkel gegessen und er hat mir ein paar Bücher aus der Bibliothek geholt, damit ich mir Notizen machen kann. Komischerweise dürfen die Dozenten sie ausleihen, wir aber nicht.«

»Ja, vermutlich denkt Ms. Mikaelson, dass wir nicht vernünftig mit den Büchern umgehen«, erwidere ich, als ich die Rosenbüsche kontrolliere. Ich greife zur Gartenschere, falls ich noch einen der Büsche beschneiden muss, aber ich glaube kaum, dass das nötig sein wird. Ich habe mich um alles gekümmert, als Nixan in Tennessee war, weil ich nichts Besseres zu tun hatte.

Nixan setzt sich auf eine der Steinstufen, auf denen auch die Töpfe mit den Rosen stehen. Links und rechts vom Gang sind sie wie Tribünen angeordnet, auf denen die Blumentöpfe und verdammt große Kübel stehen. »Wann werden die Rosen draußen eingepflanzt?«

»Am Wochenende«, antworte ich. »Im Schlosshof ist der alte Rosengarten, der damit bepflanzt wird.«

Sie nickt. »Das sieht bestimmt toll aus.« Midnight lässt ihren Blick schweifen. »Und die schwarzen Rosen bleiben hier?«

»Nicht alle, zwei der vier schwarzen Rosenstauden werden ebenfalls draußen eingepflanzt, aber ich bezweifle, dass sie sich lange halten. Eigentlich hätten sie auch schon Ende Oktober rausgesetzt werden können, aber da die Winter hier wirklich hart sind, haben wir uns dagegen entschieden.«

»Warum sollte man Rosen im Herbst pflanzen?«

»Weil dann die Hormonzusammensetzung in den Trieben besser für die Vermehrung und Bewurzelung geeignet ist«, antworte ich gedankenverloren.

»Okay, das ist schon wieder zu hoch für mich. Ich nehme Blumen, pflanze sie ein, gieße sie und dann sterben sie, weil ich einen kohlrabenschwarzen Daumen habe«, sagt sie trocken, womit sie mich zum Lachen bringt.

Es schüttelt mich richtig, als ich mich zu ihr auf die Stufe setze. Die Sonne fällt ins Gewächshaus und lässt ihr schwarzes Haar glänzen, das sie heute offen trägt, und taucht auch sonst alles in das wärmende Licht.

Sie kichert, ein Laut, den ich schon viel zu lange

nicht mehr gehört habe. Nixan legt ihren Kopf an meine Schulter und holt tief Luft. »Fühlst du dich eigentlich wohl hier in Wyoming?«

»Ich bin lieber in Kanada und du?«

»Ich will nicht mehr zurück nach Tennessee, aber ich werde wohl oder übel noch ein paar Mal dorthin fliegen müssen, weil ich definitiv zur Urteilsverkündung muss und eventuell ein weiteres Mal, falls man mich noch einmal befragen will«, erklärt sie mit ruhiger Stimme, doch höre ich das kleine Beben in ihren Worten.

»Kann man das nicht per Videocall machen?«, erkundige ich mich, woraufhin sie irritiert zu mir hochsieht. »Ich meine, du studierst und kannst nicht ständig für eine halbstündige Befragung hin und her jetten.«

»Ich weiß es nicht, aber ich werde meinen Onkel fragen, ob es möglich ist, damit ich nicht wegen einer oder zwei Fragen nach Nashville fliegen muss.«

»Ich dachte, du stammst aus Knoxville.«

»Schon, aber der Prozess findet in Nashville statt. Ich gehe davon aus, dass es vielleicht daran liegt, dass meine Mutter dort im Gefängnis sitzt«, entgegnet sie gedankenverloren.

»Kann gut sein«, stimme ich zu und entziehe ihr meinen Arm, den ich um sie lege. »Ich hoffe nur, dass die Presse dich in Ruhe lässt.«

»Das hoffe ich auch. Vorgestern war's die Hölle, die ließen mich kaum durch, als ich ins Gericht wollte, genauso wenig, als wir zum Auto gingen«, erzählt sie. »Einer versuchte sogar, meine Hände herunterzuziehen. Aber wie übergriffig diese Leute sind, wird ja im Fernsehen nicht gezeigt oder erwähnt.«

»Stimmt leider, aber du kannst von deiner Familie eine Stellungnahme dazu rausgeben lassen.«

»Warum sollte ich? Ich wäre schon froh, wenn sie mich einfach in Ruhe lassen.«

»Aber vielleicht würden sie dich dann wirklich in Frieden lassen, vor allem, wenn sie schon handgreiflich geworden sind. Deine Onkel können Unterlassungserklärungen verschicken, in denen sie mit Klage drohen, sollten dich die Journalisten und Reporter nicht in Frieden lassen.«

»Ich werde meinen Onkel fragen, ob das möglich ist«, entgegnet sie. »Aber ich möchte gerade nicht darüber nachdenken.« Sie räuspert sich. »Musst du die Rosen umsetzen?«

»Nein, das werden die Gärtner machen.«

»Ach so. Beaufsichtigst du sie wenigstens?«

Ich nicke. »Definitiv, ich werde hier sein, damit sie keine der Rosenbüsche nehmen, die ich behalten will.«

»Okay.« Auf einmal klingelt ihr Handy. »Wer ist das denn?«, fragt sie irritiert, als sie es aus ihrer Jackentasche holt.

»Und wer ist es?«

»Es ist eine Nachricht, aber ich habe keine Ahnung, von wem sie kommt.« Nixan zeigt mir das Display und ich hebe eine Augenbraue.

»Was steht drin?«

»Keine Ahnung.« Sie dreht das Smartphone wieder zu sich und öffnet die Nachricht. »Es ist ein Link, aber der Virenfilter schlägt nicht an, also scheint es kein Spam zu sein.« Sie zeigt es mir ein weiteres Mal.

»Das ist so eine Seite, auf der man anonym Fotos hochladen kann«, entgegne ich und sie betrachtet mich skeptisch.

»Woher weißt du das?«, hakt sie nach.

»Die habe ich früher genutzt, um Fotos zu zeigen, wenn ich in solchen altmodischen Onlinechats war.«

»Okay. Soll ich ihn anklicken?«

»Das musst du wissen«, erwidere ich.

Sie holt tief Luft. »Okay.« Sie hält ihr iPhone so, dass ich ebenfalls einen Blick darauf werfen kann. Der Browser öffnet sich und was ich sehe, lässt sicher nicht nur mir das Blut in den Adern gefrieren. »O Gott!«, kreischt sie und wirft ihr iPhone von sich. »Wer macht denn so was?«, fragt sie zitternd.

Es ist ein Tatortfoto und ich bin mir sicher, dass der Tote auf der Aufnahme ihr Dad ist. Um ihn herum sind diese kleinen, gelben Nummern verteilt. »Ich habe keine Ahnung.« Ich ziehe sie in meine Arme. »Es stand wirklich keine Nummer dabei?«

»Nein, du hast doch gesehen, dass dieser Werbelink unter der Nachricht war«, erwidert sie mit bebender Stimme, ihr Körper zittert ebenso. »Das ist doch total geisteskrank, mir so etwas zu schicken.« Nixan fängt an zu weinen. »Das wird sicher immer schlimmer.«

»Wir sollten damit zu Mr. Rosier gehen«, sage ich entschieden.

»Ich will das erst mal meinem Onkel zeigen«, sagt sie schniefend.

»Dann gehen wir gemeinsam mit ihm zu Mr. Rosier.« Ich schnaube wütend. »Das waren jetzt die ersten Vorfälle dieser Art, oder?«

»Ja, vorher gab es nur Chloés verbale Attacken gegen mich, aber da habe ich gekontert und es war für mich erledigt.«

»Denkst du, sie war es?«, erkundige ich mich.

»Ich gehe fest davon aus. Es gibt sonst niemanden, der so offen zeigt, dass er mich hasst«, erwidert sie weinend, als sie sich von mir löst.

Ich erhebe mich, nehme ihr Smartphone an mich und mache einen Screenshot der Seite, ebenso von der Nachricht, die sie erhalten hat. »Lass uns gehen.«

»Okay«, erwidert sie aufgelöst und steht auf.

Ich lege meinen Arm um Nixan, führe sie aus dem Gewächshaus, das ich hinter uns abschließe, und bringe sie schließlich nach Hause.

Midnight

Onkel Nick kann nicht fassen, dass mir jemand ein Tatortfoto geschickt hat, das Dads übel zugerichteten Körper zeigt. Darauf waren sogar seine Augen noch geöffnet und starrten ins Leere, ein Bild, das mich ohnehin bis in meine Träume verfolgt, doch nun ist es auch in meinem Bewusstsein angekommen. Vorher habe ich es nur unterbewusst gesehen, wenn ich zur Ruhe kam. Nun bekomme ich es nicht mehr aus dem Kopf. Ich werde noch wahnsinnig, weil ich es nur noch vor Augen habe.

»Wir gehen jetzt zu Mr. Rosier und melden die Vorfälle«, entscheidet Onkel Nick und sieht Cloud an. »Sie begleiten uns bitte, Mr. Archer, immerhin waren Sie dabei, als Midnight die Nachricht erhalten hat.«

»Kein Problem, Professor Graham«, erwidert Cloud respektvoll.

»Habt ihr beide eine Idee, wer das war?«, fragt er.

»Ich bin immer noch davon überzeugt, dass Chloé etwas damit zu tun hat«, sage ich heiser und wische die Tränen von meinen Wangen. Ich schaue meinen Onkel an. »Glaubst du, das hört auf, wenn ich zu Onkel George ziehe?«

Er hebt eine Augenbraue. »Midnight, wir waren uns einig, dass es am besten für dich ist, wenn du bei mir wohnst und in aller Ruhe studierst.«

»Ich kann aber nicht in Ruhe studieren, wenn sich hier jemand herumtreibt, der mich fertigmachen will!«, herrsche ich ihn voller Verzweiflung an.

»Man wird den oder die Verantwortlichen finden, Midnight, vertrau mir, Liebes.«

Ich bin gewillt, den Kopf zu schütteln, aber nun lasse ich bloß die Schultern noch weiter hinabsinken und seufze schwer.

Cloud hat mich noch keine Minute aus den Augen gelassen, seine Hand liegt auf meinem Oberschenkel und er streichelt mich sanft, aber ich kann es gerade nicht genießen. Ich will die Rosier Academy hinter mir lassen und irgendwo studieren, wo man mich nicht kennt.

»Professor Graham?«, spricht Cloud ihn an.

»Ja, Mr. Archer?«

»Hat die Presse eigentlich Fotos von Midnight gemacht?«, fragt er.

»Das ist sehr gut möglich, immerhin hat eine ganze Meute Reporter vor dem Gerichtsgebäude gestanden«, antwortet er.

»Ich habe die große Sonnenbrille getragen, die Tante Pearl mir gegeben hat«, mische ich mich ein. »Ich glaube kaum, dass jemand von der Presse mein Gesicht gesehen hat.«

»Sofern keine Pressevertreter im Gerichtssaal waren, aber manche sitzen ja dort«, hält Cloud dagegen.

»Warum fragen Sie überhaupt, Mr. Archer?«, hakt Onkel Nick nach.

»Es geht nur darum, dass es vielleicht besser wäre, wenn Midnight irgendwo studiert, wo man ihr Gesicht nicht kennt.«

»Man kennt ihren Namen, Mr. Archer, und glauben Sie mir, ich mache keinen Halt vor Chloé Rosier, sollte sich herausstellen, dass sie diejenige ist, die Midnight quält«, erwidert mein Onkel entschieden. »Dafür riskiere ich auch meinen Job, von dem ich nicht glaube, dass ich ihn verliere, da ich zu den Besten meines Fachs gehöre und Mr. Rosier Himmel und Hölle in Bewegung gesetzt hat, damit ich an der Academy unterrichte.«

Ich senke den Blick auf die Tischplatte. »Gehen wir dann zu Mr. Rosier?«

»Du solltest dir vorher das Gesicht waschen, Liebes«, erwidert er.

»Okay.« Ich rutsche mit dem Stuhl zurück, dann erhebe ich mich. »Ich bin gleich wieder da.«

»In Ordnung«, sagt Cloud.

Ich beuge mich zu ihm und hauche einen Kuss auf seine Wange. Ich bin ihm unwahrscheinlich dankbar, dass er für mich da ist. Wenn er mir keinen Halt geben würde, wäre ich jetzt schon völlig zusammengebrochen.

»Midnight«, ermahnt mich mein Onkel.

Seufzend richte ich mich auf, dann begebe ich mich ins Bad. Ich hoffe nur, dass Mr. Rosier die Sache ernst nimmt, denn ich weiß nicht, was ich tun soll, wenn das Mobbing weitergeht. Ich habe niemandem etwas getan, weshalb ich nicht verstehe, warum sich irgendjemand auf mich eingeschossen hat. Ich will nur in Ruhe studieren, die Zeit mit Cloud genießen und nicht ständig mit Dads gewaltsamen Tod konfrontiert werden.

Als ich wenig später fertig bin, verlasse ich das Bad und laufe zurück ins Wohnzimmer. »Bin so weit.«

Mein Onkel nickt mir zu, greift zu seinem Jackett und zieht es an. Cloud und ich tragen auch noch unsere Uniformen, zu denen wir während der Vorlesungen verpflichtet sind.

Gemeinsam machen wir uns auf den Weg zu Mr. Rosier. Ich hoffe nur, dass er noch in seinem Büro ist, denn ich bin nicht besonders scharf darauf, Chloé zu begegnen.

Zehn Minuten später sind wir im Sekretariat angekommen.

»Oh, guten Tag, Professor Graham«, sagt die Sekretärin, deren Namen ich mir nicht gemerkt habe.

»Guten Tag, Dorothy«, erwidert er. »Ist Mr. Rosier zu sprechen?«

»Einen Moment, ich frage nach, ob er Zeit hat.« Sie schenkt meinem Onkel ein charmantes Lächeln, was mich wundert, aber ich sollte vielleicht kein Neutrum in ihm sehen. Es gibt sicher Frauen, die ihn attraktiv finden.

»Danke.«

Sie erhebt sich, dann geht sie an die Bürotür des Dekans, an die sie anklopft. Schließlich betritt sie den Raum. »Es tut mir leid, dass ich störe, Sir, aber Professor Graham möchte Sie sprechen.«

»Schicken Sie ihn rein, Dorothy«, entgegnet der Dekan.

»Ja, Sir.« Sie kommt zurück. »Er empfängt Sie, Professor.«

»Danke«, erwidert mein Onkel und winkt uns zu sich.

Cloud und ich folgen ihm, ich bin froh, dass er meine Hand hält, mir den Rücken stärkt, denn mein Herzschlag hat auf ein ungesundes Tempo beschleunigt. Ich hoffe nur, dass ich dem Dekan nicht den Schreibtisch vollkotze, wenn er mich anspricht, denn auch mein Magen rebelliert.

»Guten Tag, Mr. Rosier«, grüßt Onkel Nick ihn, kaum dass wir das Büro betreten haben.

Auch Cloud und ich begrüßen ihn, dabei entziehe ich ihm sogar meine Hand, um sie eventuell dem Dekan zu reichen.

»Guten Tag, Professor Graham. Was kann ich für Sie tun?«

Mein Onkel räuspert sich. »Meine Nichte bekam heute eine anonyme SMS mit einem Link, der zu einem Foto ihres toten Vaters geführt hat. Jemand muss an die Tatortfotos herangekommen sein und hat Midnight damit ordentlich erschreckt«, erklärt er. »Und ich gehe fest davon aus, dass es jemand von der Academy ist, nachdem es gestern zu dem Vorfall mit dem Tierblut gekommen ist.«

»Und wen haben Sie im Verdacht, Professor Graham?«, möchte Mr. Rosier wissen, der äußerst gelangweilt aussieht.

»Chloé«, mische ich mich ein. »Sie ist die Einzige, die etwas gegen mich hat.«

Sein strenger Blick fällt auf mich. »Sie verdächtigen allen Ernstes meine Tochter, Ms. Foster?«

Daraufhin nicke ich hektisch. »Das tue ich. Wie ich bereits sagte, ist sie die Einzige, mit der ich Probleme habe, seit ich sie versehentlich angerempelt habe.«

Mr. Rosier hebt eine Augenbraue, er ist ziemlich skeptisch, das erkenne ich problemlos. »Ms. Foster, Ihnen ist hoffentlich klar, dass das eine schwere Anschuldigung ist.«

»Das ist mir bewusst, aber ich nenne Ihnen Fakten, außerdem habe ich Zeugen dafür.« Ich deute auf Cloud. »Mr. Archer hat schon mehrmals mitbekommen, wie Chloé mich angreift.«

Der Dekan schnaubt unzufrieden. »Ich kann mir nicht vorstellen, dass meine Tochter die Schuldige in dieser Angelegenheit sein soll, aber ich werde mit ihr darüber sprechen.«

»Mr. Rosier, ich bin inzwischen gewillt, die Vorfälle zur Anzeige zu bringen«, mischt sich mein Onkel ein. »Midnight ist traumatisiert und Sie wissen genauso gut wie ich, warum mein Bruder und ich dafür sorgten, dass sie an die Academy kommt. Wenn hier allerdings Mobbing an der Tagesordnung liegt, werde ich rechtliche Schritte einleiten.« Seine Stimme ist drohend, außerdem strotzt sie nur so vor Selbstbewusstsein, worüber ich froh bin, denn ich könnte niemandem so sehr die Stirn bieten. Mir ist klar, dass mein Onkel sich gerade auf dünnes Eis begibt, immerhin ist Mr. Rosier sein Arbeitgeber, doch kann es nicht sein, dass er Chloé immer in Schutz nimmt.

Mr. Rosier nickt. »Wenn Sie der Meinung sind, dass Sie rechtliche Schritte einleiten müssen, kann ich es Ihnen nicht absprechen, aber lassen Sie mich vorher bitte mit meiner Tochter sprechen.«

»Ich bin der Meinung, dass Chloé herkommen soll, um sich dazu zu äußern«, sagt Cloud. »So kann sie sich den Vorwürfen direkt stellen, außerdem könnte man den Browserverlauf ihres Handys sowie ihres Computers ansehen.«

Er hat recht, aber ich halte sie für so klug, dass sie sämtliche Browserverläufe gelöscht hat. Dass sie ein Miststück ist, habe ich gleich am ersten Tag gemerkt, aber dass sie so eine Bitch ist, die mich auf diese unmenschliche Weise quält, habe ich nicht erwartet. Es kann doch nicht sein, dass dieses eine versehentliche Anrempeln so einen Hass in ihr geschürt hat. Nach gestern hatte ich heute schon eine Heidenangst, überhaupt in die Vorlesungen zu gehen, aber jetzt macht sich Panik in mir breit.

»In Ordnung, ich rufe meine Tochter an«, sagt Mr. Rosier, dann greift er schon zum Telefon. »Und nehmen Sie bitte Platz«, fährt er fort, dabei deutet er zu den beiden Sesseln vor seinem Schreibtisch.

Onkel Nick setzt sich, Cloud steuert ebenfalls einen der Ledersessel an. Ich bleibe lieber stehen, denn ich möchte mich vor Mr. Rosier nicht zu vertraut mit Cloud zeigen.

Er hält sich den Hörer ans Ohr und tippt ungeduldig mit einem verdammt teuer aussehenden Füller auf die Tischplatte – glücklicherweise ist die Kappe drauf, sonst wäre das Teil jetzt Schrott. »Komm in mein Büro«, sagt er schließlich. »Sicher im Schultrakt.« Eine kurze Pause entsteht. »Es ist mir egal, dass du bei Lawson bist, ich diskutiere nicht darüber, Chloé, komm her … Gut.« Er legt auf und sieht meinen Onkel an. »Meine Tochter ist in den nächsten zehn Minuten hier.« Sein Blick fällt auf mich. »Können Sie mir die Nachricht zeigen?«

Nickend hole ich mein Handy heraus und rufe die Nachricht auf. »Das hier ist sie.« Ich drehe es und zeige es ihm. »Wenn Sie auf den Link klicken, wird das Tatortfoto gezeigt.«

Er tippt auf mein Handy, dann hebt er eine Augenbraue. »Die Seite ist nicht erreichbar.«

»Gut, dass ich einen Screenshot davon gemacht habe.« Cloud schaut mich an. »Gib mir dein Handy.«

Ich reiche es ihm und er tippt darauf herum.

»Hier ist er.« Er erhebt sich und dreht das iPhone so, dass Mr. Rosier das Foto ansehen kann.

»Um Gottes willen«, stößt der Dekan schockiert aus. »Das ist furchtbar.«

»Sicher verstehen Sie jetzt, warum sich meine Nichte so sehr erschreckt hat, dass sie vollkommen aufgelöst war. Nicht nur, dass das Trauma wieder wachgerufen wurde, es ist auch ein schwerer Trigger, der Midnight um Monate zurückgeworfen hat«, mischt Onkel Nick sich ein, dem ich vorhin die Screenshots von dem Tatortfoto sowie der Nachricht schicken musste. Ich bin mir sicher, dass er beides für eventuelle rechtliche Schritte verwahren will, da es Beweise sind.

»Das tue ich, Professor Graham«, erwidert er und holt ein Taschentuch hervor, mit dem er sich über die Stirn wischt. Mr. Rosier scheint noch gar nicht so alt zu sein. Seine Haare sind vom gleichen Braun wie Chloés, allerdings sind sie von silbernen Strähnen durchzogen, ebenso sind seine Schläfen vollkommen ergraut. »Allerdings müssen Sie mich auch verstehen, dass ich mir erst mal die Seite meiner Tochter anhören muss, bevor ich handle.«

»Das spreche ich Ihnen auch nicht ab, Sir«, entgegnet mein Onkel freundlicher, als er zuvor mit seinem Boss gesprochen hat.

Ich falte die Hände vor dem Bauch, weiß auch nicht, was ich tun soll, weil ich mich so fehl am Platz fühle.

»Setzen Sie sich, Ms. Foster«, sagt Mr. Rosier.

Ich lasse meinen Blick durch den Raum schweigen, sehe einen Stuhl an der Wand stehen, doch ich setze mich auf die Sessellehne neben Cloud.

Cloud

Es klopft, dann betritt Chloé das Büro ihres Vaters. »Du hast mich gerufen, Dad?«

»Setz dich, Chloé«, verlangt Mr. Rosier streng und deutet auf den dritten Stuhl, den er an den Schreibtisch gestellt hat.

Ihr Blick fällt auf Midnight, sie hebt eine Augenbraue, womit sie noch überheblicher erscheint als ohnehin schon. Es ist mir immer noch schleierhaft, warum sie so ein Dorn in ihrem Auge ist. Als sie sitzt, konzentriert sie sich wieder auf ihren Vater. »Warum sollte ich herkommen, Dad?«

»Gib mir dein Handy, Chloé«, erwidert er.

»Warum sollte ich?«

»Weil Ms. Foster heute eine anonyme Nachricht erhalten hat, die zu einem grauenhaften Foto geführt hat«, entgegnet er. »Und jetzt gib mir dein Handy, Chloé«, fährt er entschieden fort.

Sie schnappt nach Luft. »Willst du mir etwa unterstellen, dass ich dafür verantwortlich bin?«

Mr. Rosier hebt eine Augenbraue. »Je mehr du dich sträubst, desto mehr erhärtet sich der Verdacht, dass du es gewesen bist.«

Chloé schnaubt und ihr wütender Blick trifft Nixan. »Jemanden ohne Beweise zu verdächtigen, habe ich dir wirklich nicht zugetraut.«

»Du bist die Einzige, die sehr offen zeigt, dass sie etwas gegen Midnight hat«, erwidere ich an Midnights Stelle.

Sie knurrt leise.

»Chloé, du wirst mir jetzt dein Handy geben!«, herrscht Mr. Rosier sie an. »Professor Graham ist gewillt, zur Polizei zu gehen, und ich hoffe sehr für dich, dass du nichts mit der Sache zu tun hast!«

Sie zuckt zusammen, dann greift sie in die Tasche ihres Blazers und reicht ihm ihr Handy.

»Wie lautet der Code, um das Display zu entsperren?«

»Meine Güte.« Chloé streckt ihre Hand aus und er reicht ihr noch einmal das Smartphone. Nachdem sie es entsperrt hat, gibt sie es ihm zurück.

Mr. Rosier sieht konzentriert aufs Display, es dauert eine kleine Weile, bis er den Blick hebt. »Im Browserverlauf finde ich den Link nicht, Professor Graham.«

»Schauen Sie mal auf die Website-Daten, dort können Sie den Browserverlauf wiederherstellen«, lasse ich den Dekan wissen.

Er schaut mich kurz an. »Wie macht man das?« Danach bittet er Midnights Onkel zu sich, wohl, um einen Zeugen zu haben, damit man ihm nicht unterstellen kann, dass er etwas gelöscht hat.

»In den Einstellungen den Browser auswählen, dann auf Website-Daten gehen, dort sehen Sie gelöschte Verläufe«, erkläre ich.

»Das ist echt die Höhe«, stößt Chloé aus. »Ja, ich kann Midnight nicht ausstehen, aber deshalb mobbe ich sie doch nicht, ich würde sie genauso wenig triggern, weil ich weiß, wie es ist, ein Elternteil zu verlieren. Alle haben mitbekommen, was mit ihrem Vater passiert ist, weil es wie wahnsinnig durch die Presse geht, also kann es jeder gewesen sein, Dad. Ich habe ja nicht mal ihre Handynummer.«

Mr. Rosier tippt indes weiter auf dem Handy herum und gibt schließlich einen überraschten Laut von sich. »Hier sind keine gelöschten Websites, also hat Chloé nichts mit der Sache zu tun.«

»Dann tut es mir leid, sie verdächtigt zu haben«, erwidert Midnight und schaut zu Chloé. »Sorry, aber es war naheliegend, weil du mir ständig Probleme machst.«

Sie schnalzt mit der Zunge. »Hör auf, mir das Leben schwerzumachen, und geh mir einfach aus dem Weg«, entgegnet Chloé überheblich, doch ihr Blick verspricht, dass die Sache noch nicht erledigt ist. Ich kenne sie gut genug, um zu wissen, dass dem heutigen Tag irgendeine Racheaktion von Chloé folgen wird.

»Ich tue überhaupt nichts«, hält Midnight dagegen. »Ich gehe dir sogar aus dem Weg, aber du lässt es dir nicht nehmen, mir jedes Mal irgendeinen Spruch reinzudrücken, der weit unter der Gürtellinie ist, wenn wir uns begegnen, aber du meinst ja auch, dass du unantastbar bist, weil du die Tochter des Dekans bist.«

»Midnight«, mischt Professor Graham sich mit ernster Stimme ein.

»Es kann doch nicht sein, dass man ihr das durchgehen lässt, Onkel Nick. Cloud hat auch schon oft mitbekommen, dass sie mich beleidigt, aber ich bin immer diejenige, die Ärger bekommt, wenn sie sich zur Wehr setzt. Das ist doch nicht normal!«, erwidert Nixan entsetzt.

»Ich werde mit Chloé darüber sprechen, wie sie sich ihren Kommilitonen gegenüber zu verhalten hat, Ms. Foster. Sollte meine Tochter Sie nicht in Frieden lassen, geben Sie mir bitte Bescheid«, grätscht Mr. Rosier dazwischen.

»Na schön«, gibt sie sich geschlagen.

Chloés Blick hat sich verfinstert, doch sagt sie nichts mehr.

»Wenn das dann alles wäre«, meint der Dekan und sieht uns erwartungsvoll an.

»Das ist es. Danke, dass Sie sich der Sache angenommen haben, Sir«, erwidert Professor Graham. »Ich hoffe aber, dass man der Angelegenheit nachgeht, damit wir herausfinden, wer der oder die Schuldige ist.«

»Das wird geschehen, Professor Graham«, entgegnet er und erhebt sich. Die beiden verabschieden sich mit einem Handschlag voneinander.

Midnight und ich nicken ihm bloß zu, nachdem wir uns erhoben haben.

Auch Chloé will das Büro verlassen.

»Du bleibst, Chloé«, sagt Mr. Rosier entschieden.

Mit einem unzufriedenen Laut setzt sie sich wieder und wir verlassen den Raum.

»Wer könnte noch infrage kommen?«, wendet sich Professor Graham an Nixan.

Sie zuckt mit den Schultern. »Ich weiß es nicht. Außer ihr gibt es wirklich niemanden, mit dem ich irgendwelche Probleme habe.«

Sein Blick fällt auf mich. »Fällt Ihnen jemand ein?«

»Nein, Sir«, antworte ich aufrichtig. »Jetzt kann es wirklich jeder sein.«

Er nickt, doch sehe ich ihm an, wie sehr es in ihm arbeitet.

»Was mache ich, wenn das nicht aufhört?«, möchte Nixan von ihm wissen.

»Ich hoffe, dass es aufhören wird«, erwidert ihr Onkel. »Aber im Moment bin ich auch nicht sicher, wie wir der Sache auf den Grund gehen sollen.«

»Wir könnten immer noch zur Polizei gehen«, sagt sie.

»Das ist wahrscheinlich die beste Idee«, meint er und wirft einen Blick auf die Uhr. »Es ist spät geworden, wir sollten nach Hause gehen, zu Abend essen und morgen werden wir in die Stadt fahren, um die Vorfälle anzuzeigen.«

»Okay«, gibt sie sich geschlagen und sieht zu mir hoch. »Hast du noch etwas vor?«

»Nein, nichts weiter.« Dabei sollte ich mich echt mal wieder bei meinen Freunden blicken lassen. »Aber wir sehen uns morgen, okay?«

»Möchten Sie vielleicht mit uns essen, Mr. Archer?«, wendet sich Professor Graham an mich, woraufhin ich ihn überrascht ansehe.

»Gern.«

Midnight wirkt ebenso verdutzt wie ich, allerdings beschweren wir uns nicht. Vielleicht akzeptiert er endlich, dass wir einander nahestehen.

Als wir wenig später in Nixans Schlafzimmer sind, umarmt sie mich fest.

Ich schließe meine Arme um ihren schlanken Körper, streichle ihren Rücken und überlege, wer dafür verantwortlich sein könnte.

»Ich kann kaum glauben, dass Chloé nicht dafür verantwortlich sein soll«, sagt Nixan leise.

»Mhm, für mich ist es auch schwer zu glauben«, lasse ich sie wissen und küsse ihren Scheitel. Schließlich löse ich mich von Midnight. »Vielleicht hört es auf, wenn sich dank Chloé herumspricht, dass ihr die Sache anzeigen werdet.«

»Möglich.« Sie schaut wieder zu mir hoch, ihre Augen sind immer noch ein wenig geschwollen, außerdem ist ihre Nase gerötet.

Nixan geht zum Bett und setzt sich. »Ich müsste eigentlich lernen, aber mein Kopf ist total voll mit all den Fragen, die ich mir stelle.«

»Ich denke, wenn deine Dozenten erfahren, was bei dir los ist, werden sie Verständnis für deine Situation haben.«

»Professor Atkins hatte heute kein Verständnis, weil ich die Hausaufgabe nicht abgeben konnte, da ich in Tennessee war.«

»Oh«, stoße ich aus. »Normalerweise sind die Dozenten verständnisvoll.«

»Mhm, er aber nicht.«

Ich ergreife ihre Hand und ziehe mit mir zum Bett. »Kommst du morgen mit zu mir?«

»Über Nacht?«

Ich nicke ihr zu. »Ja, ich habe zwar nichts gegen deinen Onkel, aber …« Ich verziehe das Gesicht.

»Aber?«, bohrt sie tiefer nach.

»Ich traue mich hier kaum, dich zu küssen, weil er mich nicht ausstehen kann«, gebe ich zu und grinse sie unschuldig an.

Nixan schmunzelt. »Okay.«

»Und am Samstag fahren wir nach Sheridan, um etwas zu unternehmen«, schlage ich vor.

»Es wäre gut, auf andere Gedanken zu kommen«, stimmt sie mir zu. »Ich komme zu dir, sobald wir zurück sind, okay?«

Ich ziehe die Augenbrauen zusammen.

»Mein Onkel will doch zur Polizei.«

»Ach stimmt«, stoße ich aus. »Daran habe ich gar nicht mehr gedacht, Nixan.«

Daraufhin verdreht sie die Augen. Ich lache leise, weil ich genau weiß, dass sie den Spitznamen nicht mag, aber ich finde ihn besser als Babe, Honey oder Kleine. »Irgendwann nennen mich alle nur noch Nixan.«

»Nein, darauf habe ich ein Exklusivrecht.«

»Spinner«, brummt sie und drückt mich plötzlich nach hinten. Ich lande auf dem Rücken, Nixan kuschelt sich in meinen Arm und legt ihre Wange auf meine Brust, außerdem schiebt sie ihre Hand auf meinen Bauch. »Ich verknittere dein Hemd und dein Jackett.«

»Völlig egal, es muss eh in die Reinigung.«

»Okay, dann habe ich nichts gesagt.«

Ich schnaube amüsiert, erwidere aber nichts. Gedankenverloren lasse ich meine Finger auf ihrer Schulter kreisen und starre an die Decke. Hoffentlich ergeht es Nixan nicht wie Helena, denn ich würde es nicht verkraften, sie auch noch zu verlieren. Ich gebe mich zwar immer gut gelaunt, aber die dunklen Gefühle werden mit jedem dieser Vorfälle stärker. Eine gewisse Angst hat bereits ihre Klauen in mein Genick geschlagen. Ich weiß selbst auch nicht, wer abgesehen von Chloé für die Attacken auf Nixan verantwortlich sein könnte. Es gibt wirklich niemanden, der sich verdächtig verhält, deshalb war ich auch so sehr davon überzeugt, dass dieses fiese Miststück dafür verantwortlich ist.

»Was geht dir durch den Kopf?«, unterbricht sie die Stille, die sich über uns gelegt hat.

»Ich denke bloß darüber nach, wer der- oder diejenige ist oder sind, die dich mit derlei Attacken quälen.«

»Ich weiß es nicht.« Midnight hebt den Kopf und auf einmal rollt sie sich auf mich. »Und ich will gerade nicht darüber nachdenken.«

»Verständlich.« Ich hebe den Kopf, außerdem schiebe ich meine linke Hand in ihren Nacken. Ich küsse sie sanft, dabei rolle ich mich mit ihr herum, sodass sie unter mir liegt. Der Kuss wird schnell intensiver und sie seufzt in meinen Mund, als ich meinen Schritt gegen ihren drücke.

Nixan windet sich unter mir, reizt meinen Schwanz und diese gottverdammte Hose stört mich langsam gewaltig. Meine rechte Hand gleitet zu ihrem Halstuch, dessen Knoten ich einhändig löse, dann öffne ich die beiden oberen Knöpfe ihrer Bluse.

»Midnight, ich …«

Sofort löse ich mich von ihr, lasse mich neben sie fallen.

Nixan setzt sich auf und schaut ihren Onkel mit zusammengezogenen Augenbrauen an. »Kannst du nicht anklopfen?«, fragt sie entsetzt.

»Entschuldige bitte.« Professor Graham räuspert sich. »Das Abendessen ist fertig.«

»Wir kommen gleich«, antwortet sie.

»Alles klar.« Er verlässt ihr Zimmer und zieht die Tür hinter sich zu.

Midnight sieht mich entschuldigend an. »Sorry.«

»Schon gut, du kannst nichts dafür, dass er nicht anklopft«, erwidere ich gelassen, auch wenn ich kotzen könnte, weil er mir in die Parade gefahren ist.

»Gehen wir essen?«

Ich hole tief Luft. »Ich sollte zu mir gehen.«

»Oh«, stößt sie leise aus.

»Nicht deinetwegen oder wegen deines Onkels. Mir ist eingefallen, dass ich noch lernen muss«, beruhige ich sie, auch wenn es nicht der Wahrheit entspricht.

»Okay.« Nixan erhebt sich, ich tue es ihr gleich.

An der Wohnungstür verabschiede ich mich von ihrem Onkel, dann sehe ich sie an. »Wir sehen uns morgen.«

»Alles klar.«

Ich beuge mich zu ihr, küsse ihre Lippen. »Bye.«

»Bye«, haucht sie, dann lasse ich sie allein.

Midnight

Wir waren gerade bei der Polizei und haben die beiden Vorfälle angezeigt. Heute war es ruhig in der Uni, aber ich habe Angst, dass es nächste Woche von vorne losgeht.

Ich sitze neben meinem Onkel in seinem Tesla und schaue aus dem Fenster. »Wie geht's jetzt weiter?«

»Du hast den Officer gehört. Die Polizei versucht nun, herauszufinden, wer dir diese Nachricht geschickt hat und für den Vorfall mit dem Tierblut verantwortlich ist.«

»Ich kann mir nicht vorstellen, dass die herauskriegen, wer dahinter steckt.«

»Dann sind wir schon zu zweit«, stimmt er mir zu.

»Wow, sehr aufbauend«, stoße ich aus und sehe vor uns. Sheridan ist ein kleines Nest, aber es ist schön und … friedlich. Dennoch bin ich mir sicher, dass hinter verschlossenen Türen so einiges geschieht, das man nie erahnen würde. Ich finde Kleinstädte gruselig, die Menschen sind immer freundlich, aber es weiß auch jeder über seine Nachbarn, wenn nicht sogar über jeden anderen Einwohner Bescheid. Und doch gibt es Geheimnisse, die man selten für möglich hält. In Großstädten erwartet man all das, was sonst in Kleinstädten passiert.

»Triffst du dich heute mit Mr. Archer?«

»Ja, ich werde heute bei ihm übernachten«, antworte ich. »Und morgen werde ich auch mit ihm unterwegs sein.«

Als ich zu meinem Onkel schaue, nickt er. »Kommst du gut mit seinen Freunden zurecht?«

»Mal abgesehen davon, dass ich mit Chloé nicht zurechtkomme, ja. Sie sind ausnahmslos nett zu mir«, entgegne ich.

»Dann hast du keinen von ihnen im Verdacht?«

»Nein, ich kann mir nicht vorstellen, dass es einer der anderen ist, dafür sind sie viel zu freundlich.«

»Mhm«, gibt er nachdenklich von sich und lenkt den Wagen in die Auffahrt zur Academy.

Majestätisch ragt das Schloss vor uns auf, die Sonne und der Nebel tauchen es in ein mysteriöses Licht, das ein wunderschönes Bild abgibt. Ich bin gern hier, auch wenn ich weit weg von zu Hause bin. Doch will ich nicht mehr dorthin zurückkehren. Nur noch ein- oder zweimal, aber nach Moms Prozess werde ich Tennessee für immer den Rücken kehren.

»Ich lasse dich hier raus. Mir ist eingefallen, dass ich noch einkaufen muss«, sagt mein Onkel, als er vor dem Gebäude parkt.

»Alles klar. Wir sehen uns morgen, okay?«

»Bist du sicher, dass du nicht das ganze Wochenende bei Mr. Archer bleibst?«

»Im Moment schon, aber ich kann dir morgen Bescheid sagen. Ich nehme jedenfalls nur Kleidung für eine Übernachtung mit.«

Er nickt und streichelt meine Schulter. »In Ordnung.«

Ich schenke meinem Onkel ein Lächeln, steige aus und mache mich auf den Weg in seine Wohnung. Für einen Freitagnachmittag ist kaum etwas im Schloss los, dennoch fühle ich mich von den zahlreichen Porträts an den Wänden beobachtet. Selbst der alte Rosier, Erbauer des Schlosses und Namensgeber der Academy, jagt mir heute einen üblen Schauer über den Rücken. Ich bin froh, dass keine Porträts in Onkel Nicks Wohnung hängen, sonst würde ich über kurz oder lang durchdrehen.

Schließlich betrete ich die Wohnung und bin erleichtert, dass ich unbeschadet hier angekommen bin. Es hätte ja sein können, dass jemand aus irgendeiner Ecke springt.

Nachdem ich meine Sachen gepackt habe, mache ich mich auf den Weg zu Cloud. Auf den Fluren ist immer noch nicht besonders viel los, ein paar vereinzelte Studenten sitzen auf den Treppen und reden miteinander, doch verstummen sie, als sie mich bemerken. Ich habe geahnt, dass so etwas passieren würde, immerhin bin ich die Tochter einer drogensüchtigen Mörderin. Zwar habe ich gehofft, dass die Sache nicht an die Presse gerät, aber ich wurde bitter enttäuscht. Reporter und Journalisten sind unerbittlich und schlachten jede noch so kleine Neuigkeit aus, insbesondere über meine Familie. Ich habe keine Ahnung, wer ihnen einen Tipp gegeben haben könnte, doch fühle ich mich inzwischen so, als wäre ich von Verrätern umgeben. Cloud und Onkel Nick sind die Einzigen, denen ich vertraue, denn die beiden stehen in jeder Situation hinter mir. Insbesondere Cloud bin ich dankbar dafür, denn ich habe fest damit gerechnet, dass er sich von mir abwendet, sobald er erfährt, was meine Mutter getan hat.

Als ich vor Clouds und Knox‘ Wohnung stehe, klopfe ich fest an.

»Moment!«, ruft jemand, doch weiß ich nicht, wer der beiden es ist, da sie gerade so ähnlich klingen. Schließlich wird die Tür geöffnet und Knox sieht mich überrascht an. »Hey.«

»Hi, ist Cloud da?«

»Nein, er ist im Gewächshaus, aber komm rein.« Er macht mir Platz. »Du kannst ruhig in sein Zimmer gehen oder zumindest deine Tasche abstellen, falls du zu ihm gehen willst.«

»Danke.« Ich schlüpfe an ihm vorbei in die Wohnung. »Wann ist er denn weg?«

»Vor einer guten Stunde. Die Rosen sollen heute in den Schlosshof gebracht werden.«

»Ah okay. Ich dachte, das würde erst morgen passieren«, erwidere ich. »Ich stelle dann meine Tasche in sein Zimmer und bin wieder weg.«

»Geht klar.«

Ich schenke Knox ein Lächeln, anschließend bringe ich meine Tasche in Clouds Zimmer. Es ist so aufgeräumt, dass es fast schon steril wirkt, aber Cloud ist auch ein ziemlich ordentlicher Mensch. Seine Kleidung hat nie auch nur eine Falte, seine Frisur sitzt immer und er mag es nicht, wenn ich ihn kurz nach dem Aufwachen sehe, obwohl ich diesen Anblick inzwischen liebe.

Bei meinem Gedanken halte ich inne und schaue aus dem großen Fenster. Die Nachmittagssonne fällt in den Raum, während sich in meinem Kopf alles um die Frage dreht, ob ich Cloud liebe oder nicht.

»Midnight?«

Ich zucke zusammen, dann drehe ich mich zu Knox um. »Ja?«

»Cloud hat gerade geschrieben. Er kommt jetzt zurück, also kannst du hier auf ihn warten.«

»Alles klar. Danke, Knox.«

»Kein Ding.« Er betrachtet mich. »Wie geht's dir?«

»Gut so weit.«

Er nickt und verzieht seine Lippen zu einem Lächeln. »Die anderen kommen später. Setz dich doch mit Cloud zu uns.«

»Wenn er Lust hat und Chloé nicht dabei ist, werden wir das sicher tun.«

Aus Knox' Lächeln wird ein geradezu diabolisches Grinsen. »Chloé wird erst mal nicht dabei sein, weil sie auf der Abschussliste ihres Vaters steht.«

Überrascht hebe ich die Augenbrauen. »Warum?«

»Deinetwegen.« Knox räuspert sich. »Es reicht ihm wohl, dass sie ständig andere Studenten quält, die Fälle, in denen sie dich drangsaliert hat, haben nun das Fass zum Überlaufen gebracht.«

»Wow«, stoße ich verwundert aus. »Damit habe ich nicht gerechnet.« Habe ich wirklich nicht, weil Mr. Rosier auf mich gewirkt hat, als würde er Chloé um jeden Preis in Schutz nehmen wollen.

»Damit hat wohl niemand gerechnet. Wir waren alle überrascht, als sie heute Morgen davon erzählt hat.«

Vielleicht ist das auch der Grund dafür, dass es heute zu keinem Vorfall gekommen ist, aber da sich auf ihrem Handy keine Beweise befanden und ich mir deshalb leider sicher bin, dass auf ihrem Computer auch nichts zu finden war, sollte ich sie wohl aus dem Kreis der Verdächtigen entlassen. »Jetzt ist sie sicher noch schlechter auf mich zu sprechen, oder?«

»Nicht schlechter als sonst auch«, entgegnet Knox. »Aber gib dich einfach nicht mit ihr ab und zeig ihr, dass dich ihre Sprüche kalt lassen, dann verliert sie den Spaß daran.«

»Ich zeige seit Wochen keine Reaktion darauf«, halte ich dagegen.

»Du konterst, Midnight, selbst das solltest du nicht tun, damit sie aufhört.«

Daraufhin nicke ich. »Ich gebe mir Mühe, aber manchmal ist mein Mund schneller als mein Kopf.«

Er schnaubt amüsiert. »So geht's jedem mal.«

»Wohl wahr«, stimme ich zu und gehe zu Clouds Bett, ich stelle meine Tasche auf der Truhe vor dem Fußende ab. »Bestellt ihr heute wieder bei irgendeinem Restaurant?«

»Wahrscheinlich, da weder Cloud noch ich kochen können«, antwortet Knox entspannt. »Hast du schon gegessen?«

»Nein, deshalb frage ich ja«, gebe ich lächelnd zurück.

»Okay, dann kannst du heute entscheiden, wo wir bestellen.«

»Danke?«, frage ich irritiert.

Er lacht leise. »Ich bin mal in meinem Zimmer. Fühl dich ruhig wie zu Hause.«

Ich nicke ihm zu. »Danke, Knox.«

»Kein Ding, Midnight.«

Ich verziehe meine Lippen zu einem Lächeln, doch er zieht schon die Tür hinter sich zu. Seufzend lasse ich meinen Blick durch Clouds Zimmer schweifen. Es ist unangenehm, alleine hier zu sein, aber er soll ja gleich da sein. Ich setze mich aufs Bett, ziehe meine Tasche heran und öffne sie, dann hole ich die Sporthose sowie ein Shirt und Sweatjacke heraus. Ich befreie mich von meiner Uniform, anschließend ziehe ich Sporthose, Shirt und Sweatjacke über. Es ist wesentlich bequemer, als den ganzen Tag in Rock, Bluse und Blazer oder Pullunder herumzulaufen, geschweige denn mit diesem furchtbaren Halstuch. Ich ziehe es der Krawatte vor, die ich bekommen habe, aber eines von beidem muss ich täglich tragen. Vier Uniformen habe ich bekommen, als ich hier anfing zu studieren, und eine davon ist seit der Blutattacke ruiniert. Mein Onkel hat sie heute mitgenommen und bei der Polizei abgegeben, um herauszufinden, ob es nun Kunst- oder Tierblut ist. Ich bin mir sicher, dass es von irgendeinem Tier stammt, denn es roch sehr stark nach Eisen.

Als ich fertig bin, setze ich mich aufs Bett und hole mein Buch aus meiner Tasche. Ich schlage die Ausgabe von Romeo und Julia auf und träume mich nach Verona, um Zeugin der Fehde der Montagues und Capulets zu werden. Als ich die ersten Zeilen lese, lege ich mich auf die Seite, quer über das Bett, sodass meine Füße an der Seite heraushängen. Die Welt um mich herum verschwimmt, während ich abtauche und mich vollkommen auf die Geschichte einlasse.

Ich werde angestupst, was mich zusammenzucken lässt. Ruckartig hebe ich den Blick und sehe Cloud vor mir. »Hey.«

Er grinst. »Hey, Romeo und Julia ist sehr spannend, hm?«

»Ähm … ja.«

»Habe ich gemerkt, ich war vor einer halben Stunde zurück, habe dich mehrmals angesprochen und du hast nicht reagiert.«

Ich betrachte ihn. Sein braunes Haar ist nass, sein Oberkörper nackt und er trägt bloß ein Handtuch um die Hüften. »Und dann warst du duschen?«

»Ja, weil du nicht unbedingt ansprechbar warst«, erwidert er lächelnd. »Knox will beim Italiener bestellen, ist das okay für dich?«

»Klar, auch wenn er sagte, dass ich den Lieferdienst aussuchen dürfte«, erwidere ich trocken.

Cloud lacht leise. »Ich ziehe mir etwas an, dann können wir ins Wohnzimmer gehen.«

»Alles klar.« Ich will wieder ins Buch schauen, doch er zieht es mir aus der Hand. »Was …«, beginne ich irritiert und blicke Cloud wieder an.

»Wenn du jetzt weiterliest, habe ich sicher den ganzen Abend nichts mehr von dir.«

Ich lache auf. »Okay.«

Cloud legt das Taschenbuch auf den Nachttisch, dann geht er an den Kleiderschrank. Ich betrachte ihn, auch wenn er fast nackt ist, doch mein Blick fällt auf seine Rückenmuskeln. Er geht oft joggen und macht Liegestütze, bevor es in die Vorlesungen geht. Darauf hat er verzichtet, wenn er bei mir geschlafen hat, doch bin ich bei ihm, ist er morgens immer eine gute Stunde unterwegs. Er hat mich sogar schon gebeten, mit ihm joggen zu gehen, aber da ich absolut keine Kondition, sondern bloß gute Gene habe, habe ich jedes Mal abgelehnt.

Cloud

Wir haben gerade aufgeräumt, nachdem wir mit Knox gegessen haben, jetzt stehe ich mit Midnight in der Küche. Sie rümpft die Nase. »Hier riecht es jetzt echt stark nach Knoblauch.«

»Das hat italienisches Essen so an sich«, erwidere ich gut gelaunt.

»Man riecht auch, dass ihr raucht«, hält sie dagegen.

»Ist es schlimm?«, erkundige ich mich.

»Na ja, ich rieche es halt sehr stark, aber ich bin auch so eine penetrante Nichtraucherin«, erwidert Nixan lächelnd.

Ich schnaube amüsiert. »Dann mache ich mal die Fenster auf.« Ich gehe gemeinsam mit ihr ins Wohnzimmer, lasse sie mitten im Raum stehen und gehe an die Fenster. Jedes einzelne öffne ich sperrangelweit, damit die Gerüche nach draußen ziehen. Ich höre ihr Schaudern richtig. »Ich wusste nicht, dass du so empfindlich bist.«

»Das bin ich nur, wenn eiskalter Wind hereinweht«, kontert Midnight amüsiert und zieht ihre Sweatjacke zu. »Und du hättest auch einfach ein paar Räucherstäbchen anzünden können, die neutralisieren solche Gerüche auch.«

Ich hebe eine Augenbraue. »Wir sind Männer. Wir besitzen weder Duftkerzen noch Räucherstäbchen«, sage ich trocken, grinse aber auch.

Nixan lacht auf. »Es ist echt kalt, könntest du die Fenster wieder schließen?«

»Es ist frisch, aber nicht kalt.«

»Doch, wenn man ein Weichei ist, so wie ich, dann ist es kalt.«

»O Mann«, stoße ich amüsiert aus. »Ich glaube

kaum, dass du eines bist.« Ich gehe zu ihr, direkt vor ihr bleibe ich stehen und Nixan legt den Kopf in den Nacken.

»Warum?«

»Weil du echt viel Scheiße mitgemacht und dich nicht hängengelassen hast. Das spricht dafür, dass du eine verdammt starke Frau bist, Nixan«, raune ich ihr zu und sehe, dass ihr ein Schauer über den Rücken läuft, mit dem sie sich leicht schüttelt.

Seufzend verzieht sie ihre Lippen zu einem Lächeln. »Ich meinte damit nur, dass ich empfindlich auf Kälte reagiere. Ich habe das Gefühl, hier ist es wesentlich kälter als in meiner Heimat.«

»Es liegen ja auch etwas mehr als eintausendfünfhundert Distanz zwischen Tennessee und hier, außerdem ist Wyoming im Nordwesten der USA, somit nah an Kanada und mach mal einen kanadischen Frühling mit. Für mich ist es hier nach dem Winter echt warm«, erkläre ich und betrachte sie. »Soll ich dir einen meiner Hoodies geben? Die sind wärmer als dein Shirt und die Jacke.«

»Ich würde in deinen Hoodies ertrinken«, kontert Nixan lachend.

Ich schiebe meine Hände unter ihre Sweatjacke und lege sie auf ihre Taille. Aber dann ziehe ich ihr die Jacke aus. »Soll ich die Heizung wieder aufdrehen?«

»Nein, alles gut«, erwidert sie, ohne ihren Blick von meinem zu lösen.

Achtlos lasse ich die Sweatjacke fallen. »Bist du sicher?«

»Gerade friere ich nicht«, wispert sie.

Meine Augenbraue zuckt kurz in die Höhe. »Sicher?«, hake ich abermals nach.

Sie nickt knapp. »Absolut.«

»Wirklich?«, bohre ich tiefer nach.

»Ja, Cloud«, antwortet sie nachdrücklicher.

Mein Mundwinkel zuckt. »Okay.« Dann lege ich meine Lippen auf ihre und meine Hände auf ihren Hintern. Mit einem Ruck hebe ich sie hoch, dabei schlingt sie ihre Beine um meine Hüften. Ich trage sie zur Wand, dränge sie dagegen. Ich lache leise, als sie nach Luft schnappt. »Alles okay?«

»Ja«, haucht Nixan und küsst diesmal mich.

Ich lege meine Hand an ihren Hinterkopf, die andere stützt weiterhin ihren Po, als wir von unserer Leidenschaft mitgerissen werden. Unsere Zungenspitzen spielen wild miteinander, als meine Hand, die noch vor einem Moment auf ihrem Hintern lag, ihren Oberkörper erkundet. Ich setze sie auf meinen Oberschenkel, was etwas wackelig ist. »Wir sollten in mein Schlafzimmer gehen«, raune ich ihr zu, als ich den Kuss beende.

»Okay«, keucht sie, hält sich an meinen Schultern fest, doch ich trage sie zum Sessel. Ich setze mich, Nixan befindet sich rittlings auf meinem Schoß. Etwas umständlich zieht sie ihre Beine hinter mir weg und kniet sich über mich.

Ich betrachte Nixan, lege meine Hand an ihre Wange. Sie schmiegt ihr Gesicht in meine Handfläche, dabei schließt sie die Augen. »Du bist so eine verdammt schöne Frau«, sage ich mit rauer Stimme.

Sie schüttelt sich leicht, außerdem starrt sie mich mit großen Augen an.

»Was ist los?«

»Ich…« Offensichtlich bleiben ihr die Worte im Hals stecken.

»Hat dir das noch niemand gesagt?«

»Doch, aber sie klangen dabei nie besonders aufrichtig.«

»Und wie klang ich?«

»Bei dir klingt es jedes Mal aufrichtig«, wispert sie.

Daraufhin schiebe ich meine Hand in ihren Nacken und ziehe sie zu mir. »Es war auch so gemeint«, sage ich dicht an ihren Lippen, die ich erneut mit einem Kuss versiegle.

Sie erwidert ihn, diesmal jedoch vorsichtiger als zuvor, dabei legt sie ihre Hände auf meine Brust.

Ich hingegen erforsche ihren Oberkörper, streichle sie sanft. Meine Linke landet wieder auf ihrem Hintern, ich drücke zu, sodass ich sie enger gegen mich dränge. Unsere Zungen umspielen einander wild, als ich merke, wie mein Schwanz in meiner Hose wächst.

Ich stöhne in den Kuss, während sie sich kaum beherrschen kann. Sie schiebt ihre rechte Hand zwischen uns, genau auf die Beule in meiner Hose und drückt sanft zu. Meine Sporthose lässt kaum zu, dass sie mehr als das tun kann.

»Nicht so schnell«, raunte ich ihr zu, bevor ich einen Kuss auf ihren Mundwinkel setze.

»Warum nicht?«, fragt sie leise.

»Weil … Gute Frage.«

Nixan zieht sich ein wenig von mir zurück, irritiert betrachtet sie mich. »Weil?«

»Vergiss es einfach.« Ich zwinkere ihr zu und schiebe meine Hände unter ihr Shirt.

Sie hebt ihre Arme, woraufhin ich sie von dem Teil befreie. Achtlos werfe ich es zur Seite, dann betrachte ich ihren Körper. Sie trägt einen türkisen BH und ich greife in ihren Rücken, um diesen zu öffnen. Langsam ziehe ich die Träger von ihren Schultern, entblöße ihre üppigen Brüste und präge mir das Bild ein. Ich lasse ihren BH neben uns fallen, schließlich beuge ich mich vor, küsse ihre rechte Brust und sauge ihren Nippel zwischen meine Lippen. Sie seufzt genießend, dann stöhnt sie leise, als ich anfange, an ihrer Brustwarze zu knabbern. Meine Fingerspitzen gleiten über ihren flachen Bauch, bis ich den Bund ihrer Sporthose erreiche. Ich ziehe die Schleife auf, doch schiebe ich meine Hand nicht in ihre Hose, sondern löse mich von ihrer Brust und lege meine Arme um sie.

Ich höre Schritte.

»Wir sollten in mein Zimmer gehen«, sage ich alarmiert und stehe mit ihr auf.

»Cloud?«

Ich mache mich eilig auf den Weg in mein Schlafzimmer, damit er sie nicht halbnackt sieht.

»Was denkst du, was er will?«, möchte Nixan wissen, als ich die Tür zu meinem Zimmer hinter mir zu kicke. Ich schließe sie ab, damit Knox nicht einfach hereinkommt.

»Keine Ahnung, es ist mir aber auch egal. Er weiß, dass du hier und wichtiger bist, als alles, was er will.« Ich trage sie zum Bett und lasse sie dort angekommen fallen, weshalb sie aufkreischt.

Sofort hält sie sich den Mund zu, aber ich sehe das Leuchten ihrer blauen Augen.

Ich ziehe meinen Hoodie aus, lasse ihn neben mich fallen und gleite über sie. »Ich finde, du hast noch viel zu viel an.« Kaum habe ich zu Ende gesprochen, knie ich mich zwischen ihre Beine und greife an den Saum ihrer Sporthose, die ich über ihren Hintern ziehe und von der ich sie schließlich befreie, danach ziehe ich ihr nacheinander ihre Socken aus.

Als sie nur noch im Slip vor mir liegt, richtet sie sich auf und öffnet die Schnürung an meinen Sweatpants. Ich stehe auf, befreie mich davon und gleite wieder über sie. Wir sinken zurück aufs Bett, ich lege meine Hand auf ihren Bauch, drücke sie auf die Decke und spreize ihre Schenkel. Ich dränge mich zwischen sie und Nixan schlingt ihre Beine um mich. Ich dränge meinen Schwanz gegen ihre Spalte, spüre ihre Feuchtigkeit und verwickle sie in einen Kuss, der schnell an Leidenschaft gewinnt. Sie schiebt ihre Hand zwischen uns, legt sie um meinen Schwanz und bewegt sie auf und ab, während unsere Zungen wild um die Vorherrschaft in diesem Kuss kämpfen. Ich erstarre, als sie anfängt, meinen halbsteifen Schaft zu massieren. Ihre Faust umschließt ihn fest, bewegt sich auf und ab und es dauert nicht lange, bis er hart geworden ist. Ich genieße es, dennoch umfasse ich ihr Handgelenk und ziehe ihre Hand weg. Ich löse mich von ihr, beuge mich zum Nachttisch und ziehe die Schublade auf, aus der ich ein Kondom hole. Als ich mich wieder über sie beuge, richte ich mich auf und strecke ihre Beine in die Luft, lehne ihre Knöchel an meine Schultern, schließlich ziehe ich ihr ihren Slip aus. Ich beuge mich vor, sie nimmt ihre Schenkel herunter und ich küsse mich über ihren Bauch. Meine Zungenspitze kreist um ihren Bauchnabel, schließlich bahnt sie sich einen Weg zu ihrer Pussy. Nixan stöhnt auf, als sie in ihre Spalte dringt. Langsam umspielt meine Zunge ihre Klit. Midnight zieht die Beine etwas an, stellt sie auf und zuckt, als die Berührungen meiner Zungenspitze ihre Nervenenden zum Zittern bringen. Sie schiebt ihre Finger in mein Haar, hält sich fest – zieht leicht daran. Ich genieße es viel zu sehr, sie zu lecken, vor allem, dass ihr Körper so bebt – und ihr Geschmack erst. Das Aroma benetzt meine Zunge, lässt mich träumen. Nixan stöhnt ihre Lust leise hinaus, sie geht ins Hohlkreuz und die Wogen lassen ihren Körper noch stärker zucken. Leckend umkreise ich abermals ihren kleinen Kitzler. Meine Fingerspitzen verteilen ihre Feuchtigkeit.

»O mein Gott«, stößt sie laut aus und als ich zu ihr hochschaue, legt sie den Kopf in den Nacken. Meine Finger kreisen um ihre Pforte, schließlich lasse ich sie in ihre enge Pussy eindringen und stoße rhythmisch in sie. Sie wird immer lauter, als sie ihr Becken kreisen lässt.

Kurz bevor sie explodiert, ziehe ich mich von ihrer Pussy zurück und hauche noch einen Kuss auf ihre Spalte. Ich richte mich auf, reiße das Kondompäckchen auf und rolle es über meinen Schwanz. Als ich es erledigt habe, lege ich meine Finger wieder auf ihre Klit, reize sie erneut und Nixan stöhnt mit geschlossenen Augen.

Und genau in dem Moment, in dem sie kommt, dringe ich mit einem festen Stoß in sie ein, der ihr einen Schrei entlockt. Ich halte ihren Mund zu. »Shhh, sonst weiß Knox genau, was wir hier tun.«

Midnight nickt, gibt sogar einen verkniffenen Laut von sich.

»Geht's?«

Sie zeigt mir ein weiteres hastiges Nicken. »Mhm.«

Langsam ziehe ich mich aus ihr zurück, dann stoße ich wieder fest in sie.

»O Gott«, keucht sie. Nixan legt ihre Hände an meine Schultern und treibt ihre Fingernägel in meine Haut.

Statt mich zu bremsen, lege ich meine Lippen auf ihre und verwickle sie in einen weiteren feurigen Kuss.

Ich dringe schneller und kraftvoller in sie ein. Mein Becken trifft klatschend auf ihres, während unsere Zungen einander nun sanfter umspielen.

Ich stoße langsamer in sie, dafür aber umso intensiver, sodass sie nach Luft schnappt. Nixan zieht ihre Fingernägel über meine Schultern, entlockt mir so einen überraschten Laut, doch kümmern mich das Brennen und eventuelle Kratzer nicht. Es bremst mich auch nicht.

Schließlich löst sie sich von meinen Lippen und legt den Kopf in den Nacken. Ich nutze die Gelegenheit und küsse ihren Hals. Als Nixan ein leiseres Stöhnen ausstößt, beiße ich in ihre Halsbeuge.

Ich spüre, wie mein Schwanz abermals härter wird und sich der Druck in meinen Eiern aufbaut. Ich bewege mich ungebremst auf den den Höhepunkt meiner Lust zu. Nixans innere Muskulatur fängt an zu zucken, erschwert es mir, in sie einzudringen, außerdem massieren sie meinen Schwanz auf eine Weise, die mich kaum noch in der Gegenwart verharren lässt. Ich kann mich kaum noch beherrschen und schließlich entlade ich mich in mehreren heißen Schüben in ihr, dabei atme ich erleichtert auf. Anscheinend reißt es sie mit, denn sie stößt ein lautes Stöhnen aus, mit dem ihr gesamter Körper erstarrt und sich ihre inneren Muskeln fest um meinen Schwanz zusammenziehen. Als sie sich entspannt, zuckt ihre Muskulatur noch leicht, massiert meinen Schwanz.

Als Nixan die Augen aufschlägt, hauche ich einen Kuss auf ihre Lippen, dann lege ich meinen Kopf auf ihre Brust. Sie stellt ihre Beine auf, die sie um mich geschlungen hatte, und atmet tief durch. »O mein Gott«, keucht sie.

»Mhm«, stimme ich zu und stoße die Luft aus. Wegen der Hitze und der feinen Schweißperlen auf meinem Körper, fühlt sich jeder ihrer Atemzüge eiskalt an.

Midnight zittert, aber möglicherweise liegt das auch an dem ganzen Stress, der von ihr abfällt.

Ich ziehe mich aus ihr zurück und lasse mich neben sie fallen, dabei seufze ich entspannt. Ich richte mich auf, ziehe die Wolldecke heran, mit der ich uns zudecke. Als ich auf dem Rücken liege, nehme ich Nixan in meine Arme.

Sie kuschelt sich eng an mich und legt ihre Wange auf meine Brust, außerdem lässt sie ihre Fingerspitzen kleine Kreise auf meine Brust zeichnen.

»Geht's dir gut?«

Sie nickt, sodass ihre Wange über meine Haut streicht.

Ich lache leise. »Hat's dir die Sprache verschlagen?«

»Fast«, erwidert sie zitternd.

»Lachst du mich gerade aus?«, hake ich irritiert nach.

»Nein?« Nixan zittert heftiger.

»Kleines Biest«, raunte ich ihr zu und lasse meine Fingerspitzen über ihre Hüfte fahren. »Ich sollte mich waschen gehen.«

»Okay.« Nixan löst sich von mir und dreht sich auf den Rücken. Sie atmet tief durch, als ich mich aufrichte und zur Bettkante rutsche.

Ich greife nach meinen Briefs, ziehe sie an und stehe auf. »Ich bin kurz im Bad.«

»Okay.«

Ich verlasse mein Schlafzimmer.

»Alter«, stößt Knox aus. »Hast du deine Freundin gerade gevögelt oder warum hast du nicht auf mein Rufen reagiert?«

Ich grinse ihn bloß an und ziehe die Tür hinter mir.

»Also ja«, stellt er fest. »Ahnt sie wirklich nicht, wer hinter der Sache steckt?«, wechselt er das Thema.

»Nein, sie weiß nicht, wer es außer Chloé gewesen sein könnte«, erwidere ich.

Knox hebt eine Augenbraue. »Na dann.«

»Hast du eine Idee?«

»Keine Ahnung. Ich habe auch gedacht, dass Chloé die Scheiße gebaut hat.«

Daraufhin schnaube ich unzufrieden. »Ich muss mich waschen. Ich hab immer noch das Kondom am Schwanz.«

»Alter, das sind Infos, die ich nicht bekommen will.« Er verdreht die Augen, zudem schüttelt er den Kopf. »Werd erwachsen, Mann.«

»Warum ich, wenn du derjenige bist, der sich gerade anstellt?«, frage ich lachend. »Was wolltest du vorhin eigentlich?«

»Die anderen sind da und danke dafür, dass wir euch zuhören durften.«

»Sehr gern«, erwidere ich trocken und mache mich auf den Weg ins Bad.

Midnight

Ich liege immer noch in Clouds Bett und schaue lächelnd zur Zimmerdecke, die Wolldecke riecht nach ihm und sein Duft nach Zedernholz beruhigt mich, aber mein Körper zittert, was vermutlich daran liegt, dass der Stress der letzten Tage von mir abfällt.

Ich höre Gelächter, weshalb ich das Gesicht verziehe. Mit Sicherheit ist die Clique von Cloud und Knox da und ich weiß nicht, ob ich mich ihren Freunden zeigen soll oder nicht.

»Hey.«

Ich schaue zur Tür, Cloud ist hereingekommen. »Da bist du ja wieder.« Ich richte mich auf, dabei halte ich die Decke vor meiner Brust fest. »Möchtest du dich zu deinen Freunden setzen?«

»Meinetwegen müssen wir uns nicht zu ihnen setzen«, erwidert er, als er näherkommt. Er trägt bloß Briefs und sein muskulöser Körper zieht meine Aufmerksamkeit auf sich. Ich betrachte seine ausgeprägte Brust. Er räuspert sich, weshalb ich den Blick wieder hebe. »Alles okay?«

Ich nicke hektisch. »Ich will nicht, dass deine Freunde denken, dass ich dich von ihnen fernhalte«, sage ich schließlich.

Er lächelt. »Sie wissen, dass ich mich zurückziehe, wenn ich eine Freundin habe.«

»Mag ja sein, aber…«, seufzend breche ich ab.

»Aber?«, hakt Cloud nach, als er sich auf die Bettkante setzt. Er betrachtet mich auf eine Weise, die meinen Herzschlag beschleunigt. Verdammt, er muss mich nur ansehen und mein Herz gerät ins Stolpern. Ich weiß, dass ich mich in ihn verliebt habe, allerdings habe ich keine Ahnung, wie es ihm geht. Vielleicht genauso, möglicherweise sieht er mich aber auch nur als eine Affäre.

Abermals seufze ich. »Ich möchte einfach nicht, dass sie etwas Falsches denken.«

Cloud nickt. »Dann ziehen wir uns eben an und setzen uns zu ihnen.«

»Okay.« Ich räuspere mich. »Ich hoffe nur, dass sie keine blöden Sprüche reißen.«

Daraufhin zieht er die Augenbrauen zusammen. »Warum sollten sie?«

»Wir waren vielleicht etwas … laut«, antworte ich unschuldig grinsend.

Cloud lacht leise. »Glaub mir, sie werden keine Sprüche reißen, weil sie selbst nicht besser sind, wenn sie Sex haben.«

Ich hebe die Augenbrauen. »Oooookay.« Danach lächle ich verlegen.

»Also setzen wir uns zu ihnen?«

»Können wir machen«, erwidere ich und rutsche zur Bettkante. Ich schaue mich in Clouds Zimmer um. »O Fuck.«

»Was?«

Ich spüre die Hitze in meine Wangen steigen, sie glühen sicher feuerrot. »Ich glaube, meine Klamotten liegen noch im Wohnzimmer.«

Cloud lacht auf. »Brauchst du sie oder hast du noch mehr mit?«

»Ich habe noch Sachen dabei, aber die sind für morgen.«

»Okay, ich hole sie dir.« Er geht an den Kleiderschrank, holt Sporthose und Shirt heraus, danach zieht er beides an. Als er auch noch eine Sweatjacke trägt, dreht er sich zu mir um. Cloud zwinkert mir zu, dann verlässt er sein Schlafzimmer.

»Da bist du ja«, sagt einer seiner Freunde.

Leider kenne ich die Gruppe immer noch nicht so gut, dass ich ihre Stimmen voneinander unterscheiden kann, denn ich habe tunlichst vermieden, mich in der Mittagspause zu ihnen zu setzen. Entweder saßen Cloud und ich alleine an einem Tisch oder ich habe zu Hause gegessen, weil ich mich lieber zurückgezogen habe. Es fällt mir schwer, mich anderen Menschen zu öffnen, weil ich wegen des Rufs und Vermögens meiner Familie so viele schlechte Erfahrungen gemacht habe. Sicher sind etwa fünfundneunzig Prozent der Studenten ebenfalls Abkömmlinge wohlhabender Familien, gehören der Elite an, doch bremsen mich meine Erfahrungen immer noch. Insbesondere jetzt, da auch noch herauskam, was meine Mutter getan hat. Ich glaube nicht, dass meine Familie zu den Reichsten der Welt gehört, dennoch bleibe ich vorsichtig. Es ist ja nichts Verwerfliches, wenn ich eine gewisse Vorsicht walten lasse.

»Hier sind die Klamotten deiner Freundin«, vernehme ich Knox, den ich wenigstens sicher erkenne.

»Hast du sie im Wohnzimmer flachgelegt?«, möchte einer von ihnen wissen.

Indes ziehe ich meinen Slip sowie die Sporthose an, die ich inzwischen ausgemacht und mir geholt habe.

»Nein, habe ich nicht, würde dich aber auch nichts angehen, Law«, entgegnet Cloud entschieden. »Und wehe, einer von euch reißt gleich einen blöden Spruch.«

Ich seufze schwer.

»Keine Sorge, haben wir nicht vor«, erwidert eine weibliche Stimme, sicher ist es Noir, denn Chloé wird sich wahrscheinlich nicht mehr hierher wagen. Das hoffe ich zumindest, denn wir beide können einander überhaupt nicht ausstehen. Insbesondere sie ist schuld daran, dass ich mich nie zu Clouds Clique gesetzt habe, weil sie ständig ihr Gift verspritzt hat. Und ich bin immer noch davon überzeugt, dass sie für diese Aktionen verantwortlich ist. Das gleiche habe ich heute auch bei der Polizei ausgesagt, obwohl ich weiß, dass sie wahrscheinlich nichts zu befürchten hat. Sie ist genauso unantastbar wie andere Rich Kids.

»Gut.« Wenig später kommt Cloud zurück in sein Schlafzimmer. »Hier sind deine Sachen.«

»Danke.«

Er kommt zu mir und reicht mir meinen BH sowie Shirt und Sweatjacke.

Ich ziehe die Sachen über, dann sehe ich Cloud an. »Ich sollte meine Haare kämmen.«

Er nickt mir grinsend zu. »Definitiv, du siehst ein bisschen … zerzaust aus, *mon Bijou*.«

Irritiert sehe ich ihn an. Der Spitzname ist neu, sonst nennt er mich immer Nixan, was mir im Vergleich doch besser gefällt, weil der Kosename nicht ganz so kitschig ist. Ein weiteres Mal steigt Hitze in meine Wangen.

»Was ist?«

»Der Spitzname ist neu«, gebe ich zurück und holt die Bürste aus meinem Rucksack.

»Ist er schlimm?«, fragt er interessiert.

»Nixan gefällt mir dann doch besser«, antworte ich lächelnd.

Er lacht. »Alles klar, dann bleibe ich bei Nixan.«

»Danke.«

»Dabei dachte ich, dass er dir nicht gefällt.«

»Doch, weil er außergewöhnlicher als *mon Bijou* ist.«

Cloud schenkt mir ein Lächeln. »Kämm deine Haare.«

Spielerisch salutiere ich und trete vor den Spiegel, der neben seinem Kleiderschrank hängt. Ich kämme meine langen schwarzen Haare, dann binde ich sie zu einem unordentlichen Dutt zusammen, aus dem sich sofort ein paar Strähnen lösen.

»Du siehst gut aus«, sagt er, als ich sie hinter meinen Ohren feststecken will.

»Danke«, erwidere ich und gehe zu ihm.

Cloud beugt sich zu mir herunter und haucht einen Kuss auf meine Lippen. »Komm.« Er ergreift meine Hand, anschließend führt er mich aus seinem Schlafzimmer und geradewegs ins Wohnzimmer.

»Hi, Leute«, begrüße ich seine Freunde.

Die Blicke von Jax, Will, Knox, Law und Noir fallen auf mich. Abgesehen von Noir grinsen sie süffisant, aber mir ist ja klar, dass sie genau wissen, was Cloud und ich in seinem Schlafzimmer getrieben haben. Glücklicherweise ist ihnen das *Wie* unbekannt.

»Schön, dich zu sehen«, sagt Noir lächelnd.

Ich erwidere es. »Dito.«

Cloud zieht mich mit sich zu einem Sessel, er lässt sich hineinfallen, dann sorgt er dafür, dass ich mich auf seinen Schoß setze.

»Sind die Rosen schon im Schlosshof eingepflanzt?«, wendet sich Lawson an Cloud.

»Nein, die Gärtner haben die Sträucher heute erst geholt und sie im Hof arrangiert. Ich schätze, dass sie morgen oder am Montag eingepflanzt werden«, antwortet er entspannt.

»Werden auch schwarze Rosen gepflanzt?«, fragt Noir interessiert. »Letztes Jahr thronte ja ein schwarzer Rosenbusch in der Mitte.«

»Nein, dieses Jahr habe ich sie doch nicht freigegeben«,

erwidert er und fängt an, meinen Rücken zu streicheln. »Darin steckt viel mehr Arbeit und ich will nicht, dass wieder ein paar Studenten hingehen und die Rosen abschneiden.«

»Alles klar«, sagt sie und trinkt einen Schluck Wein.

»Möchtest du etwas trinken, Midnight?«, wendet Knox sich an mich.

»Ein Glas Wasser wäre toll«, entgegne ich.

Er sieht mich skeptisch an. »Kein Bier?«

Daraufhin schüttle ich den Kopf. »Nein, ich möchte keinen Alkohol, sonst hätte ich dich um ein Bier gebeten.« Ich lächle bei meinen Worten, damit er sich nicht angegriffen fühlt – ich habe ja keine Ahnung, wie Rich Kids reagieren, immerhin hatte ich früher nie viel mit welchen zu tun, auch wenn ich selbst zu dieser sogenannten Elite gehöre.

Ich spüre Lawsons Blick auf mir, er wirkt unzufrieden, aber ich spreche es nicht an. Sicher macht er mir zum Vorwurf, dass Chloé aufgrund der Vorfälle und meiner Meldung nicht hier ist.

»Warum starrst du meine Freundin so an?«, ist es schließlich an Cloud zu fragen.

Law schaut zu ihm, seine Miene entspannt sich. »Weil ich überlege, wer es auf sie abgesehen hat.«

»Du hast ziemlich wütend ausgesehen«, gibt er zu bedenken.

Daraufhin schüttelt Law den Kopf. »Nein, ich habe bloß nachgedacht.«

In mir macht sich Erleichterung breit, auch wenn ich nicht diejenige war, die das Thema zur Sprache gebracht hat.

»Vielleicht gibt's hier irgendjemanden, der Midnights Familie nicht ausstehen kann«, mischt Noir sich ein.

»Aus welchem Grund denn?«, frage ich nun. »Ich habe niemandem etwas getan und meine Familie sicher auch nicht.«

Sie hebt eine Augenbraue. »Weißt du nicht, dass dein Onkel zuletzt eine ganze Menge Leute entlassen hat?«

Meine Gesichtszüge entgleisen. »Nein, weil ich mich nicht mit den Dingen beschäftige, die in den Unternehmen meiner Familie laufen.«

Noir schnalzt mit der Zunge. »Dein Onkel, also der CEO eurer Firmen, hat ein Unternehmen aufgekauft und fast die Hälfte der Mitarbeiter entlassen. Mitchell Cummings studiert hier, seinem Vater gehörte die geschluckte Firma, vielleicht hat er ja damit zu tun.«

»Ich kenne nicht mal einen Mitchell«, gebe ich nachdenklich zurück. »Und wenn sein Vater sein Unternehmen an meinen Onkel verkauft hat, wird er sicher eine Menge Geld dafür bekommen und damit ausgesorgt haben.«

Diesmal schüttelt sie den Kopf. »Eben nicht, weil sie kurz vor der Insolvenz stand.«

Ich hole tief Luft. »Aber ich habe nichts damit zu tun. Weder haben meine Eltern für das Unternehmen meiner Familie gearbeitet noch habe ich es vor.«

»Dennoch besteht eine Verwandtschaft«, hält sie dagegen. »Ich will ja nicht sagen, dass er es ist, sondern, dass er der Schuldige sein könnte.«

»Ich werde es meinem Onkel mitteilen, immerhin waren wir heute bei der Polizei und haben die Vorfälle zur Anzeige gebracht«, erwidere ich.

Knox kommt mit einer kleinen Flasche Wasser zu mir, die er mir reicht. Cloud bekommt ein Bier von ihm.

»Danke«, wenden wir uns unisono an ihn.

»Kein Ding.« Er setzt sich in seinen Sessel, während die anderen auf der großen Couch sitzen. Im Kamin knistert ein Feuer, das das herrschaftliche Wohnzimmer in ein warmes Licht taucht, aber es vertreibt die Kälte des alten Gemäuers nicht.

»Es ist ja auch nur eine Idee, dass Mitchell damit zu tun haben könnte«, greift Noir das Thema wieder auf.

Ich nicke ihr zu, trinke einen Schluck Wasser und stelle die Flasche schließlich auf den Couchtisch.

»Ich kann mir nicht vorstellen, dass er damit zu tun haben soll«, sagt Cloud. »Er hat ja überhaupt nichts mit Midnight zu tun.«

»Und ich habe auch keine Kurse mit ihm. Ich weiß nicht mal, wer er ist oder wie er aussieht«, gebe ich zu bedenken.

»Es war ja nur ein Gedanke«, meint sie und schenkt mir ein aufmunterndes Lächeln, das seine Wirkung verfehlt.

»Es sind alles nur Vermutungen und wir sollten vorsichtig damit sein«, mischt Will sich ein. »Könnte sonst passieren, dass Mitchells Familie ihre Anwälte hinzuzieht.«

Ich nicke zustimmend.

»Können wir dann das Thema wechseln? Ich bin froh, dass Nixan sich gerade mal nicht den Kopf darüber zerbricht, wer sie fertigmachen will«, meint Cloud und ich bin überrascht, dass er so klare Worte findet, außerdem klingt er sehr entschieden.

»Ich hatte auch nicht vor, das Thema noch weiter zu vertiefen«, sagt Noir, die ihn mit einer gehobenen Augenbraue betrachtet. »Und habe nur einen Gedanken geäußert.«

»Du hast einen Verdacht geäußert«, hält Cloud dagegen. »Aber genug davon.«

Sie schnaubt unzufrieden, sagt jedoch nichts mehr.

Ich verstehe nicht, warum Cloud auf einmal so verändert ist, aber ich weiß ja, dass er ein Problem mit seinem Jähzorn hat.

»Habt ihr schon für die Klausur bei Mrs. Bellamy gelernt?«, möchte Jax wissen.

»Ja, aber sie fragt doch sowieso nur ab, was in den Vorlesungen besprochen wurde«, erwidert Will gelassen. »Ich komme bei ihr ganz gut mit, werde mir morgen aber trotzdem noch mal meine Notizen ansehen.«

»So werde ich es auch machen«, stimme ich ihm zu.

»Wahrscheinlich wir alle«, meint Knox und hebt die Bierflasche an seinen Mund. Sein Blick fällt auf mich, nachdem er etwas getrunken hat. »Ich weiß, das ist das falsche Thema, aber wirst du noch mal nach Tennessee fliegen?«

Es erwischt mich wirklich eiskalt. »Ja, spätestens zur Urteilsverkündung«, erwidere ich nach einem tiefen Atemzug. »Aber es kann sein, dass ich noch mal befragt werden soll, weshalb ich dorthin muss, sollte es nicht möglich sein, per Videocall zugeschaltet zu werden.«

Er nickt. »Ich drücke die Daumen, dass es möglich ist.«

Ich ringe mir ein Lächeln ab, doch tief im Inneren hat mich seine Aussage verunsichert und wieder mit der Nase darauf gestoßen, dass mir diese Reise mindestens noch einmal bevorsteht. Dabei hatte ich es bisher erfolgreich verdrängt. Ich muss aufpassen, dass ich mich nun nicht wieder tief in mich selbst zurückziehe.

Cloud

Nixan und ich sind wieder in meinem Schlafzimmer, nachdem sich meine Freunde erst gegen zwei Uhr nachts verabschiedet haben. Sie liegt bereits im Bett und hat sich meiner Seite zugedreht, während ich noch am Fenster stehe und in die Nacht schaue.

Könnte Noir recht haben und Mitchell ist der Schuldige?

Ich kann es mir nicht vorstellen, denn er hat noch nie ein schlechtes Haar an Nixan oder ihrer Familie gelassen – und wir haben ein paar Vorlesungen miteinander. Klar ist es scheiße, dass sein Vater das Unternehmen verkauft hat, aber ich bin mir sicher, dass er seine Gründe hatte. Bevor er Konkurs geht, ist es nachvollziehbar, dass er die Firma abgestoßen hat. Und ich bezweifle, dass die Grahams ein Schnäppchen gemacht haben. Sie sind dafür bekannt, fast insolvente Firmen wieder auf Kurs zu bringen, auch wenn sie viele Mitarbeiter entlassen, doch derlei Sparmaßnahmen kennen viele Unternehmer, setzen sie sogar selbst ein, deshalb kann ich kaum glauben, dass das der Grund dafür sein soll, dass jemand Nixan fertigmachen will.

»Cloud?«, fragt sie müde.

Ich drehe mich zum Bett um. »Was gibt's?«

»Kommst du schlafen?«

»Klar.« Ich befreie mich von meinem Hoodie, ebenso von der Sporthose, dann gehe ich zu ihr. Ich lege mich neben Nixan, ziehe sie in meine Arme und sie bettet ihren Kopf auf meine Brust, ihre Hand landet auf meinem Bauch.

»Schlaf gut«, nuschelt sie.

»Du auch, Nixan.« Ich drücke einen Kuss auf ihren Scheitel, ziehe sie etwas fester an mich und streichle ihren Rücken. Meine Gedanken fahren Achterbahn, was ich meiner besten Freundin zu verdanken habe, weil ich nun darüber nachdenke, ob Mitchell wirklich etwas mit der Sache zu tun haben könnte.

Als ich am Morgen aufwache, schläft Nixan noch tief und fest. Vorsichtig löse ich mich von ihr und schlüpfe aus dem Bett. Ich schnappe mir meine Sportsachen, dann verlasse ich mein Schlafzimmer. Ich will joggen gehen und so kann ich auch nachsehen, ob die Gärtner schon dabei sind, die Rosenbüsche einzupflanzen. Zwar erinnert mich der Schlosshof immer an Helena, da sie sich immer gern dort aufgehalten hat, aber in diesem speziellen Fall werde ich die Flashbacks in Kauf nehmen. Bisher habe ich den Ort gemieden wie der Teufel das Weihwasser. Ich wollte nicht dorthin, um mich nicht an sie zu erinnern. Helena fehlt mir, ich vermisse sie jeden Tag, aber Midnight lenkt mich vom Vermissen ab. Dennoch habe ich ein schlechtes Gewissen, weil ich langsam glaube, Nixan nur auszunutzen. Sie lässt mein Herz höher schlagen, doch ich weiß nicht, ob es Liebe ist, die ich für sie empfinde.

Als ich eine Katzenwäsche hinter mich gebracht und meine Zähne geputzt habe, ziehe ich meine Sportsachen an. Ich hole meine Schuhe aus dem Schlafzimmer, nehme sie mit ins Wohnzimmer und schlüpfe dort hinein.

»Gehst du joggen?«, fragt ein verpennter Knox.

»Habe ich vor«, erwidere ich und setze das Beanie auf, das neben der Wohnungstür auf der Kommode liegt. »Falls Nixan aufwacht, kannst du ihr Bescheid sagen?«

»Mach ich, sollte sie sich aus deinem Schlafzimmer wagen.«

»Danke, Alter.« Ich ziehe den Reißverschluss der Sweatjacke zu, dann verlasse ich unser Apartment. Die Treppen nach unten sind ein super Aufwärmprogramm.

Meine Runde hat mich fast über das gesamte Gelände der Academy geführt, jetzt bin ich im Schlosshof angekommen. Die Gärtner sind dabei, die Rosenbüsche einzupflanzen, und haben sie auch so angeordnet, wie ich es mir vorgestellt habe. Nun duftet es hier nach den Rosen, die in aller Pracht blühen. Ich bin mir sicher, dass die Blüten in nächster Zeit welken, weil ihre Blütezeit erst im Mai beginnt, nun ist März. Es ist noch zu frisch für sie.

Und während ich die Blumen betrachte, fällt wenig später mein Blick auf die Stelle, an der Helena aufgeschlagen ist, und ich erinnere mich unfreiwillig an damals …

Ich sitze mit Knox im Schlosshof, nachdem meine Rosen eingepflanzt wurden. Ich genieße es hier, denn sehe ich die Rosenbüsche, fühle ich mich an meinen Großvater erinnert, der vor Kurzem gestorben ist.

»Wolltest du dich nicht mit Helena treffen, um über die Trennung zu reden?«, fragt Knox.

»Sie sagte, sie hätte noch etwas zu erledigen«, erwidere ich und lehne mich auf der Steinbank zurück. »Wir wollen uns gleich hier treffen.«

»Alles klar. Unternehmen wir am Wochenende etwas?«

»Keine Ahnung. Ich höre später erst mal, was Helena sagt.«

Knox hebt eine Augenbraue. »Was ist in letzter Zeit eigentlich mit ihr los? Wenn sie sich mal zu uns gesellt, seit ihr euch getrennt habt, ist sie total unruhig. Sogar schon länger.«

»Sie sagte, dass sie in den Frühlingsferien zu Hause eine Menge Stress gehabt hätte«, antworte ich. »Aber irgendwie kann ich das nicht glauben.«

»Na ja, sie ist seit Monaten so, die Frühlingsferien endeten vor zwei Wochen«, hält Knox dagegen. »Ihr ist aber nichts passiert, oder?«

Daraufhin schüttle ich den Kopf. »Nicht, dass ich wüsste.«

»Na wenigstens etwas.«

Ich hole die Zigaretten aus meiner Brusttasche, hole eine heraus und stecke sie mir zwischen die Lippen, dann zünde ich sie an.

Auf einmal hebt Knox den Blick und tippt mir heftig auf die Schulter.

»Was ist?«

»Sieh hoch«, antwortet er, woraufhin ich es tue.

»O Fuck«, stoße ich aus, als Helena auf dem Dach des Schlosses sehe. »Wie ist sie nach dort oben gekommen?«

»Ich habe keine Ahnung«, erwidert mein bester Freund.

»Helena!«, brülle ich. »Was machst du da oben?«

Sie sieht zu mir herunter, schüttelt hektisch den Kopf.

»Helena, komm runter!«, schreie ich panisch, weil ich glaube, dass sie jeden Moment vom Dach stürzt.

»Es tut mir leid, dass ich dich belogen und verlassen habe, aber ich kann nicht mehr. Ich ertrage das alles nicht mehr«, antwortet sie laut. »Ich liebe dich, Cloud!« Und dann macht sie einen Schritt ins Leere.

Ich bin wie gelähmt, als ich ihren Körper fallen sehe, und tief in meinem Innersten weiß ich, dass sie den Aufschlag nicht überleben wird.

Als sie aufschlägt, gibt es ein höllisch lautes Knacken und unter ihrem Körper breitet sich sofort ihr Blut aus.

Fassungslos starre ich sie an, bin nicht einmal in der Lage, mich zu rühren und …

»Guten Morgen, Mr. Archer«, werde ich aus meinem Flashback gerissen.

Ich sehe zur Seite und Mr. DiAngelo, den Chef der Gärtner, an. »Guten Morgen«, erwidere ich freundlich, dabei versuche ich, mir nichts anmerken zu lassen. »Klappt alles, wie erhofft?«

»Ja, die Männer haben die meisten Büsche schon eingepflanzt und sie gewässert.«

»Alles klar.« Ich nicke ihm zu. »Ich werde dann mal wieder ins Schloss verschwinden, mir ist zu kalt.«

»Schönen Tag, Mr. Archer«, verabschiedet er sich.

»Danke, Ihnen auch.« Ich reiche ihm die Hand, die er ergreift, anschließend mache ich mich auf den Weg ins Schloss. Ich bin durchgefroren, weil ich in den letzten Minuten nur herumgestanden habe. Der Flashback hat sämtliche Wärme aus meinem Körper gezogen und ich muss die Bilder verdrängen, die der Anblick wachgerufen hat. Am besten bitte ich Nixan gleich, nach Hause zu gehen, denn ich will nicht, dass wir uns streiten, weil ich von meinen Erinnerungen beherrscht werde. Ich spüre den Dämon in meinem Innersten, der mit seinen scharfen Klauen an meinen Knochen kratzt.

Nachdenklich betrete ich das Schloss und mache mich auf den Weg nach oben in mein Apartment. Da ich nassgeschwitzt bin und mich erinnert habe, ist mir unnatürlich kalt. Ich will nur noch unter die Dusche, mich aufwärmen und dann möglichst meine Ruhe haben, auch wenn ich mich auf das Wochenende mit Nixan gefreut habe, nachdem wir uns letzte Woche kaum gesehen haben, weil sie in Tennessee war.

Als ich meine Wohnung betrete, sitzen Knox und sie im Wohnzimmer auf der Couch. »Hey.«

Sie sieht zu mir und verzieht ihre Lippen zu einem Lächeln, während Knox mich mit einer gehobenen Augenbraue betrachtet. »Hey du.« Nixan erhebt sich und kommt zu mir. Vor mir bleibt sie stehen, geht auf die Zehenspitzen und fasst an meinen Kragen.

Ich beuge mich vor und küsse ihren Mundwinkel, als sie mich umarmt, dann richte ich mich schon wieder auf. »Hey, Nixan.« Ich räuspere mich. »Ich muss dringend duschen.«

»Okay.« Sie gibt mich frei.

Ich zwinkere ihr zu, dann mache ich mich auf den Weg in mein Schlafzimmer, um saubere Kleidung aus dem Schrank zu holen.

»Weißt du, was er hat?«, vernehme ich Nixans Stimme.

»Keine Ahnung, aber nach dem Joggen ist er öfter mies drauf. Vielleicht konnte er wieder mal seine Bestzeit nicht schlagen«, antwortet Knox gelassen.

»Oh okay.«

Als ich meine Alltagskleidung habe, verschwinde ich ins Bad. Ich lege die sauberen Sachen auf die Kommode gegenüber dem Waschbecken, dann ziehe ich mich aus. Ich lasse meine Joggingkleidung fallen, anschließend steige ich in die Dusche. Es ist mir egal, dass das Wasser aufgrund der alten Leitungen eiskalt auf mich niederregnet, ich friere sowieso schon, aber es beruhigt meinen Kopf ein wenig. Einmal mehr wird mir klar, dass ich den Schlosshof meiden sollte, denn ich hatte wieder Helenas toten Körper vor Augen, unter dem sich langsam ihr Blut ausbreitet, nachdem ihre Knochen von dem Aufprall zerschmettert wurden. Damals habe ich sie nur angestarrt, während ich selbst wie erstarrt war, da ich es kaum glauben konnte, dass sie tot ist. Sie fehlt mir an jedem einzelnen Tag, habe damals schon nicht akzeptiert, dass sie schlussgemacht hatte, und ich frage mich immer noch, warum sie vom Dach gesprungen ist. Ich wollte sogar nicht länger an der Rosier bleiben, doch mein Vater wirkte auf mich ein, dass ich nur hier den Weg in meine Zukunft ebnen könnte. Dabei wäre es scheißegal, ob ich studiere oder nicht, denn ich übernehme das Familienunternehmen so oder so, obwohl ich es nicht einmal will. Ich will mir nicht den Arsch in einem Büro plattsitzen, aber in dieser Angelegenheit muss ich auf das hören und tun, was mein Vater von mir verlangt, da er mir sonst den Geldhahn zudreht. Und so weit will ich es nicht kommen lassen.

Als sich das Wasser endlich aufgewärmt hat, greife ich zu meinem Duschgel und seife meinen Körper ein. Es sind mechanische Bewegungen, da ich das Gefühl habe, in den nächsten Flashback zu rutschen, aber ich unterdrücke mühsam die Erinnerungen. Mal sehen, ob ich gegen den Drang ankomme, denn vorhin ist es mir nicht gelungen – hoffentlich diesmal.

Nach einer Weile habe ich die Dusche hinter mir gelassen, mich abgetrocknet und angezogen. Ich rasiere mich, trage Deo und Parfüm auf, schließlich verlasse ich das Bad. Meine Füße tragen mich ins Wohnzimmer. Nixan sitzt auf der Couch und hat ihr Handy in der Hand, sie starrt aufs Display und ich erkenne die Tränen in ihren Augen. »Alles okay?«, erkundige ich mich.

Sie sieht zu mir. »Ja, mir geht's gut.«

Weil ihre Antwort so schnell kam, hebe ich eine Augenbraue. »Sicher?«

»Ja.«

Ich setze mich zu ihr. »Was ist los?«

Nixan holt tief Luft, dann reicht sie mir ihr Handy.

Ich nehme es ihr ab, schaue aufs Display und knurre. »Das gibt's doch nicht!«, schreie ich auf. »Von wem kommt das?«

»Ich weiß es nicht«, entgegnet sie defensiv.

»Das ist echt nicht mehr normal.« Ich erhebe mich mit ihrem Smartphone in der Hand. »Es kann doch nicht sein, dass irgendein Wichser meint, dich quälen zu müssen!«

»Was ist los?«, fragt Knox.

Ich drehe mich zum Flur um. »Irgendein Bastard hat Midnight schon wieder ein Tatortfoto geschickt!«, herrsche ich ihn an.

»Alter«, stößt er aus. »Und jetzt?«

Ich schaue zu Nixan. »Wir besorgen dir jetzt eine neue SIM-Karte.«

»Aber …«, beginnt sie, doch verstummt sie wegen meines wütenden Blicks.

»Wir besorgen dir eine neue Karte, damit keiner mehr an deine Nummer kommt, der sie nicht haben soll. Meinetwegen auch ein neues Handy, damit du beide Nummern noch hast, aber es reicht jetzt!«

»Ist ja gut«, erwidert sie vorsichtig.

»Komm, wir fahren in die Stadt«, entscheide ich wütend.

»Du machst mir Angst«, wendet sie vorsichtig ein.

»Erzähl nicht so einen Stuss!«, herrsche ich sie an.

Midnight

Cloud und ich haben ein neues Handy für mich besorgt und er hat es schon zusammengesetzt, aber jetzt sind wir auf dem Weg zu seinem Gewächshaus. Ich habe meinem Onkel Bescheid gesagt, dass mein Smartphone wegen der Vorfälle erst mal aus ist, ihm aber auch Clouds Nummer geschickt, falls er etwas Dringendes von mir möchte. Ich bezweifle es zwar, aber sicher ist sicher.

Cloud hat immer noch unwahrscheinlich schlechte Laune, die bestimmt nicht nur von der Nachricht herrührt, die ich vorhin bekommen habe. Es muss noch etwas passiert sein, aber wann? Als er joggen war? Ich habe keine Ahnung, doch macht er mir heute wirklich Angst, deshalb rede ich auch kaum mit ihm.

Wir erreichen das Gewächshaus und ich atme tief durch. Die Sonne wärmt mein Gesicht und ich würde am liebsten über das Gelände der Academy spazieren, doch er hat mich geradewegs hierher geführt.

»Ist alles okay bei dir?«, frage ich vorsichtig.

»Mhm«, brummt er.

»Okay«, sage ich leise, wenig überzeugt, doch möchte ich mich nicht mit ihm streiten.

Sein Handy klingelt, was mich wundert. »Moment.« Er holt es aus seiner Jackentasche und schnaubt, als er einen Blick darauf wirft. »O Mann.«

»Was ist los?«, möchte ich wissen.

»Das ist mein Vater«, erwidert er. »Da muss ich rangehen. Geh schon mal rein.«

»Okay.« Ich verschwinde ins Gewächshaus und steuere eine der leeren Steinbänke an, auf denen zuvor die Rosen standen und die voller roter Rosenblüten sind. Nur am Ende des Gewächshauses stehen noch die schwarzen Rosenbüsche, doch auf dem Gang liegen auch noch einige Blütenblätter. Ich weiß nicht, wieso sie sich von den Blumen gelöst haben, aber möglicherweise waren die Gärtner nicht besonders vorsichtig.

Während Cloud draußen telefoniert, hole ich die Ausgabe von Romeo und Julia aus meiner Umhängetasche, denn ich will mich nicht die ganze Zeit langweilen. So kann ich mich wunderbar vom Warten ablenken.

Ich träume mich gemeinsam mit Romeo und Julia nach Verona, lasse mich von Shakespeares Worten dorthin tragen und mich von der Geschichte gefangennehmen, in der die Capulets und Montagues miteinander verfeindet sind. Und auf einmal stelle ich mir die Frage, warum die Familien eine Fehde haben. In dem Buch wird es nicht mit einem Wort erwähnt, allerdings gibt es das Gerücht, dass der gute alte William Shakespeare die Geschichte der Fehde aus Dantes göttlicher Komödie übernommen hat. Nur habe ich mich nie daran gegeben, mich über jenes Gerücht zu informieren. Und Dantes Buch habe ich auch nie gelesen, angefangen ja, da es das Lieblingsbuch meines Vaters war, aber ich empfand es immer als furchtbar anstrengend. Ich bin mir sicher, dass es eine tolle Geschichte ist, auch bin ich der Meinung, dass jede es wert ist, gelesen zu werden. Aber würde ich alle Bücher dieser Welt lesen wollen, bräuchte ich sicher drei oder mehr Leben, um es hinzukriegen. Schade, dass unsere Zeit auf Erden begrenzt ist und ich niemals die Möglichkeit habe, all die Werke zu genießen.

»Nixan?«, reißt Cloud mich aus meinen Gedanken.

Ich hebe den Blick, sehe ihn an und stelle fest, dass er wütend aussieht. »Ist alles okay?«

»Nein, überhaupt nicht«, entgegnet er. »Ich muss zu mir.«

»Soll ich mitkommen?«

Daraufhin schüttelt er den Kopf. »Nein, ich brauche Zeit für mich.« Cloud kommt zu mir und reicht mir einen Schlüssel. »Du kannst hierbleiben, aber schließ ab, wenn du gehst.«

»Okay«, sage ich verdutzt und nehme den kleinen Schlüsselbund an. »Meldest du dich später?«

»Mal sehen«, erwidert er. »Bis dann.« Ohne ein weiteres Wort wendet er sich ab und lässt mich allein.

Verwirrt schaue ich ihm hinterher und ziehe die Augenbrauen zusammen.

Was war das denn?

Ich will noch nicht nach Hause und da Cloud so mies drauf ist, sollte ich ihm jetzt auch nicht folgen, um meine Sachen zu holen. Ich werde einfach noch ein wenig hierbleiben, danach meinen Kram bei ihm abholen und mich zurückziehen. Das wird das Beste sein, denn so hat er Zeit, sich zu beruhigen.

Ich schaue wieder in mein Buch und versuche erneut, mich nach Verona zu träumen, doch meine Gedanken fahren Achterbahn – ich kann mich nicht mehr auf die Geschichte konzentrieren. Seufzend hole ich mein Handy aus meiner Umhängetasche und schaue darauf, dann schalte ich es ein. Als es hochgefahren ist, unterdrücke ich mühsam den Drang, mir das Foto noch einmal anzusehen. Cloud hat vorhin noch Screenshots gemacht, da die Aufnahme wieder auf dieser Website hochgeladen wurde, auf der die Fotos nach kurzer Zeit gelöscht werden. Es ist wirklich grausam, dass mich jemand auf diese Weise quält, denn es reißt immer wieder all die Wunden auf, die in den letzten Monaten nur schwer verheilt sind. Dabei haben sie sich noch nicht mal vollständig verschlossen, sie sind verkrustet, doch diese Attacken lassen sie immer wieder aufbrechen. Und diese Trigger sind wie eine Entzündung, die sich langsam durch meinen Körper frisst und versucht, mich zu vergiften.

Die Sonne ist gewandert und das Gewächshaus liegt im nachmittäglichen Licht, taucht es in ein tiefes Orange, das von den Blüten der schwarzen Rosen verschluckt wird. Es wirft die Schatten der Fichten ins Gewächshaus, die im Wind sanft hin und her wiegen. Es sind Stunden vergangen, seit Cloud mich alleine gelassen hat. Ich habe gelesen, nachgedacht und einfach nur meinem Herz gelauscht, das ständig seinen Namen flüstert. Ich denke, ich habe mich wirklich in ihn verliebt, aber er hat nie irgendetwas in diese Richtung gesagt, weshalb ich vorsichtig damit bin, über meine Gefühle zu sprechen. Ich möchte Cloud nicht unter Druck setzen, geschweige denn von mir stoßen, denn er ist der Einzige, dem ich hier vertrauen kann. Onkel Nick äußerte gestern die Vermutung, dass es auch Cloud gewesen sein könnte, der mir das erste Foto geschickt hat, aber das kann ich mir nicht vorstellen. Ich bezweifle, dass er derjenige ist, der mich quälen will.

»Hey.«

Ich schaue zur Tür und sehe Cloud mit Noir dort stehen. »Hey ihr zwei.« Mühsam verziehe ich meine Lippen zu einem Lächeln, denn mir ist absolut nicht danach zumute. Schließlich erhebe ich mich. Cloud kommt auf mich zu und zieht mich in seine Arme.

»Sorry.«

»Wofür?«

»Dass ich mich von meinem Vater verunsichern ließ.«

Irritiert löse ich mich von ihm, sehe ihn fragend an. »Inwiefern?«

Er seufzt schwer. »Er will, dass ich mich von dir trenne, weil deine Familie gerade keine gute Presse bekommt.«

Ich nicke, aber ich spüre auch die Tränen in meinen Augen. »Wirst du es tun?«

Daraufhin schüttelt er den Kopf. »Nein, definitiv nicht.« Cloud holt tief Luft. »Dafür bist du mir zu wichtig.«

»Ist ja süß«, stößt Noir plötzlich voller Abscheu aus.

Cloud dreht sich zu ihr um. »Wie bitte?«

Als ich an seine Seite trete, erkenne ich ihren angewiderten Blick.

»Du merkst wirklich gar nichts, oder?« Sie sieht zu mir. »Ihr beide nicht.«

»Was meinst du?«, möchte ich wissen.

Sie schnaubt wütend, geht uns ein wenig entgegen und stößt mit dem Fuß eine der Düngerflaschen um. »Ich dachte, du würdest dich irgendwann auf ein Date mit mir einlassen, aber nein, du sagtest immer, dass ich wie eine Schwester für dich bin«, beginnt sie und tritt eine weitere Flasche um. »Und dann kam Helena, du hast sie hofiert, vergöttert und dann musste ich dafür sorgen, dass sie sich von dir trennt.«

»Was hast du getan, Noir?«, fragt Cloud knurrend und möchte auf sie zugehen, doch sie zieht eine Pistole. Er bleibt abrupt stehen. »Was soll der Scheiß?«

»Du hast nie erkannt, wie sehr ich dich liebe!«,

schreit sie ihn plötzlich an. »Nein, nach Helenas Tod hast du dich zurückgezogen, dann herumgehurt und auf einmal datest du die Tochter einer drogensüchtigen Mörderin. Das kaputteste Ding, das jemals an die Rosier hätte kommen können.« Sie schüttelt seufzend den Kopf. »Ich dachte, wenn ich Helena mit einem Video, das euch bei euren versauten Sexspielchen zeigt, erpresse, verlässt sie die Academy, aber nein, sie bevorzugte es, vom Dach zu springen.«

»Du bist dafür verantwortlich?«, schreit er sie an und will einen erneuten Versuch wagen, auf sie zuzugehen, doch Noir entsichert die Waffe. »Wenn du noch einen Schritt weitergehst, erschieße ich Midnight.« Sie richtet die Pistole auf mich.

Mein Körper zittert. Ich habe keine Ahnung, was das alles soll, denn ich habe Noir nie provoziert.

Cloud hält inne, aber er knurrt wütend und stellt sich vor mich. »Wenn du ihr auch nur ein Haar krümmst, mache ich dir dein Leben zur Hölle, Noir.«

Sie lacht. »Wer sagt, dass du das überlebst?«

»Noir, bitte«, mische ich mich ein. »Wenn du willst, halte ich mich von euch fern. Dann hast du freie Bahn bei Cloud.«

»Er würde sich nicht von dir fernhalten, Midnight! Sei doch nicht so dumm, das zu glauben, denn er ist dir von Anfang an hinterhergerannt, als sei er dein neues Schoßhündchen.« Das Geräusch ihrer Absätze ertönt, dann höre ich wieder etwas fallen. »Ich dachte, du würdest abhauen, wenn ich dich ein bisschen mit Daddys Tod triggere, aber nein, du hast die Sache angezeigt. Dummerweise weiß ich, wie man seine Spuren verwischt, auch wenn es sich jetzt erledigt hat. Ihr überlebt den heutigen Tag sowieso nicht.«

»Was willst du mit dem Feuerzeug?«, hakt Cloud nach.

»Wenn ich dich nicht haben kann, darf dich keine haben!«, schreit sie ihn an und es klickt.

»Noir, steck die Waffe weg«, sagt Cloud ruhig, doch höre ich das leichte Beben in seiner Stimme. Er hat Angst, genauso wie ich. »Es bringt doch nichts, uns zu bedrohen.«

»Alter?«, vernehme ich Knox‘ Stimme.

»Pass auf, Mann!«, brüllt Cloud, doch da knallt es schon.

Vor Schreck schreie ich auf und Cloud rennt auf Noir zu. Ich sehe, dass er sie in den Schwitzkasten nimmt, aber auch, wie sie mit den Armen rudert, bis sie sich fängt und die Waffe nach hinten richtet, sie drückt die Mündung gegen Clouds Seite. Ein weiterer Schuss löst sich und ich sehe, dass er ins Straucheln gerät. Genau vor mir geht er zu Boden und ich gehe sofort auf die Knie.

Tränen fluten meine Augen. »Was hast du getan?«, kreische ich, bin völlig hysterisch.

»Er hat bekommen, was er verdient!«, herrscht sie mich an, dann zückt sie ein Benzinfeuerzeug. Noir bringt es zum Brennen, dann lässt sie es in die Düngerpfütze fallen. Das Zeug geht in Flammen auf, Rauch bildet sich und ich erkenne, dass ihr Hosenbein Feuer fängt. Noir fängt an zu schreien, während ich huste. Sie versucht, den Stoff zu löschen, aber die Flammen steigen ihren Körper empor, bis sie vollständig brennt. Ich schreie das Bisschen Sauerstoff heraus, das ich in meinen Lungen gesammelt habe, doch geht es schnell in einem heiseren Krächzen unter. Noir geht zu Boden, fällt genau in die Flammen und ihre Schreie verstummen.

Der Geruch von verbranntem Fleisch breitet sich aus, ebenso der Rauch und ich huste.

Als ich mich endlich von dem grauenvollen Anblick losgerissen habe, schaue ich Cloud an. »Hey?«

Er sieht zu mir hoch, aus seinem Mund tritt Blut. »Hey, Nixan«, sagt er angestrengt. »Du musst hier raus.«

»Ich lasse dich nicht allein«, erwidere ich weinend.

»Geh.«

»Nein.«

»Nixan, geh!«, herrscht er mich kraftlos an.

Ich huste wegen des Rauchs, der uns einhüllt. »Nein, ich bleibe bei dir.«

»Du … musst hier raus.« Er hustet ebenfalls, Blut fliegt aus seinem Mund und trifft mich im Gesicht.

»Ich bleibe bei dir.«

Mühsam hebt er seine Hand an meine Wange, sie ist feucht, aber auch die Hitze hüllt uns ein. »Geh endlich.«

»Nein.« Ich bekomme kaum noch Luft und meine Sicht schränkt sich immer weiter ein, dennoch versuche ich, ihn mit meinem Körper vor den Flammen abzuschirmen. Meine Lungen brennen ebenso wie das Gewächshaus. Ich kann kaum mehr klar denken, denn der Sauerstoffmangel setzt mir zu. Ich weiß nicht, was mit Knox passiert ist, aber ich bin mir sicher, dass Noir auch auf ihn geschossen hat. Ich schaue Cloud noch einmal an, seine Augen sind geschlossen. »Cloud?« Mühsam schüttle ich ihn, doch er reagiert nicht. »Cloud!«, kreische ich mit letzter Kraft. »Bitte wach auf«, krächze ich, aber er zeigt immer noch keine Reaktion. Mein Geist verdunkelt sich immer weiter, bis mich die Schwärze verschluckt.

Cloud

Weiß.
Alles ist weiß.
Die Decke, die Wände, die Bettwäsche.

Ein leises Piepsen zieht meine Aufmerksamkeit auf sich. Ich bin in einem Krankenzimmer, was ich nur mühsam erkenne, da meine Sicht immer noch verschwommen ist. Ich weiß nicht, was mich hierher gebracht hat, wie ich hergekommen bin, doch das ist gerade alles nicht wichtig. Ich lasse meinen Blick schweifen und erkenne eine Person im Bett neben mir.

»Hey, Alter«, sagt Knox heiser.

»Hey«, krächze ich. »Was ist …« Ich greife mir ins Gesicht und ziehe die Sauerstoffmaske herunter.

»Ich kann's dir nicht sagen. Alles, was ich weiß, ist, dass Noir auf mich geschossen hat und ich Glück hatte, dass ich nicht im Gewächshaus lag, als das Feuer ausgebrochen ist.« Er hustet. »Fuck«, stößt er aus.

»Wo ist Noir?«

»Keine Ahnung«, entgegnet Knox, der so müde klingt, wie ich mich fühle.

»Und Nixan?«

»Ich weiß es nicht«, antwortet er. »Aber ich glaube, sie ist auch im Krankenhaus.«

»Okay.« Ich schaue wieder zur Decke und hoffe, dass sich meine Sicht endlich normalisiert. Die Sauerstoffmaske setze ich wieder auf. Und ich versuche, mich zu erinnern, was eigentlich passiert ist. Ich weiß nur noch, dass Noir die Waffe zog, von da an ging alles unwahrscheinlich schnell.

Es sind Tage vergangen und ich habe Nixan noch nicht gesehen. Ich weiß nicht, wie es ihr geht oder ob sie überlebt hat. Mittlerweile habe ich schon eine der Krankenpflegerinnen gefragt, ob sie sich für mich informieren könnte, denn die Unwissenheit treibt mich in den Wahnsinn.

Inzwischen erinnere ich mich an Noirs Worte. Dass sie für Helenas Tod verantwortlich ist, weil sie sie erpresst hat. Ich habe mich in meiner besten Freundin getäuscht. Vor allem habe ich nie gemerkt, dass sie etwas für mich empfindet. Sie hat nie irgendwelche Andeutungen gemacht oder mich gefragt, ob ich mal nur mit ihr ausgehe, wie hätte ich also wissen sollen, was in ihr vorgeht? Ich hätte es nicht ahnen können, da sich ihr Verhalten mir gegenüber nie verändert hat. Auf jeden Fall muss ich mich dringend bei Chloé entschuldigen, denn sie ist wirklich unschuldig.

»Na ihr zwei«, sagt Law gut gelaunt.

Ich schaue zur Tür, erkenne ihn, Jax, Will und Chloé. »Hey«, erwidere ich heiser. Die verfluchte Rauchgasvergiftung sorgt immer noch für Heiserkeit, aber die Ärzte sagten, dass es sich bald legen würde.

»Wir dachten schon, es hätte euch umgehauen, weil wir nicht zu euch durften«, meint Jax und holt gemeinsam mit Will die Stühle, die an einem Tisch stehen. Sie stellen sie so auf, dass sie uns beide im Auge haben.

»Unkraut vergeht nicht«, erwidert Knox gelassen.

»Es war Noir, richtig?«, fragt Chloé.

Ich nicke ihr zu. »Sie ist auch für Helenas Tod verantwortlich.«

Sie gibt einen traurigen Laut von sich, denn Chloé und Helena waren verdammt gute Freundinnen.

»Wo ist Noir?«, möchte ich wissen.

»Wisst ihr es noch nicht?«, fragt Law irritiert.

»Was wissen wir nicht?«, hakt Knox nach.

»Sie ist im Gewächshaus verbrannt«, antwortet er schließlich. »Laut Midnights Aussage brannte ihr Hosenbein, auf einmal stand sie in Flammen und dann fiel sie in eine der Brandherdpfützen.«

»Fuck«, stoße ich leise aus. Auch wenn Noir meine Ex in den Tod getrieben hat, hatte sie es nicht verdient, zu sterben – sie hätte für ihre Tat bestraft werden müssen. »Und wie lautet die offizielle Geschichte?«, wende ich mich an Chloé.

Sie schnalzt mit der Zunge. »Da die Chevaliers eine sehr … einflussreiche Familie sind, kam mein Vater mit ihnen überein, dass es als schrecklicher Unfall eingestuft wird.«

Meine Gesichtszüge entgleisen. »Wie bitte?«

»Er will, dass wir als Unfall davon sprechen.«

»Sie hat auf Cloud und mich geschossen«, wendet Knox entsetzt ein. »Sie war total durchgedreht.«

»Wir wissen, dass wir bei dieser Geschichte bleiben müssen, wenn wir keine Probleme mit unseren Eltern oder den Chevaliers haben wollen«, mische ich mich ein. »Wisst ihr etwas von Nixan?«

»Sie kam heute von der Intensivstation, da sie einige Verbrennungen davongetragen hat, aber sie kommt wieder auf die Beine«, erwidert Chloé. »Und sie hat sich bei mir entschuldigt, als wir vorhin bei ihr waren.«

»Ihr Onkel lässt sie nicht aus den Augen und Chloés Dad hat uns von den Vorlesungen freigestellt, weil wir so eng mit Noir befreundet waren«, erklärt Jax.

»Mhm.« Ich will zu Nixan, sie sehen und mich vergewissern, dass es ihr einigermaßen gut geht. »Wie sieht sie aus?«

»Wer?«, hakt Will nach.

»Nixan!«, erwidere ich nachdrücklich.

»Sehr blass und sie macht sich Vorwürfe, weil es angeblich nie so weit gekommen wäre, wenn sie nicht aufgetaucht wäre«, antwortet Will.

»Wo hat sie die Verbrennungen?«, möchte ich wissen.

»Am Bein, es musste auch Haut transplantiert werden und als die Scheiben platzten, hat sie einige abbekommen«, erwidert Chloé.

»Das heißt?«

»Sie wird ein paar Narben behalten«, ist es an Law zu sagen. »Sie hat versucht, dich von den Flammen abzuschirmen, dabei schmorten ihr auch einige Haare weg, also sie hat keine lange Mähne mehr, die Schwestern haben sie ihr fast bis zu den Schultern abgeschnitten.«

»Haare wachsen nach«, halte ich heiser dagegen und greife zum Mineralwasser. »Ich will zu ihr«, sage ich, nachdem ich einen Schluck getrunken habe.

»Darfst du denn schon aufstehen?«, hakt Jax nach.

»Keine Ahnung, ist mir aber auch egal.« Ich richte mich auf, schlage die Decke weg und bin froh, dass ich kein Krankenhaushemdchen trage, sondern meine Sachen, die jemand von der Academy hierher gebracht haben muss, und irgendwer hat mich umgezogen. Meine Eltern waren noch nicht hier, obwohl ich mir sicher bin, dass sie wissen, dass ich verletzt wurde. Knox wurde hingegen von seiner Familie besucht. Sie haben sich ein Hotelzimmer in der Stadt genommen. Ich umfasse die Stange des Infusionsständers und ziehe die Elektroden des EKGs von meiner Brust, dann komme ich auf die Beine. »Wo ist sie?«

»Ich kann dich zu ihr bringen«, sagt Jax und erhebt sich. Er kommt an meine Seite. »Soll ich dich stützen?«

»Geht schon«, erwidere ich und steuere die Tür des Zimmers an.

Jax bleibt bei mir.

»Das ist sicher keine gute Idee«, gibt Knox zu bedenken.

Ich winke ab, obwohl schwarze Punkte vor meinen Augen tanzen. Aber ich werde mich jetzt nicht von meinem Körper bremsen lassen, sondern zu Nixan gehen. Ich muss sie einfach sehen.

Als wir das Zimmer verlassen haben, schaue ich mich auf dem Gang um. »Sie liegt weiter oben auf Station.«

»Alles klar.« Ich lege meine Hand auf Jax' Schulter, da mein Kreislauf dabei ist, komplett durchzudrehen.

»Was tun Sie denn da, Mr. Archer?«, fragt eine der Krankenpflegerinnen entsetzt, als sie uns entgegenkommt.

»Ich will zu meiner Freundin«, erwidere ich bemüht.

»Wo befindet sie sich?«, möchte sie wissen.

»Sie liegt auf der Station in der fünften Etage«, antwortet Jax. »Ich passe auf Mr. Archer auf.«

Hektisch schüttelt sie den Kopf. »Das kann ich nicht verantworten.«

»Ich werde zu ihr gehen«, erwidere ich knurrend, außerdem entschieden, denn ich werde mich nicht aufhalten lassen. »Und wenn Sie mich davon abhalten, entlasse ich mich auf eigene Faust!«

Sie schnaubt unzufrieden. »Nehmen Sie wenigstens einen Rollstuhl, damit Sie sich nicht so sehr anstrengen müssen.«

Widerwillig nicke ich ihr zu.

»Warten Sie einen Moment.« Sie verschwindet aus unserem Blickfeld und ich bin genervt, weil sie mich aufhalten wollte.

Wenig später sitze ich im Rollstuhl, der Infusionsbeutel hängt an einer Halterung daran und sie wollte den Ständer zurück ins Zimmer bringen. Jax hat die Verantwortung dafür übernommen, dass ich in zwei Stunden wieder in meinem Bett liege.

»Hier liegt sie«, sagt er, als er vor einer Tür hält. Jax geht um mich herum und klopft an.

»Herein!«, ertönt Professor Grahams Stimme.

Jax öffnet die Tür. »Hey, so schnell sieht man sich wieder.«

Ich sehe, dass er lächelt.

»Was machst du denn schon wieder hier?«, vernehme ich Nixans irritierte, heisere Stimme und bin erleichtert, dass sie nicht verstummt ist.

»Moment.« Jax kommt wieder zu mir und schiebt mich in ihr Zimmer.

»Hey«, grüße ich sie erleichtert.

Er bringt mich neben ihr Bett, sodass ich gegenüber ihres Onkels sitze. »Ich warte draußen«, verkündet Jax.

»Ich lasse euch auch allein«, sagt Professor Graham, erhebt sich und beugt sich zu Nixan. Er küsst ihre Stirn. »Ich werde mir ein wenig die Beine vertreten und ich bin mir sicher, dass ich auch einen Kaffee trinken gehe.«

»Alles klar«, erwidert sie leise.

»Kommen Sie, Mr. Hawking«, sagt ihr Onkel und verlässt gemeinsam mit Jax den Raum.

Nixans Blick fällt auf mich. »Hey.«

»Hey, Kleine«, erwidere ich heiser und schiebe meine Hand auf ihre. »Wie geht's dir?«

»Es geht schon«, entgegnet sie und betrachtet mich müde. »Und dir?«

»Unkraut vergeht nicht«, antworte ich und verziehe meine Lippen zu einem Lächeln.

Tränen treten in ihre Augen. »Ich bin froh, dass dir nichts weiter passiert ist.«

Ich schnaube amüsiert. »Eine Kugel im Körper ist jetzt nicht unbedingt ein Klacks.«

»Ich meine, dass du überlebt hast.« Die ersten Tränen fallen auf ihre Wangen. »Ich dachte, dass du es nicht schaffst, weil du … nicht mehr geatmet hast.«

Das EKG wird hektischer. »Beruhig dich, Nixan. Wir haben's geschafft.«

»Noir aber nicht«, wendet sie weinend ein.

»Das muss ich erst mal realisieren, aber ich habe mich in ihr getäuscht. Sie hat nicht nur meinen Tod in Kauf genommen, sondern auch Knox' und deinen, außerdem ist sie schuld, dass Helena sich damals umgebracht hat«, erwidere ich mit rauer Stimme.

»Wer ist Helena?«, fragt sie.

»Meine Ex. Ich war letztes Jahr mit ihr zusammen, bis sie aus dem Nichts schlussgemacht hat. Wir wollten uns eigentlich im Schlosshof treffen und über alles reden, da sah ich sie auf dem Dach«, erzähle ich. »Sie rief mir noch zu, dass sie mich liebt und es ihr leidtut, sie es aber nicht mehr ertragen würde, dann trat sie ins Leere und stürzte in den Schlosshof.«

Nixan presst ihre Lippen zu einer schmalen Linie zusammen.

»Ich weiß, dass ich kaputt bin«, raune ich ihr zu. »Aber ich weiß auch, dass du mein Herz wieder zum

Schlagen gebracht hast, Nixan. Ich … will nicht in der Vergangenheit leben, sondern mit dir in die Zukunft schauen.«

»Aber deine Familie ist gegen mich«, wendet sie schniefend ein.

»Das ist mir egal«, erwidere ich entschieden. »Aber du bist mir nicht egal. Ich … habe mich … in dich verliebt, das ist mir in den letzten Tagen, die ich unten mit Knox verbracht habe, klar geworden und ich will dich nicht verlieren.« Ich hole tief Luft. »Ich liebe dich, Nixan.«

Und damit brechen all ihre Dämme. Midnight weint, wie ich noch keine Frau habe weinen sehen. Ich erhebe mich aus dem Rollstuhl, setze mich auf die Bettkante und lege meine Hand an ihre Wange. »Hey.«

Sie sieht mich verheult an. »Ich liebe dich auch.«

Meine Lippen zeichnen ein Lächeln, als ich mich vorbeuge und einen Kuss auf ihre hauche. »Verlass mich nicht, okay?«

»Wenn du mich auch nicht im Stich lässt«, wispert sie dicht an meinen Lippen.

»Definitiv nicht.« Ich lehne meine Stirn an ihre, sehe in ihre mitternachtsblauen Augen. »Ich bin froh, dass wir nicht draufgegangen sind.«

»Ich auch«, haucht sie und legt ihre Arme um meinen Hals.

Mein Herz schlägt schneller, als ich sie so dicht spüre. Ihre Wärme geht auf mich über. »Wir stehen das und alles, was noch auf uns zukommt, durch, okay?«

Sie nickt hektisch, statt etwas zu sagen.

Midnight

Cloud, Knox und ich wurden aus dem Krankenhaus entlassen, aber Mr. Rosier möchte, dass wir uns noch nicht in den Vorlesungen sehen lassen. Die Dozenten haben uns den Lehrstoff zur Verfügung gestellt, sodass wir unsere Rückstände aufholen und mögliche Defizite ausmerzen können.

Ich weiß nicht, ob ich noch länger an der Rosier Academy studieren will, denn hier ist so viel passiert, dass es mich nachhaltig beeindruckt und irgendwie auch traumatisiert hat. Meine Onkel sind der Meinung, dass ich mein Studium hier zu Ende bringen soll, denn die Academy öffnet mir angeblich eine Menge Türen. Und ich wäre weiterhin bei Cloud. Ich bezweifle, dass wir eine Fernbeziehung auf die Reihe bekommen würden, weshalb ich meine Unsicherheit ständig nach hinten schiebe. Jetzt, da ich weiß, dass er mich liebt und ich ihn liebe, versuche ich, die Vorfälle irgendwie zu vergessen, obwohl ich weiß, dass mir das niemals gelingen wird. Ich werde sicherlich irgendwann lernen, damit zu leben, aber es wird dauern.

Jetzt muss ich nur noch die Urteilsverkündung meiner Mutter hinter mich bringen. Laut meinen Onkeln sieht es nicht gut für sie aus, ihr droht die Todesstrafe, obwohl ihr Anwalt angeblich belegen konnte, dass sie die Drogen wegen einer psychischen Erkrankung genommen hat. Aber ich glaube, dass er durchboxen will, dass sie nicht auf dem elektrischen Stuhl landet, sondern eine lebenslange Freiheitsstrafe verbüßen muss. Ich soll dabei wohl auch ein Argument gewesen sein, denn wer will es einer zwanzigjährigen Frau schon zumuten, beide Eltern zu verlieren? Ich möchte aber gar nichts mehr mit meiner Mutter zu tun haben. Clean kenne ich sie gar nicht mehr und Dad war immer meine Bezugsperson, doch sie hat ihn mir genommen. Es ist nicht so, dass ich meine Mutter hasse, aber ich verurteile sie für das, was sie getan hat. Ansonsten bin ich ihr gegenüber neutral eingestellt, weil sie das letzte Mal für mich da war, als ich noch ein Kind war. Es ist sicher mehr als zehn Jahre her, dass ich sie mal in einem ihrer klaren Momente erlebt habe. Ich kann mir einfach nicht vorstellen, dass sie auf einmal eine psychische Erkrankung haben soll, meine Onkel genauso wenig, denn sie hat nie einen Psychologen besucht. Dad hätte mit mir darüber gesprochen, aber es kamen nie Rechnungen für eine solche Behandlung bei uns an.

Es ist alles unheimlich verworren und ich blicke kaum mehr durch, aber mein Leben hat auch eine Wendung genommen, mit der ich nie gerechnet hätte. Weder damit, dass meine Mutter meinen Dad umbringen würde, noch damit, dass Noir sich als diejenige herausstellen würde, die mich attackiert und Clouds Ex in den Selbstmord getrieben hat. Dass sie tot ist, finde ich furchtbar, sie hätte eine gerechte Strafe verdient gehabt, den Tod hingegen nicht.

Cloud kommt nicht besonders gut damit zurecht, dass sich seine beste Freundin als Täterin herausgestellt hat, denn er hatte auch nicht damit gerechnet, dass Noir hinter alldem gesteckt hat. Sein Vater hat sich um einen Psychologen für ihn gekümmert und auch meine Onkel haben es endlich hinbekommen, dass ich eine psychologische Betreuung bekomme, um all die Traumata aufzuarbeiten. Ich weiß, dass es schwer wird und ich mir einige Wunden werde aufreißen müssen, wenn ich mit meinem Psychologen darüber spreche, aber vielleicht kann ich danach endlich heilen. Ich habe den ganzen Vormittag gelernt und in meinem Kopf dreht sich alles, weshalb ich es nun aufgebe. Kaum habe ich den Ordner zur Seite gelegt, klingelt mein Handy.

Es ist Clouds Klingelton.

Lächelnd greife ich nach dem Smartphone und nehme den Anruf entgegen. »Hey du.«

»Hey, Nixan«, erwidert er. »Was machst du?«

»Ich habe gerade den Ordner zur Seite gelegt und wollte mich bei dir melden«, antworte ich. »Und du?«

»Ich habe gerade überlegt, ins Gewächshaus zu gehen.«

»Oh«, stoße ich aus und ein eiskalter Schauer läuft mir über den Rücken. »Wieso?«

»Vielleicht haben ein paar Rosen das Feuer überstanden, auch wenn ich es nicht glaube, aber ich möchte nachsehen.« Er räuspert sich. »Kommst du mit?«

»Ich … verzichte lieber«, erwidere ich unruhig.

»Ich denke, es würde uns beiden guttun, das Gewächshaus zu sehen«, sagt er. »Komm schon, sobald wir uns unwohl fühlen, gehen wir zu mir.«

Ich hole tief Luft. »Na gut«, gebe ich mich geschlagen. »Treffen wir uns in zehn Minuten am Porträt?«

»Vom alten Rosier?«

»Ja genau, wie immer«, stimme ich zu, auch wenn ich ihn nicht begleiten will. Aber ich denke, dass Cloud recht hat und es uns beiden hilft, wenn wir sehen, dass uns das Feuer nichts anhaben konnte. Und wir haben einander versprochen, immer füreinander da zu sein, das schließt so etwas meiner Meinung nach mit ein.

»Alles klar, dann bis gleich.«

»Bis gleich.«

Er legt auf und ich rutsche zur Bettkante. Die transplantierte Haut an meinem Bein spannt, aber laut Arzt ist es normal, außerdem juckt die Stelle wie wahnsinnig, doch darf ich mich nicht kratzen. Ich creme mich schon immer ein, was den Juckreiz lindert, jedoch hat er bisher nicht vollständig nachgelassen.

Ich stecke das Handy in die Bauchtasche meines Hoodies, danach schlüpfe ich in meine Sneaker. Als ich einen Blick in den Spiegel werfe, nicke ich meiner Reflexion zu. Mein inzwischen nur noch schulterlanges Haar habe ich zu einem Dutt gebunden, aus dem sich einige Strähnen gelöst haben, aber so muss ich wenigstens nicht sehen, dass meine Haare wesentlich kürzer als vor dem Feuer sind. Ich fühle mich unwohl und mein Onkel hat mir vorgeschlagen, meine Haare verlängern zu lassen, doch das möchte ich nicht. Sie werden nachwachsen, auch wenn es seine Zeit dauern wird. Die Krankenschwestern mussten sie abschneiden, vielleicht waren es auch die Ärzte, weil sie so verschmort waren. Mit der Verbrennung an meinem Unterschenkel komme ich zurecht, ich bin ja froh, dass ich das Feuer überlebt habe, auch wenn mein rechtes Bein bis zum Knie verbrannt wurde und ich noch leicht humple.

Ich verlasse mein Zimmer, um mich auf den Weg zu unserem Treffpunkt zu machen. Als ich die Wohnungstür wenig später öffne, steht mein Onkel vor mir. Da ich nicht damit gerechnet habe, zucke ich zusammen. »Hey.«

»Hallo, Liebes.« Er schenkt mir ein warmes Lächeln. »Wohin des Weges?«

»Ich treffe mich mit Cloud«, erwidere ich. »Wir wollen zum Gewächshaus und nachsehen, ob noch etwas zu retten ist.«

Daraufhin nickt mein Onkel. »In Ordnung, aber wenn es dir nicht gut geht, komm nach Hause, okay?«

»Alles klar.«

»Hast du deine Tabletten dabei?«, möchte er wissen.

»Oh«, stoße ich aus. »Nein, aber ich habe keine Schmerzen und die Antidepressiva habe ich vorhin genommen«, antworte ich. »Ich übernachte nicht bei Cloud und falls doch, muss ich sowieso noch mal herkommen, um ein paar Sachen zu holen.«

»In Ordnung«, sagt er lächelnd. »Dann sehen wir uns später.«

»Bist du heute zu Hause?«, möchte ich wissen.

»Ja, ich bin hier, weil ich einige Arbeiten korrigieren muss«, antwortet er. »Nun geh schon. Ich bin mir sicher, dass Mr. Archer schon auf dich wartet.«

Nickend schiebe ich mich an meinem Onkel vorbei, um mich mit Cloud zu treffen. Ich beeile mich, denn ich ahne, dass ich spät dran bin, weil ich mich in meinen Gedanken verloren und dann auch noch mit meinem Onkel unterhalten habe.

Als ich die Treppe erreiche, sehe ich, dass Cloud schon auf halber Höhe vor dem Porträt steht. Er trägt eine schwarze Sporthose, dazu einen weißen Hoodie, während ich komplett in schwarz gekleidet bin. »Hey«, grüße ich ihn, als ich ihn fast erreicht habe.

Er dreht sich zu mir und lächelt mich an. »Hey, Nixan.« Cloud beugt sich vor und haucht einen sanften Kuss auf meine Lippen, außerdem ergreift er meine Hand. »Gehen wir?«, raunt er mir zu, nachdem er sich von meinen Lippen gelöst hat.

Ich nicke, auch wenn ich wirklich nicht zu den Gewächshäusern will, doch denke ich, dass er recht hat und es uns hilft, wenn wir an den Ort des Geschehens zurückkehren. Möglicherweise ist es die falsche Art der

Traumabewältigung, aber das erfahren wir nur, wenn wir uns dorthin begeben.

Wir machen uns auf den Weg, schweigen, aber ich bin froh, dass ich gerade nichts sagen muss. Ich lege meinen Kopf an Clouds Oberarm, lasse mich von ihm über das Gelände der Academy führen und genieße die warmen Strahlen der Frühlingssonne. Die Gegend ist wirklich schön, ich mag es hier, auch wenn sich so schreckliche Dinge zugetragen haben.

Schließlich erreichen wir die Gewächshäuser. Das vorderste, das Cloud benutzt hat, ist fast vollständig zerstört. Einige Scheiben haben das Feuer überstanden, was mich wundert, doch vielleicht hat es sich gar nicht bis dorthin ausgebreitet. Noir hatte den Dünger ja recht weit vorne umgekippt.

Cloud steuert die Rosenbüsche an, die im hinteren Bereich stehen, wo auch die Scheiben intakt geblieben sind. »Sie blühen noch«, stellt er verwundert fest, als er seine Finger um einen der schwarzen Blütenköpfe legt. Doch ringsherum sind auch einige Rosenbüsche verbrannt.

Mir schlägt das Herz bis zum Hals, doch versuche ich, mir meine Unruhe nicht anmerken zu lassen. »Wie geht's eigentlich Knox?«

»Ganz gut, aber er hat Albträume«, antwortet er. »Nur will er nicht wahrhaben, dass er psychologische Hilfe in Anspruch nehmen sollte.«

»Dabei wäre das wichtig«, halte ich gedankenverloren dagegen.

»Schon, aber er muss es einsehen, bevor ihm ein Psychologe helfen kann.« Cloud holt eine Pflanzenschere aus seiner Hosentasche und knipst eine der schwarzen Rosen ab.

Er kommt damit zu mir und hält sie mir vor die Nase. »Selbst im Chaos bleibt Schönheit bestehen«, raunt er mir zu. »Diese Rose ist wie du, sie hat sich auch nicht unterkriegen lassen.«

Ich verziehe meine Lippen zu einem Lächeln. »Du alter Charmeur.«

»Es war nur die Wahrheit«, raunt er mir zu, beugt sich vor und legt seine linke Hand an meine Wange. Er küsst mich sanft und diese zarte Berührung beschleunigt meinen Herzschlag. Auf einmal habe ich das Gefühl, dass mir nichts und niemand mehr etwas anhaben kann. Cloud schenkt mir Kraft und er hat mich nicht hängenlassen, als ich am Boden lag. Auch hat er nicht aufgegeben, als ich versuchte, ihn von mir zu stoßen.

Ich bin mir sicher, dass mein Herz ihn recht schnell ausgesucht hat, auch wenn mein Kopf es nicht wahrhaben wollte. »Ich liebe dich«, wispere ich mit Blick in seine dunkelblauen Augen.

»Ich liebe dich auch, Nixan.« Seine raue Stimme jagt mir einen Schauer über den Rücken, dann versinken wir abermals in einem Kuss, während die Frühlingssonne durch die wenigen verbliebenen Fenster des Gewächshauses fällt.

Cloud

Die letzten acht Wochen sind nur so verflogen und die Therapie hilft mir, mit all den Geschehnissen der letzten Monate und des letzten Jahres zurechtzukommen. Zwar geht es mir manchmal echt beschissen, insbesondere, wenn es an die Traumabewältigung geht, aber das wird aufhören.

Irgendwann.

Ich bin mit Nixan nach Tennessee geflogen, denn die Urteilsverkündung ihrer Mutter steht an. Ich hoffe, dass sie nicht zum Tode verurteilt wird, denn ich bin mir sicher, dass Midnight nicht damit zurechtkäme, wenn sie auch noch ihre Mutter verlieren würde.

Sie wurde auch noch einmal per Video in den Gerichtssaal geschaltet, weil der Staatsanwalt noch ein paar Fragen wegen der angeblichen psychologischen Behandlung ihrer Mutter hatte. Nach ihrer Aussage hatte sie ein schlechtes Gewissen, weil sie damit wohl den »Joker« der Verteidigung ihrer Mutter ausgehebelt hatte, aber sie wollte nicht lügen. Ich weiß, dass es ihr Gewissen belastet hätte, wenn sie eine Falschaussage gemacht hätte. Außerdem hätte es einen Rattenschwanz nach sich gezogen, wenn sie es doch getan hätte. Deshalb war es gut, dass sie bei der Wahrheit geblieben ist, und auch sagte, dass sie sich nicht erinnert oder es nicht weiß, wenn sie etwas nicht beantworten konnte.

Wir sitzen gerade mit ihrem Onkel im Wagen, der uns zum Gericht bringt. Die Fahrt dauert nicht mehr allzu lange und aus der Distanz sehe ich schon die zahlreichen Nachrichtenwagen und Reporter, die sich vor dem Gebäude tummeln. Es ist nicht normal, wie mit dem Leid anderer Menschen Geld gemacht wird, aber darüber darf man sich nicht wundern.

Leid bringt Kohle.

Glück nicht.

Es ist immer so, dass die Presse nach dem berühmten Haar in der Suppe sucht, und ich bin mir sicher, dass sie es auch tut, sollte Midnights Mutter »nur« zu einer lebenslänglichen Freiheitsstrafe verurteilt werden.

Nixan atmet tief durch.

»Ist alles okay?«

Daraufhin schaut sie mich an. »Ich bin nur aufgeregt, weil ich nicht weiß, wie die Jury entscheidet.«

Ich nicke. »Das glaub ich dir.« Ich schiebe meine Hand auf ihre, verhake unsere Finger miteinander und mit dem Daumen streichle ich ihren Handrücken. »Aber heute nimmt das alles ein Ende und du kannst in die Zukunft blicken.«

»Mhm.« Sie zeigt mir ein hektisches Nicken.

Ich beuge mich zu ihr und küsse sie sanft. »Ich bin bei dir.«

»Danke«, wispert sie und ringt sich ein Lächeln ab. »Für alles, Cloud.«

Kopfschüttelnd lächle ich sie an. »Es gibt keinen Grund, mir zu danken.«

Der Wagen hält. »Kommt, Kinder«, sagt ihr Onkel. Es ist George Graham, CEO der Firmengesellschaft, die ihrer Familie gehört. Wir sind hier in seinem Ferienhaus untergekommen, obwohl ich lieber im Hotel übernachtet hätte. Aber Midnight wollte bei ihrer Familie sein, was ich gut verstehen kann, und das Haus ist sicherlich auch um einiges komfortabler als ein Hotelzimmer.

Ich steige aus der Mercedes Limousine und finde mich in einem Blitzlichtgewitter und einem Hagelsturm aus Fragen wieder. Sicherheitshalber habe ich eine Sonnenbrille aufgesetzt, jedoch weiß ich, dass die Presse mich erkennen wird, und wenn sie es nicht sind, dann definitiv mein Vater, der mir inzwischen damit droht, mich zu enterben, wenn ich mich weiterhin mit Nixan treffe. Aber ich liebe sie und ich werde mich nicht von ihr trennen, nur weil er das Ansehen unserer Familie in Gefahr sieht. Er ist extrem konservativ und der Meinung, dass die schlechte Presse auf uns abfärben würde.

Nixan steigt ebenfalls aus und ergreift meine Hand. »Auf in den Kampf«, sagt sie leise.

»Ms. Foster, was versprechen Sie sich von der Urteilsverkündung?«, wird sie angesprochen.

Sie reagiert nicht auf die Fragen.

»Mr. Graham, denken Sie, dass Ihre Schwester zum Tode verurteilt wird?«, prasseln sie auch auf ihren Onkel ein, doch er zeigt auch keine Reaktion. Stattdessen führt er uns zum Eingang des Gerichtsgebäudes.

Midnight atmet erleichtert auf, als wir es betreten haben, auch wenn einige Pressevertreter im Gerichtssaal anwesend sein werden. Aber sie werden sie hoffentlich in Ruhe lassen, falls nicht, wird ihr Onkel sicher eingreifen.

Als wir den Saal betreten, haben bereits einige Menschen Platz genommen. Mr. Graham führt uns in die erste Reihe. Er begrüßt eine Frau so wie ein älteres Paar, das auch Nixan ansteuert.

»Hey, Grandma, Grandpa«, grüßt Midnight sie leise und umarmt sie nacheinander. »Tante Pearl«, fährt sie fort, schließt auch die Frau mittleren Alters in ihre Arme und hält dies für einen längeren Moment aufrecht. »Darf ich euch Cloud Archer vorstellen?«, fragt sie, nachdem sie sich von ihrer Tante gelöst hat.

Ich gehe an Nixans Seite. »Freut mich sehr, Sie kennenzulernen, auch wenn ich mir einen anderen Anlass gewünscht hätte«, wende ich mich an ihre Familie und reiche ihnen nacheinander die Hand.

»Es freut uns auch sehr, Mr. Archer«, erwidert Nixans Großmutter. »Und Sie haben recht, ein anderer Anlass wäre schöner gewesen.«

Ich nicke ihr zu, ziehe meine Hand zurück und ergreife jene Midnights.

Sie unterhält sich leise mit ihrer Familie, doch lausche ich nicht, weil ich nicht unhöflich sein will.

Schließlich wenden sich die drei von Nixan ab und bleiben neben ihrem Anwalt stehen.

»Erheben Sie sich für den ehrenwerten Richter Wilcox!«, verkündet der Gerichtsdiener.

Wir bleiben stehen und schauen nach vorne. Im Augenwinkel sehe ich, dass Midnights Mutter in einem Kostüm neben ihrem Anwalt steht, während Staatsanwalt und Nebenklage an den beiden Tischen vor uns Platz nehmen werden.

»Nehmen Sie bitte Platz«, sagt Richter Wilcox entschieden.

Als die Jury den Gerichtssaal betritt, herrscht angespannte Stille. Nixan sitzt stocksteif neben mir.

»Ist die Jury zu einem Urteil gekommen?«, erkundigt sich der Richter.

»Ja, Sir«, erwidert die Sprecherin.

»Wie lautet das Urteil der Jury?«, möchte er wissen.

»Wir, die Jury, befinden die Angeklagte Mrs. Elisabeth

Graham im Fall des Drogenbesitzes sowie -konsums für schuldig. Im Fall des Mordes ersten Grades an Jared Foster befindet die Jury Mrs. Graham ebenfalls für schuldig.«

Nixan wimmert leise neben mir, weshalb ich ihre Hand drücke. Sie zittert, doch weiß ich, dass sie sich nun nicht von mir umarmen lassen wird.

»Erheben Sie sich zur Urteilsverkündung«, verlangt der Gerichtsdiener, nachdem der Richter ihm wenig später ein Zeichen gegeben hat.

Midnight und ich stehen auf, ihr Blick ist stur auf Richter Wilcox gerichtet, ihre Mutter hat sie bisher nicht angesehen.

»Im Namen des Volkes ergeht folgendes Urteil: Mrs. Elisabeth Graham wird wegen Drogenbesitzes und -konsums zu einer Freiheitsstrafe von fünf Jahren verurteilt«, beginnt er und ein Raunen geht durch den Saal.

»Ruhe bitte!«, verlangt der Gerichtsdiener.

»Wegen Mordes ersten Grades an ihrem Ehemann Jared Foster wird Mrs. Graham zu einer lebenslänglichen Gefängnisstrafe ohne Aussicht auf Bewährung verurteilt. Die Haftstrafe ist sofort anzutreten und wird im Frauengefängnis von Nashville verbüßt«, schließt er und nimmt Platz. Richter Wilcox' Blick fällt auf Midnight, danach sieht er zu Mrs. Graham. »Mrs. Graham, ich hoffe, dass das Gefängnis Sie läutern wird. Ich habe nur auf die Todesstrafe verzichtet, da ich Ihrer Tochter nicht auch noch die Mutter nehmen will, obwohl Sie Ihrer Tochter ihren Vater auf grausame Weise genommen haben.«

Mrs. Graham nickt bloß, statt etwas zu erwidern. Als ich zu ihr schaue, erkenne ich, dass sie Nixan anstarrt, jedoch vermeidet diese es weiterhin, ihre Mutter anzusehen.

»Meine Mandantin würde gern noch etwas sagen, euer Ehren«, verkündet ihr Anwalt plötzlich.

Richter Wilcox nickt ihm zu.

»Es tut mir leid, dass ich Jared im Drogenrausch getötet habe«, sagt sie mit belegter Stimme. »Ich war nicht Herrin meiner Sinne und hätte nicht so weit gehen dürfen, weil er mich davon abhalten wollte, die technischen Geräte meiner Tochter zu versetzen.« Sie seufzt schwer. »Ich hoffe, dass du mir irgendwann verzeihen kannst, Midnight.«

Nixan schüttelt den Kopf, außerdem vermeidet sie es weiterhin, ihre Mutter anzusehen.

Der Richter belehrt Mrs. Graham und ihren Anwalt noch über die Möglichkeit der Berufung. »Die Verhandlung ist geschlossen!« Mit dem kleinen Holzhammer haut er auf den Tisch.

»Midnight?«, ruft ihre Mutter.

»Lass uns gehen«, wendet sie sich leise an mich.

»In Ordnung«, erwidere ich gedämpft, erhebe mich und führe Nixan aus dem Gerichtssaal.

»Midnight!«, ruft ihre Mom ein weiteres Mal, aber Nixan reagiert nicht.

Auf dem Flur angekommen atmet sie tief durch und entzieht mir ihre Hand. Sie reibt ihr Gesicht, verbirgt es schließlich in ihren Handflächen und bricht in Tränen aus.

Ich ziehe sie in meine Arme. »Es ist alles gut.«

Sie nickt hektisch, hört aber nicht auf zu weinen.

»Ich weiß, dass es hart ist.«

»Sie … sie hat … ihre g-gerechte Strafe … b-bebek-kommen.«

»Ja, du hast recht«, stimme ich ihr leise zu.

»Da seid ihr ja«, stößt ihre Tante erleichtert aus.

Midnight löst sich von mir und umarmt ihre Tante.

»Jetzt hat der Albtraum endlich ein Ende, Kleines.«

Sie nickt hektisch.

»Hör auf zu weinen, Midnight.«

»Ich versuch's ja«, schnieft sie und zieht sich zurück. Sie wischt die Tränen von ihren Wangen, ebenso aus ihren Augen. »Ich … bin nur froh, dass sie … nicht zum Tode verurteilt wurde.«

Ihre Tante nickt, jedoch kann ich ihr ansehen, dass sie ein anderes Urteil erwartet und sich vielleicht sogar gewünscht hat. »Du hast den Richter gehört, Liebes.«

»Ja.«

Ihr Onkel sowie ihre Großeltern kommen dazu.

»Wir sollten uns auf den Weg machen«, sagt Mr. Graham.

»Wann fliegt ihr beide zurück nach Wyoming?«, fragt Nixans Großmutter.

»Wir fliegen schon heute Abend zurück, weil wir in die Vorlesungen müssen«, antworte ich an Midnights Stelle.

»Aber ich komme euch in den Ferien besuchen, ja?«, schlägt Nixan leise vor.

»Das würde mich freuen, Liebes«, erwidert ihre Grandma lächelnd.

»Lasst uns gehen, bevor die Reporter den Gerichtssaal verlassen und uns belästigen«, meint ihr Großvater. Gemeinsam machen wir uns auf den Weg nach draußen, wo wir bereits von einer Pressemeute erwartet werden. Abermals hageln Fragen auf Nixan und ihre Familie ein, aber sie beantworten keine einzige. Ich halte mich geschlossen und bin froh, die Sonnenbrille wieder aufgesetzt zu haben, auch wenn Dad mich zweifellos erkennen wird, sollte er sich später die Nachrichten ansehen.

Doch interessiert es mich nicht, dass er von mir verlangt, Midnight zu verlassen. Ich werde es nicht tun, obwohl er schon so viele Drohungen ausgestoßen hat. Sie ist mir wichtiger als der Reichtum oder die Führung des Familienunternehmens.

Niemand kann aufwiegen, was sie mir tagtäglich gibt, neben all der Liebe, die wir füreinander empfinden, ist sie es auch, die mir Halt gibt, wenn ich das Gefühl habe, wegen all der Vorfälle den Halt zu verlieren.

Aber nach heute können wir gemeinsam heilen.

Midnight

Seit der Urteilsverkündung sind zwei Wochen vergangen und der Alltag hat mich zurück.

Cloud und ich verbringen beinahe jede freie Minute miteinander, auch wenn sie zurzeit rar gesät sind, da die Dozenten ständig Klausuren ankündigen oder uns mit Hausarbeiten zuschütten. Ich bin froh, dass ich meine Defizite aufholen konnte, aber auch, dass mir die Therapie über all die Dinge hinweghilft, die mir in den letzten Monaten passiert sind. Und ich bin in gewisser Weise erleichtert, dass Mom nicht zum Tode verurteilt wurde. So muss ich nicht noch einen Verlust beklagen, obwohl die Staatsanwaltschaft in ihrem Plädoyer die Todesstrafe verlangt hat. Ich hatte wirklich Angst davor, dass sie auf dem elektrischen Stuhl endet, denn Tennessee ist einer der wenigen Bundesstaaten, die noch diese Hinrichtungsmethode verwenden.

Für heute habe ich alles erledigt, was zu erledigen war – außerdem steht das Wochenende vor der Tür und ich möchte ein wenig Ruhe haben.

In den letzten Tagen habe ich eine Überraschung für Cloud geplant, die mich einiges gekostet hat. Ich muss dringend wieder neue Zeichnungen in meinen Shop stellen, damit ich ein wenig Geld verdiene, denn das ist mir aufgrund dieser Überraschung ausgegangen. Zum Glück ist es so ein Shop in Shop Ding, wo ich meine Werke hochlade, die die Leute sich dann auf Tassen, Shirts, Hoodies oder Taschen drucken lassen können. Damit verdiene ich wirklich nicht schlecht, aber in letzter Zeit sind die Einnahmen ein wenig zurückgegangen.

Ich bin auf dem Weg zum Gewächshaus, es ist das zweite in der Reihe, das Mr. Rosier mir zur Verfügung gestellt hat. Clouds Freunde wollen mich dort treffen, abgesehen von Knox, der ihn ablenkt. Ich habe neue Rosenbüsche gekauft und jene unversehrten aus dem anderen Gewächshaus mit seinen Freunden in das intakte geschafft, sodass Cloud weiterhin seinem Hobby nachgehen kann. Er geht total darin auf, Rosen zu züchten, und in letzter Zeit habe ich so einige von ihm geschenkt bekommen.

Als ich das Gewächshaus erreiche, warten Jax, Will, Law und Chloé bereits auf mich. Chloé hat sogar Champagner dabei.

»Hey«, begrüße ich die Gruppe lächelnd.

»Da bist du ja endlich«, stößt sie aus, während die Männer meinen Gruß erwidern. »Wo sind denn Knox und Cloud?«

»Die beiden kommen in den nächsten zehn Minuten«, erwidere ich und schließe die Tür auf. »Kommt rein und versteckt euch am besten.«

»Wo denn?«, fragt sie mit großen Augen.

»Wo Platz ist, aber nicht zwischen den Rosen, sonst reißt ihr euch die Haut an den Dornen auf«, antworte ich freundlich.

Chloé nickt, Law ergreift ihre Hand und sie betreten das Gewächshaus. Sie und ich werden vermutlich nie die besten Freundinnen, aber wenigstens hat sie aufgehört, ihre Spitzen auf mich zu schießen. Sie leidet unter dem Verlust von Helena, ebenso unter dem von Noir, aber ich bin mir sicher, dass auch ihre Wunden irgendwann heilen werden. Es wird bestimmt eine Weile dauern, doch jede Verletzung schließt sich mit der Zeit.

Ich stelle mich gegenüber der Tür vor die schwarzen Rosen. Mühsam haben wir alles so hergerichtet, wie es auch im anderen Gewächshaus stand, damit Cloud zufrieden ist.

Er hat mir mal erklärt, was er sich bei der Anordnung gedacht hat, auch wenn ich es schon wieder vergessen habe.

»Warum hast du mich hierher gebracht?«, höre ich Cloud wenig später fragen.

»Weil ich es kann«, antwortet Knox. »Jetzt geh da rein.«

Cloud betritt das Gewächshaus und sieht mich mit großen Augen an. »Was …«

»Ich dachte, du willst weiterhin deinem Hobby nachgehen«, erwidere ich lächelnd.

»Überraschung!«, rufen seine Freunde auf einmal.

Cloud lacht. »Ihr seid doch verrückt«, sagt er gut gelaunt, als er auf mich zukommt. Dicht vor mir bleibt er stehen. »Geht das auf deine Kappe?«

»Die Planung ja, die Umsetzung auf unser aller Kappe«, antworte ich lächelnd.

Daraufhin nimmt er mein Gesicht in seine Hände und lehnt seine Stirn an meine. »Ist das alles für mich?«

»Für uns«, wispere ich mit Blick in seine dunkelblauen Augen.

Cloud haucht einen Kuss auf meine Lippen und mir geht das Herz auf, obwohl es so schnell schlägt. Einmal mehr wird mir bewusst, dass man nichts im Leben planen kann. Es passiert, während wir Pläne schmieden, durchkreuzt sie manchmal, aber wenn es das auf diese Weise tut, bin ich die Letzte, die sich beschweren wird.

Ende

Danksagung

Wow.

Ich weiß nicht, wie es Dir geht, aber mir ging die Geschichte von Cloud, Midnight und den Geschehnissen an der Rosier Academy unter die Haut. Die Idee zu der Serie kam mir spontan und ich wollte unbedingt etwas mit Rosen haben. Deshalb auch *Rosier*, was aus dem Französischen übersetzt *Rosenbusch* bedeutet. Und ja, Rosen werden in der ganzen Serie eine Rolle spielen.

Ich war während meiner Schulzeit selbst Opfer von Mobbing und habe mich mit der Geschichte auch einige Male selbst getriggert, aber ich wollte sie trotzdem schreiben, denn ich bin jemand, der sich auch seiner Vergangenheit stellt, egal, wie schmerzhaft es manchmal sein kann.

Es gibt wie immer Menschen, denen ich danken möchte, darunter mein wundervolles Bloggerteam, von dem jedes einzelne Mitglied einzigartig ist – Jana, Cheyenne, Lea, Linda, Michelle, Bine, Stephanie, Lisa, Sam, Anja, Madita, Vanessa, Jeanette, Julia, Tatjana, Vivien, Lisa, Claudia, Chihiro, Anni, Lea, Jenny, Manu, Lea – ja, ich hab viele Leas :D – Vivi, Michi, Lena, Katja, Sabrina, Nicki, Mel, Saskia, Ania, Jasmin, Jaqueline, Saskia und K.K. Buecherliebe: Ich danke euch für eure Unterstützung, denn ohne euch wäre ich aufgeschmissen.

Auch danke ich meiner wundervollen Partnerin in Crime and Writing L.J. Ashburn, denn ohne deinen Zuspruch hätte ich schon so manches Mal das Handtuch geworfen. Ich danke dir für deine Freundschaft – und die Arschtritte. Vielleicht auch fürs Anschreien aus dem Nichts heraus, mit dem wir ab und zu unseren Frust herauslassen. :D

Und ich danke den »Wohnzimmermädels« Uyen, Nika, Salima und L.J., die Abende mit euch sind unwahrscheinlich lustig, aber ich mag auch, dass wir uns über ernste Themen unterhalten können.

Und natürlich gilt mein Dank insbesondere Dir! Danke, dass du mich unterstützt und ich auch deinetwegen meinen Traum vom Schreiben leben kann. Ich hoffe, dir hat die Geschichte von Cloud und Midnight gefallen, und wenn nicht, dann tut es mir echt leid, deine Zeit verschwendet zu haben. Aber hey, ich kann nicht so schreiben, dass es jedem gefällt, dennoch danke, dass du mir eine Chance gegeben hast, dich zu überzeugen. Und falls dir das Buch doch gefallen hat, würde ich mich sehr darüber freuen, wenn du dir die Zeit für eine Bewertung/Rezension nimmst. Ich lese jede Rückmeldung und freue mich über jedes Feedback, auch konstruktive Kritik ist willkommen, nur Verrisse lese ich nicht, da ich in zehn Jahren Autorinnendasein so viele gelesen habe, dass sie mich gar nicht mehr verletzen können – und nur das ist das Ziel eines Verrisses.

Ich bleibe dem Genre New Adult in all seinen Facetten erst mal wieder treu, denn es hat unwahrscheinlich gut getan, zu meinen Schreibwurzeln zurückzukehren. Aber zwischendurch wird es auch andere Werke von mir geben, die ich unter meinem zweiten Pseudonym Anny Page veröffentlichen werden, um die Genre wieder voneinander zu trennen.

Also dann, ich wünsche dir alles Liebe und denk daran, immer ein bisschen Jugend in dir zu tragen!

Alles Liebe,
XOXO
Deine Drucie

Über die Autorin

Drucie Anne Taylor, geboren 1987 in Köln, absolvierte eine Ausbildung im Einzelhandel, dem sie später wegen der Geburt ihres ersten Kindes den Rücken kehrte.

Schon in ihrer Jugend entdeckte sie die Liebe zum Schreiben, weshalb sich heute noch viele Manuskripte in dunklen, seither nie wieder geöffneten Schubladen verbergen. Wenn sie nicht gerade schreibt, besucht sie gern Musicals oder sieht sich mit Vorliebe Musical-, Liebes- oder Horrorfilme an, sie erkennt diesen Widerspruch selbst - ihre größten Fandoms sind jedoch die Serie »Supernatural« und das Musical »Tanz der Vampire« -, ferner liegt sie unter der Nadel ihrer Tätowiererin oder erkundet gemeinsam mit ihrer Familie die große weite Welt.

Ihr Leben ist bunt, auch wenn ihre Kleidung bevorzugt schwarz ist.

Kontakt: drucieataylor@gmail.com
Facebook: facebook.com/drucieannetaylorauthor
Twitter: twitter.com/DrucieATaylor
Instagram: instagram.com/drucieannetaylor
TikTok: tiktok.com/@drucieannetaylor
Onlineshop: booksandcandles.de

Triggerwarnung

Dieses Buch behandelt folgende Themen:
Trauer
Mord (kein aktiver Teil des Buches, wird durch eine Erzählung wiedergegeben)
Verlust
Suizid
Mobbing